Tom Zola

Stahlzeit Band 6

Raketenkrieg

Der andere Weltkrieg – Eine alternative Geschichte

EK-2 Militär

2

Ihre Zufriedenheit ist unser Ziel!

Liebe Leser, liebe Leserinnen,

zunächst möchten wir uns herzlich bei Ihnen dafür bedanken, dass Sie dieses Buch erworben haben. Wir sind ein kleines Familienunternehmen aus Duisburg und freuen uns riesig über jeden einzelnen Verkauf!

Mit unserem Label *EK-2 Militär* möchten wir militärische und militärgeschichtliche Themen sichtbarer machen und Leserinnen und Leser begeistern.

Vor allem aber möchten wir, dass jedes unserer Bücher **Ihnen ein einzigartiges und erfreuliches Leseerlebnis** bietet. Daher liegt uns Ihre Meinung ganz besonders am Herzen!

Wir freuen uns über Ihr Feedback zu unserem Buch. Haben Sie Anmerkungen? Kritik? Bitte lassen Sie es uns wissen. Ihre Rückmeldung ist wertvoll für uns, damit wir in Zukunft noch bessere Bücher für Sie machen können.

Schreiben Sie uns: info@ek2-publishing.com

Nun wünschen wir Ihnen ein angenehmes Leseerlebnis!

Heiko, Jill & Moni
von
EK-2 Publishing

Berlin, Deutsches Reich, 28.08.1944

Reichskanzler Franz Halder starrte die Anwesenden mit drohendem Blick an. Er stützte sich auf seinen Gehstock, auf den er nach wie vor angewiesen war. Insgesamt heilten seine Verletzungen gut, und er hatte Glück, dass die zahlreichen Splitter und Projektilfragmente, die die Ärzte aus seinem Körper gepuhlt hatten, in keine lebenswichtigen Organe eingedrungen waren. Nichtsdestotrotz: Wäre sein Sicherheitschef, der junge von Stauffenberg, ihm nach dem Anschlag nicht zu Hilfe geeilt, der Kanzler wäre auf dem Teppich seines eigenen Büros verblutet.

Trotz seiner körperlichen Gebrechen fühlte Halder sich prächtig. Die Verletzungen spürte er fast gar nicht, und diese bohrende Müdigkeit, die ihn über die letzten Monate im Würgegriff gehalten hatte, war dank der Mittelchen von Doktor Morell von ihm abgefallen, ohne dass der Kanzler sein Schlafverhalten hatte ändern müssen. Mehr als drei bis vier Stunden Schlaf durfte er sich als Reichskanzler gar nicht zugestehen, dafür hatte er zu viel Arbeit. Immerhin musste er Deutschland durch diesen Krieg bringen. Kein anderer schien dazu befähigt. All seine Generale verstanden nicht, worauf es ankam, welche Schritte unternommen werden mussten. Ständig musste Halder mit den hohen Offizieren um die naheliegendsten Entscheidungen ringen. Vor allem die Japan-Politik des Kanzlers war Gegenstand pausenloser Kritik von allen Seiten. Lange hatte Halder geglaubt, er würde nicht weiterhin Widerstand leisten können, würde die sich im Kreise drehenden Debatten und endlosen Anfeindungen aus dem Offizierskorps nicht länger ertragen.

Nun hatte der Kanzler sich gefangen, nun ging es ihm wieder gut ... ach, was heißt schon *gut?* Es ging ihm blendend! Morells Pillencocktail wirkte Wunder, das musste Halder zugeben, auch wenn er über die Langzeitfolgen lieber nicht nachdachte. Der deutsche Reichskanzler fühlte sich um Jahre verjüngt. Er spürte eine wahnsinnige Kraft in sich, meinte, Bäume ausreißen zu können. Nun ... vielleicht würde Franz Halder keine Bäume ausreißen, doch zumindest konnte er es mit seinen selbstherrlichen Generälen aufnehmen, die noch immer glaubten, deutsche Willenskraft allein könne die ganze Welt bezwingen.

Neben Halder befanden sich im großen Kartenraum des Kanzlerbunkers der Generaloberst Kurt Zeitzler, Feldmarschall von Brauchitsch, der sich auf einen verzierten Gehstock stützte, Feldmarschall Milch, seines Zeichens OB der Luftwaffe, sowie General der Artillerie Hermann Tittel, der als Stabschef des Oberbefehlshabers Balkan fungierte und um den es an diesem Abend ging, denn auf dem Balkan brannte die sprichwörtliche Heide. Zum einen hatte im Zuge des Putschversuchs die ehemalige 16. Panzer-Division sich selbst zerfleischt. Zum anderen waren die Briten mit einer kleinen Expeditionstruppe quasi ohne Gegenwehr an jenem ehemals jugoslawischen Küstenstreifen gelandet, den Italien 1941 annektiert hatte.

Halders funkelnde Augen verengten sich, fokussierten den nervösen Tittel. Da musste im Stab des OB Balkan schon eine Menge Inkompetenz zusammengekommen sein, dass so viel Bockmist auf einmal passieren konnte. Doch Halder hatte die Schnauze gestrichen voll. Er würde nicht länger akzeptieren, dass seine gutbetuchten Generäle weiter wie die Maden im Speck lebten, während sie keine Ergebnisse zu liefern imstande waren.

»Ihr Bericht überzeugt mich nicht im Geringsten, Herr Tittel«, offenbarte der Kanzler und wies mit einer fahrigen Handbewegung auf die auf dem großen Tisch ausgebreitete Karte des ehemaligen Jugoslawiens. Der Stabschef des OB Balkan stand wie angewurzelt da, ertrug den Blick des Kanzlers. Aus seinen unruhigen Augen war herauszulesen, dass Halders Worte ihn alles andere als kalt ließen.

»Von Kluge hat mich schwer enttäuscht«, fuhr Halder mit fester Stimme fort. »Wie konnte er zulassen, dass Himmlers Schergen eine unserer besten Divisionen unterwandern?«

Tittel blickte den Kanzler stumm an. Es dauerte einige Sekunden, ehe der General begriff, dass Halders Frage keine rhetorische war. Ahnungslos, was er antworten sollte, schaute er sich hilfesuchend im Raum um, bis von Brauchitsch schließlich einen Schritt vortrat.

»Ich bitte dich eindringlich, fair zu bleiben«, sagte er selbstbewusst, wobei er kräftig blinzelte. Von Brauchitschs Sehkraft ließ immer stärker nach. »Verschwörer hat es überall gegeben; auch in unsere Reihen waren sie eingesickert, ohne entdeckt zu werden. Und die 16. stand erst seit wenigen Wochen unter dem Kommando von von Kluge. Die Situation ...«

Halder begann während der Ausführungen des Feldmarschalls wie ein Vulkan zu brodeln. Als er explodierte, würgte er von Brauchitsch lautstark das Wort ab: »ICH HABE DEN TITTEL GEFRAGT UND SONST NIEMANDEN!«

Die Worte schallten durch den Bunkerraum, gefolgt von Sekunden der Stille. Alle starrten den Kanzler an, dessen Antlitz im Lichte der Glühbirnen glänzte.

Endlich fasste sich Tittel ein Herz und stammelte: »Herr … Herr … Mein Reichskanzler. Wie Herr Feldmarschall bereits ausgeführt haben, gab es die Verräter überall.« Tittel versuchte, seinen thüringischen Dialekt zu unterdrücken, was ihm nur teilweise gelang.

»AUSFLÜCHTE, TITTEL!«, brüllte der Kanzler, noch ein bisschen lauter als zuvor. »Jämmerliche Ausflüchte sind das, mit denen Sie Ihr Versagen und das von Kluges und des gesamten Balkan-Stabes zu vertuschen versuchen!«

»Ich muss doch sehr bitten!«, bauschte sich der kleine »Kugelblitz« Zeitzler auf, der wie als Drohgebärde seine Brust herausstreckte und seine Lippen zu einem Strich zusammenkniff. »Den Verrat der Verschwörer können Sie diesem Mann nicht anlasten! Überall waren die Ratten, auch an der Ostfront bei von Manstein. Über 3.000 Verhaftungen alleine dort! Muss er sich deswegen auch verantworten?«

Noch ehe Zeitzler weitere Worte sagen konnte, schlug Halder abermals verbal dazwischen: »ES REICHT! An der Ostfront haben keine Verbände in Divisionsgröße gegen ihren Reichskanzler aufbegehrt! Von Manstein vermochte seine Reihen rechtzeitig zu säubern, aber hier …«, mit einer abwertenden Handbewegung wies der Kanzler auf Tittel, »… ist zugelassen worden, dass eine unserer besten Panzer-Divisionen vom Feinde kompromittiert worden ist. Das ist eine Frechheit sondergleichen, und noch dazu ein Zeichen der Inkompetenz meiner Offiziere!«

Alle schwiegen. Halder bemerkte, dass seine Hände schon wieder zitterten. Er verbarg sie samt Gehstock hinter dem Rücken, hinkte zur Karte, ergriff die Lupe und betrachtete den Bereich, in dem die Engländer gelandet waren. Die Anwesenden schauten ihm schweigend zu. Die Feldmarschälle und Generäle blickten auf die Finger des Kanzlers, die, heftig zuckend, vergeblich versuchten die Lupe still zu halten.

Das Antlitz Halders bebte vor Zorn. Nach langen Sekunden, in denen er das Gebiet um Livno betrachtet hatte, leckte sich der Kanzler über die Lippen und glotzte seine Generäle an. »Der Engländer hat sich der Insel Bratz bemächtigt, ja?«, fragte er suggestiv. Tittel nickte knapp. »Und er steht mit drei Divisionen im Raum, darunter eine schnelle?« Tittel seufzte. All dies hatte er soeben vorgetragen. »Wie kann es sein, frage ich mich, dass Sie dem Feind die Zeit gegeben haben, sich zu etablieren? Er hockt jetzt in Split und blockiert die Küstenrollbahn an mehreren Stellen. Warum haben Sie ihn nicht zurück ins Meer geworfen, als er noch schwach war?«

Hilflos schaute sich Tittel unter den anderen Offizieren um, ehe er mit dünner Stimme zu einer Antwort ansetzte: »Herr Reichskanzler, uns sind die Hände gebunden.«

»Die Hände gebunden, ja?«

»Jawohl. Der Feind beherrscht den Luftraum – damit meine ich, dass die Engländer die einzigen sind, die in Jugoslawien Flugzeuge in der Luft haben. Seit einem Jahr schreiben wir beständig Eingaben an das OKW, weil uns sämtliche Einheiten der Luftwaffe entzogen worden sind, mit Ausnahme einiger Aufklärer.«

»Sie schieben die Schuld also auf das OKW?«

»Ich lege Ihnen die Lage dar. Wir haben die Panzer-Division so schnell wie möglich nach Beginn des englischen Angriffs in Marsch gesetzt, ebenso die 26. ID. Auch die Bulgaren haben sich mittlerweile gesammelt, doch mussten sie zu Beginn der feindlichen Landung gewaltige Verluste hinnehmen, und die Kampfkraft der verbliebenen Verbände ist mehr als fraglich. Wie ich in meinem Bericht dargelegt habe, verfügen wir nicht über ausreichende Kräfte, um den englischen Angriff abzuschlagen. Der Angreifer ist uns zahlenmäßig eindeutig überlegen.«

»Keine Kräfte?«

»In der Tat, mein Reichskanzler.«

»Dass ich nicht lache! Sie verfügen über die 26. ID, die 15. und die 382.! Sie haben ein ganzes Korps im Raum, dass Sie auf die englischen Stellungen ansetzen können! Dazu die Bulgaren. Und die Kroaten mit ihren Legionärsdivisionen! Und in Griechenland sitzen sich zwei italienische Korps die Ärsche platt!«

Tittel blickte drein wie ein geprügeltes Kind. »Herr Reichskanzler«, stotterte er. »Unser Korps ist über die gesamte Region ausgedehnt. Gleichzeitig mit dem englischen Angriff hat Tito im Norden und Osten des Landes waschechte Offensiven gestartet, die unsere Divisionen und die Masse der Kroaten binden. Der Engländer arbeitet, so unsere Meinung, ganz vorzüglich mit Titos Männern zusammen. Und die Bulgaren vor Ort sind unzureichend ausgerüstet. Selbst im Umland von Livno, wo die 16. Panzer... «

»Panzer-Division ›Franz Halder‹!«, donnerte der Kanzler dazwischen.

»Jawohl, Entschuldigung. Jedenfalls ... Titos Partisanen führen stetig Angriffe und Sabotageaktionen im Raum Livno durch, die unseren Vormarsch verzögern.«

»Sie sprechen von Tito und von angeblichen *Offensiven!* Ja, glauben Sie, ich durchschaue Ihre erbärmlichen Ausflüchte nicht?«

»Ich ... «

»Tito ist ein Bandit, der sich in den Bergen versteckt, mehr nicht! Er und seine Bolschewikenbauern sind wohl kaum zu geordneten militärischen Aktionen in der Lage!«

Tittel starrte Halder fassungslos an. »Herr Reichskanzler«, flüsterte er. »Ich bitte Sie inständig, unsere Berichte der letzten Monate an das OKH zu lesen. Titos Macht wächst mit jedem Monat, während der OB Balkan beständig Kräfte abzugeben hatte, ohne adäquaten Ersatz für sie zu erhalten. Schon jetzt vermögen wir nicht mehr sehr viel mehr im Land zu kontrollieren als unsere eigenen Stützpunkte. Wäre die Panzer-Division nicht zufällig zur Auffrischung vor Ort, wir hätten in ganz Jugoslawien keine einzige motorisierte Waffe zur Verfügung.«

»Die anhaltenden Fehleinschätzungen des OB Balkan sind inakzeptabel, Tittel!«, brauste der Kanzler auf, der wie ein Stier schnaubte. »Es darf nicht zur Gewohnheit werden, dass jeder OB bei der kleinsten Krise gleich die halbe deutsche Wehrmacht anfordert! Sollen doch die örtlichen Kräfte stärker eingebunden werden, die Albaner und die Serben! Und Montenegro!«

Tittel schüttelte langsam den Kopf. Und aus Zeitzlers Miene sprach das pure Unverständnis über des Kanzlers Worte.

Halder aber fuhr unbekümmert fort: »Sie, Herr Tittel, werden unverzüglich ALLE deutschen Divisionen gegen die englische Landung in Marsch setzen. Ich will, dass die Landestelle abgeriegelt und der Feind zurückgedrängt wird. Die Bekämpfung örtlicher Bauernaufstände darf im Angesicht des Feindes keine Priorität bei Ihnen haben!«

»Das ist doch genau das, was der Tommy will«, warf Zeitzler ein, der an die Karte herangetreten war und auf die eingezeichneten Verbände blickte.

»Wir geben damit das ganze Land den Bolschewisten preis. Haben Titos Leute einmal eine Machtbasis im Land etabliert, werden wir deutlich mehr Kräfte benötigen, um den Balkan wieder freizukämpfen. Kräfte, die wir nicht haben.«

Halder schüttelte vehement den Kopf. »Sie verstehen alle nicht, welche Absicht Churchill in Wahrheit mit der Landung verfolgt! Churchill will doch genau das, was Sie fordern, Tittel!« Halder starrte den General der Artillerie vorwurfsvoll an. »Er will, dass wir Kräfte von der Ostfront oder aus Italien abziehen, um den Balkan zu sichern. Einzig darum geht es ihm. Churchill hat nicht vor, Jugoslawien in die englische Hand zu bringen, sondern ist darauf aus, einen Nadelstich zu setzen, der die anderen Fronten entlasten soll – vornehmlich die italienische, weil die Alliierten dort wieder vorankommen wollen. Das allein ist der Grund für diese lächerliche Landung. Doch ich falle darauf nicht herein!«

Halder schlugen zweifelnde Blicke entgegen. Das aber interessierte ihn nicht. Einige der Feldmarschälle hatten ihm ihre Befürchtungen bezüglich der Balkan-Invasion bereits im Vorfeld mitgeteilt: Churchill schiele auf die rumänischen Ölfelder bei Ploieşti, meinten sie. Ohne die Petroleumlieferungen aus dem Land am Schwarzen Meer würden die deutschen Panzer einfach stehenbleiben. Allein das erste Kriegsjahr gegen Russland 1941 hatte über fünf Millionen Liter rumänisches Öl verbrannt, seitdem stieg der Bedarf stetig, der schon jetzt kaum mehr gedeckt werden konnte. Halder empfand solche Einwände als bizarr. Livno war nun wirklich sehr weit weg von Ploieşti.

Die Hände des Reichskanzlers zitterten heftig, begannen zu verkrampfen. Er verbarg sie abermals hinter seinem Rücken, presste sie gegen den Gehstock, der vom Zittern seiner Hände angesteckt wurde. Halder sagte: »Tittel, sagen Sie Herrn Feldmarschall von Kluge, ihm muss das vorhandene Korps und die Kräfte unserer Verbündeten genügen. Sämtliche deutschen Truppen unter seinem Kommando haben sich unverzüglich gegen die englische Landezone in Marsch zu setzen. Von Kluge soll die Kroaten in die Pflicht nehmen, Tito im Zaum zu halten. Die Bekämpfung der englischen Invasion muss Vorrang haben. Beweisen Sie Mut zur Lücke im Hinterland. Ich erwarte vom OB Balkan, dass der Feind in der Bucht von Kaštela gebunden wird. Es darf keinen Ausbruch der Engländer geben! Split ist um jeden Preis wieder in unsere Hand zu bringen.«

Tittels Blick erinnerte an den eines Hundes, der im strömenden Regen auf sein Herrchen zu warten hatte.

Halder sagte in bestimmendem Tonfall: »Lösen Sie außerdem die Panzer-Division FH vom Feinde. Sie soll schnellstmöglich nach Livno verlegen und sich auf den Abtransport vorbereiten.«

»Wir verlieren die Panzer-Division?«, hakte Tittel kleinlaut nach.

»Die schweren Tiger werden im Osten für Mansteins Winteroffensive benötigt.«

»Die Offensive kann auch ohne diese eine Division stattfinden«, warf von Brauchitsch ein.

Halders Augen verengten sich zu schmalen Schlitzen, mit denen er den Chef des OKW aufs Korn nahm. Der Kanzler hatte es satt, seine Weisungen stets und ständig erklären zu müssen. *Gottverdammt, Hitler hatte das doch auch nicht tun müssen!,* wütete er in Gedanken. Laut sagte er hingegen: »Wir werden alle verfügbaren Kräfte im Osten einsetzen müssen, denn ich habe meine Vorgabe für den Operationsradius noch einmal vergrößert.«

Selbstredend war von Mansteins Protest der neuen Vorgabe des Kanzlers auf dem Fuße gefolgt. Der OB Ost fürchtete, die mühsam aufgefrischten und zusammengekratzten Kräfte in einer überstürzten, kopflosen Offensive zu verbrauchen.

Lächerlich, war Halders gedanklicher Kommentar dazu. Ihm gingen von Mansteins ewige Bedenken gehörig gegen den Strich ... und ihm wurde allmählich bewusst, warum Hitler nicht gut auf den Feldmarschall zu sprechen gewesen war.

»Den Operationsradius vergrößert? Am OKW vorbei, denn ich weiß nichts davon!«, beschwerte sich von Brauchitsch sogleich.

Er wechselte einen Blick mit Zeitzler, der unwissend den Kopf schüttelte. Das Gesicht des dicken »Kugelblitzes« war wie eingefroren.

»Ich habe es mit von Manstein direkt besprochen«, kommentierte der Kanzler und versuchte, jede weitere Nachfrage durch eine fahrige Bewegung mit dem Arm hinfort zu wischen. »Ich lasse den Stäben die entsprechenden Befehle in Bälde zukommen.« Halder schaute sich unter seinen Offizieren um, als würde er einen von ihnen zur Hinrichtung auswählen. »Und in der Zwischenzeit wünsche ich mir vom Offizierskorps Vertrauen in meine Entscheidungen.«

»Erwin«, hauchte von Brauchitsch nach einigen Augenblicken betretenen Schweigens, »können wir bitte unter vier Augen reden?«

Halder grinste. Sein alter Freund sollte ruhig offen sprechen, damit der Kanzler von Brauchitschs fadenscheinige Argumente unter Zeugen zerlegen konnte. Es wurde Zeit, dass sich grundsätzlich einmal herumsprach, dass er, Franz Halder, fähig war, das Deutsche Reich zu führen.

»Sprich aus, was du zu sagen hast«, forderte er von Brauchitsch auf, der die Kränkung über die Abweisung seiner Bitte nicht verbergen konnte.

Der alte Feldmarschall sagte: »Schon der jetzige Operationsplan ist durch deine engen Vorgaben zum Scheitern verurteilt, wie ich bereits in früheren Unterredungen angemerkt habe. Dass du zum Beispiel dem Manstein die Pistole auf die Brust drückst, indem du ihm den 1. November als unbedingten Angriffstermin vorgibst, statt diesen an den wirklichen Gegebenheiten auszurichten, stellt einen Eingriff in die Autorität deines Oberbefehlshabers dar, wie der Führer es nicht besser hätte machen können. Und jetzt weitest du das Ganze noch aus. Von Manstein hält die Offensive unter diesen Gesichtspunkten für nicht durchführbar. Beinahe täglich erhalten OKH und OKW seine Eingaben, die du jedes Mal abschmetterst, ohne dich überhaupt mit den Bedenken zu befassen. Ich bitte dich inständig, Franz! Du forderst Vertrauen? Dann musst du ebenso Vertrauen in deine OB setzen. Du hast in allen Kommandos fähige Männer sitzen. Werde bitte nicht zu einem zweiten Adolf Hitler, der allem und jedem reinredet.«

Halder atmete durch. Seine Pupillen zuckten. »Wie soll ich mich zurückhalten, wenn meine Unterführer nicht erkennen wollen, wie dieser Krieg zu führen ist, frage ich dich?!« Die Antwort des Kanzlers kam schnippisch. Er verlagerte sein Gewicht, verzog das Gesicht vor Schmerzen, musste sich doch wieder auf seinen Gehstock stützen. Die Fingerknöchel zeichneten sich weißlich unter der Haut ab. Halder unterdrückte ein Stöhnen. Manchmal kam der Schmerz doch wieder durch. »Japans Offensive gegen die Sowjetunion gerät zum Desaster. An allen Frontabschnitten ist die Kaiserliche Armee auf dem Rückzug. Und sie hat kein Öl mehr, sodass sie ihre Panzer zurücklassen muss. Es ist eine Frage der Zeit, bis die Russen sie in ihre Ausgangsstellungen zurückgeworfen haben werden. Doch Stalin musste sich von uns abwenden, um diese Gegenschläge arrangieren zu können. Darum sind wir jetzt wieder am Zuge. Wir müssen den Giganten von beiden Seiten bearbeiten, wieder und wieder, bis er fällt. Doch wir müssen das bald tun, denn Japan braucht Entlastung!«

Der Kanzler beobachtete von Brauchitschs Gesichtszüge genau, die sich zu einer starren Fratze verfestigt hatten. Er hätte weitere Gegenwehr erwartet, denn seine Japan-Politik war beim Chef des OKW ein besonders wunder Punkt. Von Brauchitsch jedoch blieb stumm.

»Ohne die Panzer werden wir einen weiteren Ausbruch des Engländers nicht verhindern können«, lenkte Tittel die Aufmerksamkeit mit brüchiger

Stimme auf den Balkan zurück. Von Brauchitsch und Zeitzler nickten kräftig, um die Aussage zu unterstützen.

»Sie greifen also vorweg, dass Sie versagen werden?«, zischelte Halder mit bedrohlichem Unterton.

»Bei allem gebotenen Respekt ...«

»SCHWEIGEN SIE, TITTEL! Sie sind doch nur ein weiterer Beweis für die kollektive Unfähigkeit meiner Offiziere! Immer nur Ausflüchte, immer nur Forderungen! Ergebnisse liefern Sie alle nicht!«

»Das kann ich so nicht stehen lassen, ...«, trompetete von Brauchitsch, der gleich wieder vom Kanzler abgewürgt wurde.

»DOCH, DAS WIRST DU SO STEHENLASSEN! Denn es ist die Wahrheit!«

»DAS ist eine Frechheit!«, echauffierte sich Zeitzler, stapfte auf den größeren Halder zu und baute sich vor ihm auf, so gut es ging. »Es tut mir leid, aber ich kann nicht tatenlos zusehen, wie Sie über den Offiziersstand unserer herrlichen Truppe herziehen. Das haben die Männer nicht verdient und das wird ihnen auch nicht gerecht!«

»Ich will nichts mehr davon hören!«, fauchte Halder, drehte sich um und wandte sich der großen Karte an der hinteren Wand zu, die den Pazifikraum darstellte. Er hörte die Offiziere in seinem Rücken vor Zorn schnauben, doch sie gehorchten und blieben stumm.

»Erzähl mir lieber, Walther, wie es um die Tiger II-Panzer bestellt ist. Wann werden sie verladen?«, fragte Halder, ohne den Blick von der Pazifikkarte zu nehmen.

Schweigen. Langsam drehte der Kanzler den Kopf, starrte den in seinem Rücken stehenden von Brauchitsch fordernd an.

»Nun?«

»Sie werden nicht verladen«, antwortete von Brauchitsch.

»Was? Wieso nicht?« Der Kanzler fuhr herum, humpelte auf die Offiziere zu. Seine Augen blitzten vor Zorn, sein Körper straffte sich. Auf den Gehstock gestützt, fixierte er von Brauchitsch.

»Weil ich den Befehl dazu nicht erteilt habe.« Von Brauchitsch blickte Zeitzler an, der kaum merklich nickte. Dann sagte der Chef des OKW: »Und das werde ich auch nicht.«

Halder drohte zu platzen. Es war also, wie er es sich gedacht hatte! Die gesamte Riege hochrangiger Offiziere der Wehrmacht war ein unfähiger, defätistischer Haufen von Nichtsnutzen. Hitler hatte seine Generäle ausgewechselt wie andere ihre Socken. *Warum wohl?!*

»Ich habe den Befehl erteilt, die Panzer umgehend zu verladen und abzutransportieren. Sie sind dem Tennō versprochen!«

»Dem Tennō? DEM TENNŌ? Hörst du dich manchmal selbst reden?« Beinahe flehte von Brauchitsch. »Dieser Japaner ist nicht DEIN Kaiser!«

»Aber wir brauchen Japan!«, geiferte Halder, Gift und Galle spuckend und wild mit den Händen fuchtelnd. Er hinkte wie ein Irrer im Kreis, während er brüllte, angetrieben von einer schier unbändigen Lebensenergie, die durch seine Venen jagte: »Japan ist unsere einzige Hoffnung, diesen Krieg zu überstehen! Ohne die Japaner sind auch wir am Ende! Und sie brauchen die neuen Panzer, weil ihre eigene Produktion nicht hinterherkommt und der Amerikaner mit jedem Tag näher an die japanischen Inseln heranrückt! Herrgott, ich muss mich doch nicht rechtfertigen! Ich bin der Oberbefehlshaber der Wehrmacht, meine Herren. ICH!«

Von Brauchitsch war anzusehen, dass er Mühe hatte, nicht die Fassung zu verlieren. Man sagte ihm nach, dass er gegenüber Hitler oftmals den Schwanz eingezogen hatte – gegenüber Halder jedoch hatte er schon öfters das Recht für sich herausgenommen, Kritik zu äußern. Einen Befehl aber hatte der Feldmarschall noch nie verweigert.

Halder spürte die Blicke der Verständnislosigkeit, die ihn zu durchbohren suchten. Seine undankbaren und besserwisserischen Generäle starrten ihn an, als redete er Japanisch. Plötzlich überkam den Kanzler das Gefühl, sich doch noch erklären zu müssen. Er öffnete den Mund, und schon während ihm die ersten Worte über die Lippen gingen, gewann seine Stimme wieder an Aggressivität und Selbstbewusstsein. Immerhin war er der Reichskanzler des Deutschen Reiches, und die Offiziere hatten IHM Folge zu leisten, nicht umgekehrt! Er knurrte: »In dieser Woche hat der amerikanische Angriff gegen die Philippinen begonnen. Der Amerikaner setzt dazu ein: 29 Flugzeugträger, 3.200 Kriegsflugzeuge, 16 Schlachtschiffe, zwölf Raketenschiffe, zehn schwere Kreuzer, acht leichte Kreuzer, fünf Flak-Kreuzer, 181 Zerstörer, 141 Truppentransporter, 185 große Landungsfahrzeuge, 49 Minensuchboote, 62 Spezialschiffe, 450 Landungsboote, 66 Unterseeboote.«

Halders Blick blieb an den eisernen Gesichtern seiner Offiziere kleben, auf denen sich im Zwielicht der Glühbirnen zuckende Schattenspiele zutrugen. Offenbar verstanden die ach so gebildeten Männer noch immer nicht, worum es wirklich ging. Halder hingegen hatten die Zahlen der US-Offensive so sehr geschockt, dass sie ihm im Kopf hängen geblieben waren. Selbst Ōshima, der kriegsbesessene japanische Botschafter in Berlin, wurde angesichts der alliierten Übermacht von Woche zu Woche unsicherer. Doch die Herren hohen Offiziere der deutschen Wehrmacht verstanden es einfach nicht! Halder seufzte. Er hatte keine Lust, es weiter auszuführen. Entweder, ihnen leuchtete irgendwann noch ein, dass der Japaner diese Kräfte zur Stunde im Pazifik band ... oder eben nicht.

»Mit Schiffen kann man weder Berlin noch Wien erobern«, flüsterte von Brauchitsch und trat einen Schritt vor. Seine Augen waren ganz klein, seine Miene zuckte unter der Anspannung seiner Gesichtsmuskulatur. Der alte Offizier spielte mit dem großen, goldenen Siegelring, den er am rechten Ringfinger trug. Langsam, ganz langsam fokussierte er Halders Augen. Beide blickten sich direkt an.

»Ich werde«, begann von Brauchitsch ganz ruhig und schloss kurz die Augen, als müsse er sich konzentrieren, »der Panzer-Lehr-Division nicht 25 unserer modernsten Panzerfahrzeuge wegnehmen.«

»Das japanische Volk braucht diese Panzer!«

»WIR brauchen diese Panzer, Franz!« Von Brauchitsch trat nah an den Reichskanzler heran und redete auf ihn ein: »Unser Volk ... dein Volk braucht diese Panzer! Die Japaner haben ihre Chance vertan, und bald schon wird sich die gewaltige Macht der Roten Armee wieder ganz auf uns konzentrieren! Wenn wir bis dahin nicht jeden Mann und jede Waffe zusammenkratzen und an die Ostfront schaffen, werden die uns überrollen. Weißt du, wie viele Panzer die Russen mittlerweile produzieren? Und wie viel Material die von den Amerikanern erhalten? Noch zwei Jahre, und die Rote Armee ist zehnmal so groß wie die deutsche Wehrmacht! Franz, ich bitte dich, komm zur Vernunft!«

Von Brauchitsch ergriff den Kanzler an beiden Schultern. Der löste sich blitzartig aus der Berührung, drehte sich um und plärrte gegen die Wand: »Ich verbitte mir jede Diskussion und erwarte, dass meine Befehle nach den Regeln des Gehorsams ausgeführt werden!«

Halder wandte sich abermals seinen Generalen zu, deren Gesichter bleich geworden waren und aus deren Mienen blankes Entsetzen sprach. Tittel traute sich gar nicht mehr, seinen Blick von den eigenen Stiefelspitzen zu heben.

Von Brauchitschs Augen funkelten, offenbarten den kämpferischen Geist des Mannes, der sich von seinen körperlichen Leiden nicht in die Knie zwingen ließ. Die Falten auf der Stirn und um die Augäpfel herum waren tief wie nie, dennoch hatte von Brauchitsch nicht eine Sekunde gezögert, als Halder ihn im November 1942 gebeten hatte, aus der Führerreserve zurückzukehren.

Der Kanzler begriff in dieser Sekunde, warum Hitler von Brauchitsch damals entlassen hatte. Was konnte ein Staatsoberhaupt auch mit Untergebenen anfangen, die keinen Gehorsam leisteten?

»Bis morgen, 12 Uhr, geht der Befehl zur Verladung der Panzer raus – und bis Freitag habe ich den Entwurf für das Unternehmen ›Götterdämmerung‹ auf meinem Schreibtisch. Haben wir uns da klar verstanden, HERR FELDMARSCHALL VON BRAUCHITSCH?«, raunzte Halder, den Chef des OKW nicht aus den Augen lassend.

Von Brauchitsch atmete lautstark. Sekunden verstrichen, in denen sich der Feldmarschall sammelte.

Halders Muskeln verspannten sich, seine Hände bildeten bebende Fäuste. Er fühlte sich stark … bärenstark. Wenn es sein müsste, würde er es mit dem gesamten deutschen Offizierskorps aufnehmen!

»Ich werde keine Tiger II verladen lassen«, sprach von Brauchitsch so leise, dass er beinahe nicht zu verstehen war. »Und ich werde die *Scharnhorst* und die Kampfgruppe 2 nicht auf dieses Himmelfahrtskommando in den Pazifik schicken. Das ist ein Wahnsinn ohne Verstand, den ich nicht mittragen kann, Franz. Es tut mir leid.«

»Ist das dein letztes Wort?«

»Jawohl.«

Die Kontrahenten starrten einander an. Von Brauchitsch bemerkte nicht, dass der Kanzler den kleinen elektrischen Knopf betätigte, der sich unterhalb der Tischplatte des Kartentischs befand. Augenblicke später klopfte es an der Tür des Kartenraums. Halders Adjutant, ein Hauptmann mittleren Alters, streckte seinen Kopf durch die Tür.

»Holen Sie mir Oberst von Stauffenberg«, fauchte Halder.

»Franz, was soll das werden?«, fragte von Brauchitsch unsicher. Die anderen Anwesenden rührten sich nicht, trauten sich kaum zu atmen.

Der Adjutant verschwand ins Nebenzimmer. Das Klicken eines Telefons ertönte, dann dumpf die Stimme des Hauptmanns. Kurze Zeit später Schritte auf der Metalltreppe. Mehrere Personen.

Von Brauchitsch tauschte nervös Blicke mit Zeitzler aus. Der Kanzler beobachtete seine Offiziere.

»... Franz ...«, wisperte von Brauchitsch hilflos.

Schließlich klopfte es abermals an der Tür und der einäugige Oberst von Stauffenberg trat ein, zwei mit Maschinenpistolen bewaffnete Soldaten im Schlepptau.

»Herr Oberst«, rief Halder in gespielter Gelassenheit. »Ich enthebe Herrn von Brauchitsch hiermit aller Kommandos und stoße ihn mit sofortiger Wirkung aus der Wehrmacht aus, denn er verweigert seinem Reichskanzler den Gehorsam. Abführen!«

Von Brauchitsch warf dem Kanzler einen traurigen Blick zu, als Stauffenbergs Männer ihn aufforderten, mitzukommen. Schweigend verließen die Männer den Raum. Die Sporen ihrer Stiefel klackten mit jedem Schritt auf der Metalltreppe, die aus dem Bunker führte. Stauffenberg, der im Türrahmen stehengeblieben war, nickte dem Reichskanzler zu, dann verschwand auch er.

»Theresienstadt!«, brüllte Halder ihnen nach.

Eisiges Schweigen bestimmte die Szene. Das Entsetzen stand Zeitzler, Milch und Tittel ins Gesicht geschrieben. Niemand von ihnen schien noch große Lust zu verspüren, gegen die Pläne des Kanzlers aufzubegehren. Theresienstadt war jedem ein Begriff, ein ehemaliges Konzentrationslager für Juden, das nun Landesverräter mit endlosen Verhören, Folter und oftmals dem Tode bedachte. Himmler hatte dort bis zu seinem Selbstmord eingesessen.

So ist es gut!, freute sich Halder innerlich. Ein messerscharfes Grinsen huschte über seine Lippen. »Es scheint mir«, sagte er mit ausgebreiteten Armen und geschwollener Stimme, »als haben wir noch immer nicht alle Dissidenten entlarvt.« Er tippte sich unter das rechte Auge, beobachtete dabei genau, welche Wirkung seine Worte auf die Offiziere entfalteten. Ihm gefiel, was er sah. Er hatte jeden Willen zum Widerstand zerschlagen. »Wir werden also auch in Zukunft weiter unsere Augen und Ohren offenhalten müssen, um die letzten Schädlinge aufzuspüren und zu eliminieren. Denn eines muss in diesen schweren Tagen, in denen unser Volk um seine nackte Existenz ringt, zweifelsohne funktionieren: das Zusammenspiel von Befehl und Gehorsam. Nur so bleiben wir entscheidungsfähig und haben eine Chance, zügig die richtigen Maßnahmen zu treffen. Vergessen Sie niemals, welche Position Sie innehaben. Und vergessen Sie niemals, wer über Ihnen steht. Ich bin der

Reichskanzler des Deutschen Reichs und in dieser Funktion Oberbefehlshaber der Wehrmacht. ICH!«, Halder labte sich an den Gesichtsausdrücken der anwesenden Offiziere, »Ich bin der Führer … der deutschen Nation! ICH allein!«

Der Kanzler wandte sich von den anderen ab und der großen Karte der Ostfront zu. Er spürte ihre Blicke in seinem Rücken, derweil durchströmte ihn ein triumphales Gefühl. Mit etwas Glück würde Halder in Zukunft nicht mehr mit den hanebüchenen Ansichten seiner hohen Offiziere belästigt werden. Mit etwas Glück hatten die feinen Herren endlich verstanden, dass auch er ein Führer war, der durchzugreifen vermochte.

»Zeitzler?«, sprach der Reichskanzler gegen die Karte.

»Jawohl?«

»Holen Sie mir den Generaloberst Berlin her. Ich möchte aus erster Hand über die Verlegung der Höllenhunde informiert werden.«

»Natürlich, ich lasse über den Herrn Hauptmann einen Termin vereinbaren.«

»Ausgezeichnet.« Halder ließ seinen Blick über die eingezeichnete HKL schweifen. Nowgorod, Kiew, Dnjepropetrowsk … bald schon würden die Sowjets die ganze Macht der Wehrmacht und der deutschen Hochtechnologie zu spüren bekommen. Bald schon würde der Feind wanken unter den gewaltigen Schlägen, die er, Reichskanzler Franz Halder, auszuteilen befahl. Mochte von Manstein doch lamentieren, wie er wollte! Auch der beliebte OB Ost hatte die Weisheit nicht mit Löffeln gefressen. Aufgrund der anstehenden deutschen Großoffensive, der Operation *Götterdämmerung*, hatte Halder sogar den Einsatz der Höllenhunde gegen englische Städte abgebrochen. Die Ferngeschosse wurden für die Dauer des Unternehmens von Manstein unterstellt. *Die Russen jedenfalls werden große Augen machen, wenn am 1. November nicht nur Panzer und Infanteristen gegen ihre Stellungen anrennen, sondern auch Raketen ihr Hinterland verwüsten.* Halder würde einen wahren Raketenkrieg über Russland entfachen!

Das Telefon im Vorraum klingelte. Das Schellen hallte blechern in den Kartenraum hinein. Des Kanzlers Adjutant nahm den Hörer ab, führte ein kurzes Gespräch, hängte ein. Sekunden später klopfte es an der Tür. Der Hauptmann trat ein und salutierte.

»Warum unterbrechen Sie uns?«, fauchte Halder.

»Herr … Herr Reichskanzler«, rang sich der Offizier die Worte ab, »es tut mir sehr leid, aber sie sagten, sie wollen sofort unterrichtet werden, wenn der Feind wieder mit der Bombardierung beginnt.«

»Und?«

»Die Radarstellen melden große Formationen, die über die Nordsee einfliegen.«

»Also ist Wien die nächste Finte?«

Wien war durch General Eisenhower für diese Woche zur Vernichtung angekündigt worden. Und tatsächlich hatte die deutsche Aufklärung in den letzten Tagen starke Flugzeugformationen ausgemacht, die von der englischen Insel aus in einem weiträumigen Bogen in den Mittelmeerraum eingeflogen waren. So stellten die Westmächte ihre flächendeckenden Bombardierungen jeweils einer Stadt nämlich sicher: durch den stetigen Einsatz aller zur Verfügung stehenden Luftstreitkräfte. Für südliche Ziele mussten diese aus dem Mittelmeerraum heraus operieren, für nördliche und östliche Ziele von England aus, um ausreichend Jagdschutz für die Bomberstaffeln gewähren zu können. Agenten der Abwehr berichteten davon, dass ganz Sizilien zu diesem Zweck zu einem riesigen Flugplatz ausgebaut worden war. Leider war der Gegner ein Meister der Täuschung, hatte dies mit zig Operationen unter Beweis gestellt. Die aufgeklärten Luftbewegungen von England ins Mittelmeer hatten wahrscheinlich nie stattgefunden.

»Sie tun es schon wieder«, flüsterte der Kanzler. Nach Breslau, nach Mannheim, nach Stettin, nach Rimini, nach Krefeld, nach Linz, nach Hamm hatte der Feind die Vernichtung einer weiteren europäischen Stadt eingeläutet. Dem Kanzler stand die Wut in den Augen. Er fuhr herum und stapfte auf Milch zu, der nicht wenig erschrak.

»UND DEINE JÄGER SIND IN WIEN!«, brüllte er, Milch mit wilden Augen anstarrend. Der hob die Hände abwehrend vor den Körper und schüttelte den Kopf.

»Wir haben unsere Nachtjäger überall«, verteidigte er sich.

»FEIN!«, plärrte der Kanzler, spuckte dabei. »Dann fang' endlich an, sie einzusetzen, oder willst du warten, bis auch die letzte deutsche Stadt vernichtet ist?«

Milch verstand die Welt nicht mehr. »Franz, ich ...«

Der Kanzler unterbrach ihn mit einer Handbewegung. »Erspare mir deine Ausflüchte! Du bist genauso unfähig wie das fette Schwein!«

»WIE BITTE?« Milch wurde ebenso vom Zorn gepackt.

»Ja, ist es nicht so? Wo hast du deine glorreiche Luftwaffe auch nur ein Mal erfolgreich zum Einsatz gebracht?«

»Ich kann nicht fassen, was du da sagst … es dauert nun einmal seine Zeit, die Fehler der Vergangenheit zu korrigieren. Mit Speers Hilfe habe ich eine deutliche Typenreduktion zu Gunsten der Produktion erreicht. Wir haben die Annäherungszünder der Acht-Achter weiterentwickelt, haben erstmalig erfolgreich Boden-Luft-Raketen im Einsatz getestet. Zu keiner Zeit waren wir erfolgreicher im Bekämpfen feindlicher Bomber als derzeit. Ich habe …«

»Du hast versagt, das Vaterland gegen den Feind zu schützen! Berlin, Köln, München … alle großen deutschen Städte weisen elementare Zerstörungen auf! Und jetzt fangen die Angloamerikaner an, unsere Städte völlig auszuradieren … UNBEHELLIGT!«

Hilfesuchend wandte sich Milch an die anderen Generale im Raum. Zeitzler wollte etwas zu Milchs Verteidigung sagen, doch der Kanzler plärrte schon weiter: »DIE DEUTSCHE LUFTWAFFE IST EIN JÄMMERLICHER WITZ!«

»Auch wenn du der Reichskanzler und Führer Deutschlands bist, verbitte ich mir diesen Ton. Tapfere Piloten werfen sich mit kaum mehr als ihrem nackten Leben jedem feindlichen Angriff entgegen! Du entehrst diese Männer mit deinen Hasstiraden!«

»Ich will Ergebnisse, keine hohlen Heldenphrasen!«, donnerte Halder und drohte Milch mit der Faust. »Ich habe lange genug mit angesehen, wie du die deutsche Fliegerei herunterwirtschaftest!«

Wieder wollte Zeitzler zu Milchs Verteidigung antreten, wieder kam er nicht zu Wort. Der Kanzler schrie, seinen Zeigefinger beinahe in Milchs Brust bohrend: »Sieh bloß zu, dass du deine Vögel in die Luft bekommst! Sieh zu, dass du Ergebnisse lieferst!«

An: Frau Else Engelmann, 24.8.1944

(23) Bremen
Hagenauerstr. 21

Liebe Elly,

Deine Briefe geben mir Kraft in diesen schweren Zeiten, in denen unser Volk
auf eine harte Probe gestellt wird. Auch wenn die Entbehrungen groß sind,
verlaße Dich darauf, daß ich weiterkämpfen werde, solange es von mir verlangt wird. Ich werde alles in meiner Macht Stehende tun, euch zu schützen!
Ich stehe nun übrigens im Rang eines Oberleutnants. Bitte beachte dies bei
Deinem nächsten Schreiben.

Sepp

Südlich von Zein, Kroatien, 29.08.1944

Der Traum vom schnellen Vorstoß gegen die britischen Stellungen bei Split
und in der Bucht von Kaštela hatte sich zerschlagen. Die gegnerische Expeditionsstreitmacht war zum einen größer als anfänglich vermutet, zum anderen bereitete die angloamerikanische Luftwaffe jedem Versuch der Achsenmächte, Verbände zu verschieben, arge Schwierigkeiten – genau wie damals
in der Normandie. Lokale Bolschewisten verübten zudem unentwegt Attacken gegen Nachschubkolonnen und Gleise im Hinterland, was die Bemü-
hungen der Verteidiger zusätzlich hemmte.

Mit Beginn der britischen Landung waren überall im Land Banden aus ihren
Löchern gekrochen, die sich seither blutige Kämpfe lieferten. Alte Fehden
wurden ausgetragen, Familienclans fielen übereinander her. Kroaten gegen
Serben und Albaner, Bolschewisten gegen Anhänger der Achse – alles unter
dem Deckmantel des Krieges der großen Nationen, der nun auf kroatischem
und italienischem Boden ausgetragen wurde.

Auf dem Balkan hatte mit der britischen Landung somit eine neue Stufe
des grauenvollen Schlachtens und Mordens begonnen. Während sich an der
Front deutsche, italienische, bulgarische, kroatische, kanadische, indische

und britische Männer gegenseitig töteten, während schreiende Soldaten verbrannten und Sprenggeschosse ihnen die Leiber zerfetzten, geschahen im Hinterland andere ungeheuerliche Dinge. Frauen und Kinder wurden massakriert, erstgeborene Söhne zur Bestrafung des Vaters zu Tode gehetzt, die Leichen dahingemetzelter Männer und ihrer Familien öffentlich ausgestellt. Unbeteiligte gab es in diesem Konflikt schon lange nicht mehr, entweder jemand war für oder gegen eine Seite, ganz gleich, ob dieser jemand erst wenige Tage alt war oder ein Greis auf wackeligen Beinen.

Die in der Hauptsache aus Deutschen und Bulgaren bestehenden Truppen der Achsenmächte waren gar nicht mehr bis an Split herangekommen, sondern hatten mit Erschrecken feststellen müssen, dass die Briten längst weiter ins Landesinnere vorgedrungen waren. Wahrlich, auf dem Balkan standen sich zwei überaus schwache Armeen gegenüber. Keine Seite verfügte über ausreichende Mittel, den Gegner zu werfen. Es schien auch nicht die Absicht der Briten zu sein, das ehemalige Jugoslawien zu befreien, oder gar die deutsche Ostfront zu bedrohen. Nein, sie wollten einen Nadelstich gegen das Reich setzen – und was für einen sie gesetzt hatten! Aufgrund der britischen Landung rumorte es ordentlich in der deutschen Führung, zudem stellte die Balkanfront eine große Bedrohung für die Sicherheit der Region dar. Sollte Tito seine militärische Machtposition ausweiten können und sollten sich die Briten in der Bucht von Kaštela sowie im Raum Split dauerhaft festsetzen, so drohte die deutsche Vorherrschaft auf dem Balkan mittelfristig zu kippen. Dann wären Griechenland, Bulgarien und Rumänien mit seinen Ölquellen in Gefahr, dann wäre tatsächlich die Ostfront bedroht. Im November dieses Jahres würden überdies Wahlen in den USA stattfinden. Je nach Ausgang würden sich auch die Staaten mit Bodentruppen auf dem Balkan engagieren. Aus diesem Grunde musste die Landung rasch abgeschlagen werden, doch allein dazu fehlten dem OB Balkan die Mittel.

Der Frontverlauf hatte einige Tage gebraucht, um sich herauszubilden, wobei vielerorts noch immer keine feste Hauptkampflinie bestand. Das von Gebirgsgruppen durchzogene und von Karstgebieten zerklüftete Land war nicht dafür gemacht, von starren Frontlinien beherrscht zu werden. Vielerorts waren befestigte Stellungen schlichtweg nicht möglich, weshalb sich die Kräfte beider Seiten in ständiger Bewegung befanden und die Oberbefehlshaber, Field Marshal Vereker für Großbritannien sowie Feldmarschall von Kluge für die Achse, vor allem auf Spähtrupps und Kolonnen setzten, um ihre Räume zu überwachen. In der großen Polje, einem Karstgebiet, das die Stadt Zein umgab, war die Front wie eine durchlässige Membran, durch die immer wieder Truppen beider Seiten hindurchzuschlüpfen vermochten. Die Stadt selbst lag in englischer Hand, und von deutscher Seite aus fehlten die Mittel, sie zurückzuerobern. Stattdessen setzte die Wehrmacht nun alles daran, wenigstens den Status Quo zu behaupten. Die Panzer-Division »Franz Halder« erwies sich dabei als das Rückgrat der deutschen Verteidigung, verfügte sie doch als einziger Verband im ehemaligen Jugoslawien über Fahrzeuge und Panzer in nennenswerter Zahl, womit zumindest die Rollbahnen der Region ausreichend gesichert werden konnten.

Oberleutnant Engelmann, der den Brief an seine Frau noch kurz vor Beginn seines aktuellen Auftrags der Post mitgegeben hatte, musste wohl zugeben, dass von Kluge im Rahmen seiner Möglichkeiten clever agierte. Der Feldmarschall hatte die Panzer-Division über beinahe ganz Kroatien verteilt, was den Männern des Verbandes nicht unbedingt schmeckte, doch er schaffte sich dadurch die Fähigkeit, allerorts mit raschen Gegenstößen zurückschlagen zu können. Die Panzer-Grenadier-Regimenter wurden weitestgehend geschlossen eingesetzt, Artillerie- und Panzereinheiten hingegen in Kompanie-, manchmal nur in Zugstärke zum Einsatz gebracht. Da das Fundament der britischen Landungstruppen ebenfalls aus Infanterie bestand und die Region kein begünstigendes Panzergelände bot, konnte sich von Kluge eine solche Zersplitterung seiner Panzerwaffe durchaus leisten. Kleine, schnelle Kräfte vermochten manchmal mehr zu bewirken als große, schwerfällige Verbände.

Engelmann nickte anerkennend bei solchen Gedanken. Es hieß, von Kluges Stabschef Tittel befand sich zurzeit in Berlin, um über Verstärkungen für den Balkan zu verhandeln. Engelmann war erpicht darauf zu erfahren, mit welcher Kunde der General zurückkehren würde, und wie lange die Deutschen vor Ort noch in der Verteidigung auszuhalten hatten, ehe mit den herangeführten Verstärkungen zum Gegenschlag ausgeholt werden konnte.

Engelmanns Kalkül war dabei das Folgende: Er hoffte, den Westmächten nach Frankreich auf dem Balkan die nächste einschneidende Niederlage beibringen zu können. Ursprünglich war er davon ausgegangen, die gescheiterte Invasion der Normandie würde ausreichen, den Kriegswillen der Westalliierten zu brechen. Dem war nicht so, weshalb Engelmann seine Hoffnungen nun auf die Balkanschlacht setzte. Ein zweiter militärischer Fehlschlag in so kurzer Zeit würde die Westmächte endlich an den Verhandlungstisch bringen.

Irgendwann musste der Feind schließlich die Lust am Kampf verlieren. Irgendwann musste das alles ein Ende nehmen. Würden sich die Anführer der Westmächte endlich zu Verhandlungen bereiterklären, würden sie gar einem Abkommen zustimmen, das dem Deutschen Reich ein Existenzrecht einräumte, so wäre dies der erste Schritt in Richtung eines wahrhaftigen Friedens, der schon viel zu lange auf sich warten ließ.

Die politische Lage interessierte Engelmann dabei herzlich wenig. Er wollte heim. Er wollte einfach heim, wollte ein Leben führen, das Gartenzäune statt Stacheldraht und Kinderlärm statt dem Pfeifen von Artilleriegeschossen kannte. Für dieses Leben aber musste der elende Krieg endlich enden, und das schien derzeit am schnellsten über einen Separatfrieden mit den Westmächten erreichbar zu sein. Danach dann könnte das Reich all seine Kraft auf die Sowjetunion konzentrieren. Engelmann schätzte es als realistisch ein, einen Sieg im Osten innerhalb eines Jahres zu erreichen, wären die Westmächte erst einmal aus dem Spiel. Etwas mehr als ein Jahr also noch – einmal mehr klammerte Engelmann sich an diesen Strohhalm.

Seine kleine Familie erschien vor seinem geistigen Auge. Mit einem Mal wurde Oberleutnant Engelmann, Führer der 2. Kompanie der Schweren I. Abteilung, sehr traurig. Sein aus der Erinnerung hervorgekramtes Bild von Gudrun, dieses kleine, auf wackeligen Beinen stehende Mädchen mit dem von Zahnlücken beherrschten Lächeln und dem brünetten Haarschopf, entsprach wohl kaum noch der Realität. Zu schnell entwickelten sich die Kinder in diesem Alter! Im Grunde wusste Engelmann gar nichts über seine Tochter, hatte sie seit fast neun Monaten nicht mehr gesehen, eine Ewigkeit im Leben eines Kleinkindes! Auch aus anderem Grund wurde Engelmann beim Gedanken an seine Familie traurig: Seine Briefe an Elly entsprachen zuletzt immer weniger seinen wahren Gefühlen. Engelmann wusste nicht, warum, aber seit der Schlacht um die Normandie musste er mit jedem Wort ringen, musste jeden Satz mühsam aus sich herauspressen, und brachte nach Stunden, in denen er über dem Briefpapier hockte, doch nur ein paar oberflächliche Zeilen zustande, gespickt mit Fachsimpelei und hohlen Phrasen. Traurig machte ihn dieser Umstand vor allem, weil er wusste, wie sehr er Elly damit verletzte.

Elly … meine Elly, wiederholte er ihren Namen in Gedanken, als könne er damit seine kalten Briefe an sie wettmachen. Engelmanns Blick blieb dabei auf der Straße haften, die sich in einigen hundert Metern Entfernung querverlaufend durch das zerklüftete Felsgelände schlängelte. Steile Hänge, an denen steinerne Hütten klebten, umschlossen die Karstebene, in der Engelmanns Kompanie auf der Lauer lag. Der Panzeroffizier beäugte die Rollbahn durch das geöffnete Turmluk seines Tiger-Panzers, auf dessen Rohr in weißen Lettern »Irma« geschrieben stand, und der verdeckt hinter einer Reihe Sträucher am Rande eines Mischwaldes in Stellung lag. Engelmanns eigener Logik folgend hätte er seinen Tiger eigentlich »Irma II« oder ganz anders nennen müssen, doch er wollte nicht. Er wollte bei Irma bleiben.

Engelmanns Kompanie war mit dem neuen Tiger Ausführung C ausgestattet. Diese Variante verfügte gegenüber der Vorgängerausführung E über abgeschrägte Panzerplatten sowie einen eigens für den Tiger konstruierten Motor. Bei der Benennung war das Heereswaffenamt unüblicherweise nicht der alphabetischen Logik gefolgt. Es hieß, die ungewöhnliche Benennung war aufgrund feindlicher Spionagetätigkeiten im Kasseler Henschelwerk zustande gekommen.

Am Morgen dieses Tages hatte sich Engelmanns Kompanie in mühevoller Rangierarbeit durch den Mischwald gedrückt, um eine günstige Schussposition auf die Straße zu erreichen. Stück für Stück hatten sich die gewaltigen Stahlkolosse durch das Unterholz geschoben, hatten die Fahrer querliegende Baumstämme und Dickicht plattgewalzt und zeitraubend große Bäume umfahren. Das Durchfahren des dichten, zudem durch die Regenfälle der letzten Tage aufgeweichten Forstes war ein mühsames Unterfangen gewesen, doch nur auf diese Weise konnten die Panzermänner sicherstellen, nicht von den neugierigen Augen englischer Piloten aufgeklärt zu werden. Gleichzeitig mussten Engelmann und seine Männer diebisch aufpassen, in dem mit unterirdischen Hohlräumen durchsetzten Karstgelände nicht einzubrechen. Auch bestand die Gefahr, mit dem Wannenboden auf Felsen aufzusetzen oder irgendwo stecken zu bleiben.

Es nieselte leicht. Feine, kühle Regentropfen fielen Engelmann ins Gesicht. Er schüttelte die Gedanken an seine Familie ab. Sie machten ihn sowieso nur traurig.

Fernes Motorbrummen erfüllte mit einem Mal die weitläufige Karstebene, die aussah, als hätte ein göttlicher Pflug das felsige Land aufgebrochen und umgegraben. Diese eine Straße aber, deren Beobachtung und Blockierung Engelmanns Auftrag war, schlängelte sich wie ein glatter Aal durch die zerklüfteten Felsstrukturen. Der Engländer nutze die Rollbahn, die Zein mit Split verband, für den Nachschub, so hatte es Generalleutnant de Boer,

Kommandeur der 26. Infanterie-Division, bei der Einweisung gesagt. Die 26. ID war noch einigermaßen unverbraucht, denn sie war erst vor zwei Tagen herangeführt worden, nachdem de Boer seine Männer in Gewaltmärschen durch das halbe Land gejagt hatte. Die Panzer-Division »FH« unter ihrem Kommandeur Doktor Mauss hatte zuvor bereits das Schlimmste verhindern können. Sie hatte die zurückweichenden Bulgaren, Kroaten und Italiener aufgefangen und einen Durchbruch der britischen Invasionstruppen ins Hinterland vereitelt. Um den feindlichen Landekopf vollumfänglich abzuriegeln, reichten die Kräfte der Panzer-Division jedoch nicht aus. Die mittlerweile eingeschobene 26. ID sollte in diesem Punkt Abhilfe leisten, zumindest auf der rechten Flanke der Front.

Die HKL, soweit diese definiert werden konnte, verlief zur Stunde grob von Omiš, östlich von Split gelegen, über Zein, von wo aus sie in einem großen Bogen bis nach Sibenning reichte. Der feindliche Landekopf besaß einen Durchmesser von etwas über 75 Kilometer entlang der Küste, was ausreichte, um die örtlichen Verteidigungskräfte vor beinahe unlösbare Probleme zu stellen.

Die 26. Infanterie-Division war im Schwerpunkt an der rechten Flanke des Landekopfes eingesetzt, hatte somit äußerst schwieriges Gelände von 50 Kilometer Breite zu überwachen. Die Verbündeten des Reiches hatte der OB Balkan, der auch die Befehlsgewalt über die Kroaten, Bulgaren und Italiener innehatte, an der linken Flanke der Front zusammengezogen, verstärkt durch Teile der Panzer-Division »FH«.

Eine weitere deutsche ID, die 382., befand sich laut de Boer im Zulauf — und das war es dann auch fast schon, was die Kräfte der Achse im ehemaligen Jugoslawien anging. Der eine oder andere Verband stand im Norden oder Osten des Landes im Kampf mit Titos Partisanen, alle anderen Einheiten waren zugunsten der Ost-, Süd- und letztlich der Westfront längst abgezogen und Ersatz nie nachgeführt worden.

Zur besseren Koordinierung war Engelmanns Einheit, genauso wie zwei Kompanien der III. Abteilung, de Boer direkt unterstellt worden. Der Generalleutnant hielt die Panther der III. Abteilung als Frontfeuerwehr zurück. Engelmann hingegen hatte den Auftrag erhalten, die Rollbahn zwischen Split und Zein zeitweise zu sperren.

Und da war Engelmann nun. Er befand sich mit sechs Tiger-Panzern Ausführung C tief im Feindesland, wo seine Kompanie auf sich gestellt operierte.

Es galt, die Nachschubkolonnen des Gegners abzufangen und zu vernichten – und der anschwellende Lärm von Verbrennungsmotoren bestätigte dem Oberleutnant, dass er auf Beute gestoßen war.

Engelmanns Kompanie hatte auf einer leichten Erhöhung Stellung bezogen, gut verborgen hinter dichtem, verdorrtem Buschwerk, das auch der Regen nicht mehr retten konnte. Der Oberleutnant blickte sich nach links und rechts zu seinen anderen Kampfwagen um. Die Kommandanten beobachteten über Luke das Vorfeld, teils mit einem Fernglas vor den Augen. Engelmann hatte absolute Funkstille befohlen. Verständigung nur per Handzeichen.

Engelmanns Blick fiel auf den Führer des 2. Zuges, Oberfeldwebel Perscher, dessen Tiger rechter Hand in Stellung lag. Der Oberleutnant wartete darauf, dass Perscher seinen Blick erwiderte, dann übermittelte er mit wenigen Handbewegungen seine Befehle. Perscher nickte zur Bestätigung. Den 1. Zug führte Engelmann selbst.

Die Motorengeräusche kamen näher und näher. Es mussten Dutzende Fahrzeuge sein, die sich von Süd nach Nord über die Straße schoben.

Nachschub für Zein, sinnierte Engelmann. *Aber Zein wird heute keinen Nachschub erhalten!*

Der Panzeroffizier blickte ein weiteres Mal nach links und rechts, blickte jeweils an den zwei beziehungsweise drei Tanks seiner Einheit entlang. Die bulligen Fronten der Tiger lagen verborgen hinter dem Buschwerk, die Rohre waren auf die Straße ausgerichtet. Sechs 88-Millimeter-Waffen standen Engelmann zur Verfügung. Damit würde er einigen Schaden unter den Briten anrichten können, und selbst wenn diese nach einem Moment der Überrumpelung das Feuer erwidern sollten, bedurfte es schon mehr als ein paar Panzerbüchsen und Handgranaten, um den 800 Meter entfernten, auf einer Kuppe lauernden schweren deutschen Panzern gefährlich zu werden.

Ein Grinsen bestimmte Engelmanns Miene. Der Hinterhalt war vorbereitet, die Attacke würde ein Kinderspiel werden – und sie würde dem in Zein sitzenden Feind weh tun.

In einiger Distanz wurden die Spitzenfahrzeuge der gegnerischen Kolonne sichtbar. Zügig fuhren sie die Rollbahn hinauf, fuhren sie Engelmanns 2. Kompanie entgegen. An der Spitze des britischen Fahrzeugtrecks rollten zwei eckige Cromwell-Panzer, die ähnlich wie die Tiger der ersten Ausführung über keine schräge Panzerung verfügten, zudem war die eingebaute 75-Millimeter-Kanone der Acht-Acht unterlegen.

Den britischen Panzern folgten, aufgereiht wie auf einer Perlenkette, ein Dutzend Lastwagen. Aufgrund der aufgezogenen Planen konnte Engelmann nur vermuten, was sie transportierten. Er hoffte auf Treibstoff, Waffen oder Munition, denn die Vorräte der Wehrmacht im ehemaligen Jugoslawien waren sehr begrenzt. Im schlechtesten Fall allerdings verbargen sich Fußsoldaten unter den Planen, die in diesem zerklüfteten, mit tiefen Felsritzen und unterirdischen Hohlräumen versehenen Gelände rasch zum schlimmsten Feind der deutschen Tiger werden konnten.

Drei gigantische Stahlkolosse, beige lackiert, schoben sich hinter den Lastwagen über die Straße. Überdimensionale Laufräder, zur Hälfte abgedeckt durch Panzerschürzen, trieben vergleichsweise schmale Ketten an, die sich in die unbefestigte Straße fraßen. Engelmann hatte diese Art Kampfwagen noch nie gesehen, konnte sich auch nicht an eine entsprechende Abbildung aus dem Typenkompass erinnern. Ihr Unterbau ähnelte durch die flache, breitspurige Bauart dem eines Crusader-Panzers, doch der übergroße Turm, aus dem ein ebenso übergroßes Rohr im 45-Grad-Winkel in den Himmel ragte, ließ nur einen Schluss zu: Panzerhaubitzen!

Hinter den drei Stahlkolossen rasselte ein weiterer Cromwell-Panzer her. Kommandant und MG-Schütze, gekleidet in Khakifarben, blickten aus dem geöffneten Turmluk und waren in ein Gespräch vertieft.

Ohne Frage, Engelmanns Tiger würden den Konvoi zerreißen. Und der Feind ahnte nichts von seinem Schicksal. Seelenruhig tuckerten die britischen Fahrzeuge vor die Rohre der Tiger.

Der Himmel zog sich immer weiter zu. Dichte, schwarze Wolken verdeckten die Sonne, dass es schlagartig dunkel wurde. Der Regen wurde plötzlich heftiger. Wolkenbruchartig prasselten nasse Stäbe auf die Welt hernieder.

Engelmann genoss die über seine Wangen rinnenden Tropfen, denn es war nach wie vor sehr warm. Der Oberleutnant gab Perscher per Handzeichen neue Befehle. Er schlug sich dazu mit der rechten Faust in die Handinnenfläche seiner Linken, anschließend streckte er dem Konvoi die Fäuste entgegen, bevor er die rechte Hand hob und Perscher alle fünf Finger zeigte. Der nickte zur Bestätigung, tauchte in seinen Panzer ab. Auch Engelmann ließ sich ins Innere seiner Kuppel gleiten. Der Regen trommelte lautstark gegen die Panzerung des Tigers, stürzte durch den geöffneten Deckel auf Engelmann hernieder. Wassergüsse liefen an den Rändern des Drehkranzes hinab.

Engelmanns Besatzung, das waren der Panzerfahrer Birne, Panzeroberschütze Wölk am Sprechfunkgerät, der Richtschütze Bock und der treue Gefreite Jahnke, seines Zeichens Ladeschütze, blickten ihren Kompanieführer
an, soweit dies die Bauweise des Panzers zuließ, denn das Schloss und der
Munitionszuführer der gigantischen Acht-Acht-Kanone zogen sich wie eine
Trennwand durch den Innenraum.

Bock saß als Richtschütze im Rücken von Engelmann und drehte sich wie
dieser mit, sofern der Turm des Tigers kreiste, ebenso wie Jahnke, der seinen
Platz rechts der Kanone hatte. Fahrer und Funker saßen vorne links beziehungsweise rechts im Unterwagen. Zwischen ihnen befand sich das Getriebe,
das mit ungeheuren Kräften mahlte, um die 60 Tonnen des Panzerkampfwa-
gens VI Tiger zu bewegen. Wölk verfügte neben seinem Funkgerät über ein
in eine Kugelpfanne eingebrachtes Maschinengewehr 34.

Der Tiger Engelmanns führte 40 Panzer- und 52 Sprenggranaten mit sich,
hinzu kamen 39 Gurtsäcke MG-Munition zu je 150 Patronen.

»Bock, vorderster Wagen, 800. FEUER!«, befahl Engelmann mit ruhiger
Stimme.

»Habe ich mir schon gedacht ...«, sagte der Richtschütze, der sich hinter
die binokulare Zieloptik geklemmt hatte. Sein Finger ruhte auf dem elektrischen Schussauslöser. Während der Stabsgefreite die Kanone auf den an der
Spitze fahrenden Cromwell ausrichtete, ertönte rechts ein dumpfer Knall.
Perscher hatte das Feuer eröffnet.

Das Geschoss zog einen glühenden Schweif hinter sich her, als es durch die
Karstebene jagte, den Briten entgegen. Es traf das Schlusslicht der Kolonne,
den einsamen Cromwell, vorne links in die Kette, platzte und gereichte zu
einer Feuer und Rauch spuckenden Explosion. Die Kette zerbarst unter dem
Druck, riffelte auf. Die Laufräder verbogen sich in der Höllenhitze des Feuer-
balls. Eines sprang aus der Fassung. Die blanken Räder des englischen Panzers gruben sich in die Straße. Der Cromwell brach nach links aus, stellte sich
quer und blieb liegen.

Engelmann beobachtete den rauchenden Panzer durchs Scherenfernrohr.
Im gleichen Augenblick schüttelte sich sein eigener Panzer, denn Bock hatte
die Kanone abgefeuert. Das panzerbrechende Projektil wurde mit 930 Meter
pro Sekunde aus dem Rohr gepresst, zischte dem vordersten Cromwell entgegen. Es traf ihn exakt zwischen Wanne und Turm, fraß sich durch den Stahl,
drang in den Mannschaftsraum ein und verging dort in einer krachenden

Detonation, die alles Fleisch im Inneren des Panzers binnen einer Millisekunde zerkochte und zu Asche zerrieb. Die Ketten und Räder des Panzers stoppten, der Wagen kam zum Stillstand und blockierte die Straße nach vorn. Blitzartig bildeten sich fette, schwarze Rauchschwaden, die die dahinterliegenden Lastwagen einhüllten. Flammenzungen leckten aus den geöffneten Luken, wo sie im Regen zischten wie eine Kobra.

Die Briten waren in helle Aufregung versetzt. Aus einigen der Lastwagen sprangen Soldaten, die sich abseits der Straße in den Schlamm warfen. Engelmann registrierte mit Erleichterung, dass nicht aus jedem der Laster Soldaten kletterten. Es gab also definitiv Beute zu machen!

Noch ehe die britischen Panzer hätten reagieren können, schickten die restlichen Tanks der 2. Kompanie ihre Geschosse auf die Reise. Die Panzergranaten zerrissen die Kolonne, als bestünde diese aus Papier. Tosende Donnerschläge fegten über das Land. Feuerpilze verschlangen Fahrzeuge und Männer, Splitter fetzten durch die Luft. Ein Soldat wurde von einem umherwirbelnden Gegenstand regelrecht aufgeschlitzt. Engelmann konnte durchs Scherenfernrohr erkennen, wie die Brust des Mannes aufriss und sich ein Blutschwall daraus ergoss.

Jahnke drückte in diesem Augenblick die nächste Panzergranate in die Ladevorrichtung und ließ den Verschluss zuschnappen. »Geladen, Oberleutnant!«, brüllte er, sich den Schweiß von der Stirn wischend.

Engelmann starrte auf die feindlichen Fahrzeuge. Mit nur einem Schlag hatte seine Kompanie großen Schaden angerichtet. Ein Lkw lag quer, ein anderer hatte Feuer gefangen. Verwundete Soldaten krümmten sich am Boden wie Regenwürmer in der Mittagssonne. Der zweite Cromwell-Panzer an der Spitze der Kolonne hatte sich gleich zwei Treffer eingefangen. Sein Turm hatte sich verabschiedet, die Kette war völlig zerschreddert worden. Vereinzelt erklangen Handfeuerwaffen. Die Briten ballerten in alle Richtungen, wussten offenbar nicht, aus welcher Richtung sie angegriffen wurden. Sie krochen durch den schmierigen Schlick, in den sich der Boden im Regen verwandelt hatte.

»Anna an alle!«, rief Engelmann ins Kehlkopfmikrofon und brach damit die Funkstille. »Feuer ohne Befehl auf gepanzerte Ziele! MG gegen weiche Ziele! Anna 1 und 2, fertigmachen zum Vorrücken auf mein Zeichen.«

Die Kommandanten bestätigten den Spruch in schneller Abfolge. Der Geruch von Benzin kroch in Engelmanns Nase, wo er sich mit der feurigen

Korditnote des abgefeuerten Geschosses vermischte. Birne hatte den Motor angelassen. Das Tackern des wassergekühlten 12-Zylinder-Ottomotors vermischte sich mit dem Brummen der Ventilatoren.

»Für Sie ebenfalls!«, bellte Engelmann, als er bemerkte, dass Bock zwar ein neues Ziel aufgefasst hatte, aber mit Engelsgeduld auf den Feuerbefehl wartete. »Feuern auf erkannte Ziele!«

Engelmann wurde schmerzlich daran erinnert, dass es nicht mehr sein alter Richtschütze Ludwig war, der die Hauptkanone bediente. Ludwig und Engelmann hatten einander stets ohne großes Gerede verstanden. Ludwig hätte er in dieser Situation das Schießen nicht erst separat befehlen müssen. Keine Frage, Bock war ein guter Mann, Ludwig aber konnte er zur Stunde nicht ersetzen. Engelmann zwang sich, diesen Gedankengang beiseitezuschieben.

»Jawohl, Herr Oberleutnant! Feuern auf Ziele«, wiederholte Bock den Befehl.

Engelmann und seine »neue« Besatzung hatten nie über die Ereignisse während des Himmler-Putsches gesprochen. Er fürchtete insgeheim, seine Männer wussten um die unrühmliche Rolle, die er darin gespielt hatte. Jahnke war zu der Zeit im Urlaub gewesen, Bock und Wölk Angehörige der ehemaligen 3. Kompanie, in der Stollwerks Männer kaum Fuß hatten fassen können. Nach der Übernahme des Kommandos durch Stollwerk hatte die Kompanie jeden seiner Befehle verweigert. Birne hatte in der ehemaligen 11. gedient, die sogar den Kampf gegen die Putschisten aufgenommen hatte. Allgemein schwiegen die Panzermänner der Division lieber über die Ereignisse des 6. August. Zu tief saß der Stachel des Entsetzens im Fleisch der Soldaten, zu groß war die Scham, die Unterwanderung der eigenen Einheit nicht bemerkt zu haben.

Bock feuerte. Die anderen Tiger gaben ebenso einen zweiten Schuss ab und ließen zusätzlich die Maschinengewehre sprechen, die kurze Feuerstöße in verzweifelt aus den Vehikeln ausbootende Soldaten hinein hämmerten. Die Briten gingen reihenweise zu Boden, die Arme hochgerissen. Eine Panzergranate krachte gegen den Turm einer Panzerhaubitze und stanzte ein Loch in ihn hinein. Die anschließende Explosion im Inneren zerrte wie ein Tornado an dem schwerfälligen Gefährt, drückte es halb von der Straße, wo der Riese aus Stahl aufhörte zu funktionieren.

Noch keine Minute war vergangen, da hatte die 2. Kompanie die Briten bereits arg zusammengeschossen. Die Engländer erwiesen sich allerdings als sture Gesellen. Engelmann erkannte, wie Unterführer im Chaos der brennenden Fahrzeuge, des MG- und Granatenbeschusses, ihre Soldaten zu sammeln versuchten, wie die ersten khakifarbenen Männer in Felsspalten abseits der Rollbahn verschwanden. Auch die verbliebenen Feindpanzer, gefährlich eingeklemmt zwischen dem zerschossenen ersten und letzten Fahrzeug der Kolonne, richteten ihre Rohre auf die in gedeckten Stellungen liegenden Tiger-Panzer aus. Die Briten hatten endgültig begriffen, aus welcher Richtung das deutsche Feuer kam.

Das schließende Fahrzeug der Kolonne, jener Cromwell, der einen Treffer in die Laufräder kassiert hatte, drehte den Turm, visierte die deutschen Panzer an. Feldwebel Centkiewicz, Kommandant eines Tigers, war auf Zack, schoss. Verfehlte! Der Cromwell feuerte. Seine Granate krepierte links neben Engelmanns Tank. Centkiewicz' zweiter Schuss saß, machte Metallschrott aus dem englischen Stahlkasten.

Die beiden verbliebenen britischen Panzerhaubitzen feuerten zeitgleich im direkten Richten. Ihre Granaten surrten über die deutschen Panzer hinweg, gingen weit im Hinterland nieder, wo sie Erde und Stein auseinanderrissen.

Engelmann hätte es nicht für möglich gehalten, doch der Regen verstärkte sich noch einmal, so als würden Feuerwehrmänner das Wasser eimerweise aus den Wolken kippen. Mit dem Scherenfernrohr war nichts mehr zu erkennen, und auch fürs bloße Auge verschlechterte sich die Sicht zusehends.

In Engelmanns Kopf kämpften derweil zwei Ideen miteinander. Die erste befahl ihm, beim ausgemachten Plan zu bleiben: die Kolonne zusammenschlagen und anschließend zu plündern. Die zweite Idee allerdings verwies auf die große Gefahr, die in dem zerklüfteten Gelände in Kombination mit dem Wetter von der feindlichen Infanterie ausging. Nicht umsonst galt der Regen als das Infanteriewetter schlechthin. Ein einzelner Trupp, ausgestattet mit Sprengmitteln, war bei den schlechten Sichtverhältnissen und in diesem Gelände ein brandgefährlicher Gegner für Deutschlands hochentwickelte Kampfpanzer. Die Kolonne war zudem zu einem großen Teil vernichtet worden. Reichte das nicht, um einen Rückzug zu rechtfertigen?

Engelmanns Hände ballten sich zu Fäusten, zeitgleich schoss Bock ein weiteres Mal dorthin, wo er die Panzerhaubitzen vermutete. Diese waren binnen Sekunden in dem diesigen Nebel verschwunden. Gruselig klangen die Schreie der Verwundeten durch die dicke, graue Suppe, die die Sicht auf einen Schlag auf 100 Meter begrenzte.

Engelmann biss sich auf die Unterlippe, blickte auf seine Uhr.

Zum Teufel!, sagte er sich, *durch Rückzüge gewinnt man keinen Krieg!*

In schneller Folge sprach er seine Absicht in den Äther: Sein Wagen plus die von Perscher und Centkiewicz sollten vorrücken, die anderen Tanks zwecks Feuerschutzes an Ort und Stelle verbleiben. Die Kommandanten bestätigten, daraufhin gab Engelmann den Marschbefehl. Die drei auserwählten Tiger ruckten an, schoben sich durchs Gestrüpp und die matschige Böschung hinab. Die Panzermänner hatten aufgrund des Wetters die jeweils vordersten Laufräder abmontiert, damit sich dort kein Dreck staute. Ihre Panzer rollten demnach sicher über den aufgeweichten Untergrund.

Mit unruhigen Fingern steckte sich Engelmann ein dreieckiges Stück Schokolade zwischen die Zähne. Elly hatte ihrem letzten Schreiben wieder allerlei Fressalien beigelegt.

»Halbe Geschwindigkeit«, befahl Engelmann kauend. »Und Augen offenhalten!«

Weitere Artillerieprojektile sausten über die rasselnden Tiger hinweg, krepierten irgendwo weit hinten. Die Engländer schossen blind in die Suppe hinein. Engelmann aber hatte nicht die Absicht, unnötig Munition zu verschwenden.

»Feuer nur auf erkannte Ziele!«, mahnte er über Funk.

Er streckte seinen Oberkörper aus der Luke, blinzelte in den Nebel hinein. Vereinzelt flammten Schüsse aus Handfeuerwaffen auf, die ungezielt über die Ebene jagten.

Engelmanns Irma bahnte sich ihren Weg durch das rutschige, unebene Felsengelände. Rechter Hand rollte Perscher, links Feldwebel Centkiewicz. Die Sicht verschlechterte sich von Sekunde zu Sekunde, der Nebel manifestierte sich zu einer grauen Wand, durch die kein Durchkommen möglich schien. Die Intensität des Niederschlags nahm schon wieder ab. Vereinzelte Tropfen stürzten wie lange Bindfäden auf die monströsen Tiger-Tanks hernieder.

Zum Teufel mit dem Wetter, dachte sich Engelmann.

Die Nerven der deutschen Panzermänner waren zum Zerreißen gespannt. Jahnkes Hände ruhten auf der bereitgelegten Munition, den Kopf hielt er gesenkt, die Augen flackerten. Er wartete konzentriert auf den Ladebefehl. Wölk massierte seinen Kehlkopf, wie er es immer tat, wenn er darauf wartete, dass sich im Funkkreis etwas tat. Bock hockte, wie zur Salzsäule erstarrt, hinter der Zielvorrichtung. Er konnte in der Brühe ja doch nichts erkennen. Birne hing am Lenkrad des Kampfwagens, navigierte das breite Gefährt mit flinken Handgriffen durch das unwirtliche Gelände. Von Zeit zu Zeit meldete ihm Engelmann Hindernisse wie große Löcher im Boden oder Felsvorsprünge, die Birne dann gekonnt umschiffte. Der Nebel war auch deshalb tückisch, weil er das für Panzer ohnehin schwierige Gelände noch gefahrvoller machte. Selbst ein 60-Tonnen-Gerät, angetrieben von 775 Pferdestärken, vermochte sich im mit Furchen, Vertiefungen, Hohlräumen und Felskanten durchsetzten Karstgelände festzufahren – und Engelmann hatte keine Zeit für eine Bergungsaktion. Der Untergrund wurde nun mit jedem Meter felsiger.

Irmas wuchtige Kettenglieder schlugen auf messerscharfe, aus dem Boden ragende Felsen ein, zertrümmerten Gesteinsformationen aller Art. Es knirschte fürchterlich, der felsige Grund kratzte mit grässlichem Klang am Unterboden des Tigers. Doch die deutschen Tanks kamen voran, langsam und stetig.

Wieder raste eine Salve Artilleriegranaten über die drei angreifenden Tiger-Panzer hinweg. Die Granaten vergingen so weit entfernt, dass Engelmann die Detonationen nur als dumpfe Tonwellen wahrnahm, die über die Landschaft schwangen. Der Oberleutnant konnte bei dem dichten Schleier, der die Ebene so plötzlich gefangen hielt, seinen ursprünglichen Gefechtsplan vergessen: Die drei Wagen, die er zurückgelassen hatte, würden ihm, Perscher und Centkiewicz wohl kaum Feuerschutz geben können. Kurz überlegte Engelmann, den Rest der Kompanie nachzuziehen, entschied sich jedoch dagegen. Stattdessen kam ihm der Gedanke, den Angriff abzubrechen. Bei dem Nebel und in dem Gelände gegen gut ausgebildete Infanteristen anzutreten, war ein saugefährliches Unterfangen. Engelmann schüttelte solche Gedanken der Schwäche ab. Stattdessen tauchten vor seinem geistigen Auge jene britischen Lastwagen auf, die er zu seinem unbedingten Ziel erklärt hatte. Dem Feind diesen Nachschub abzujagen und ihn gleichzeitig der Wehrmacht zuzuführen, bedeutete eine Stärkung der eigenen Position. Die Wegnahme des britischen Nachschubs für Zein wäre letztlich ein weiterer Schritt auf dem Weg zum deutschen Sieg auf dem Balkan. Engelmann durfte den Angriff nicht abbrechen. Er glotzte in den grauen Dunst hinein, der peu à peu das vor den Tigern liegende Gelände preisgab.

»INFANTERIE!«, brüllte Perscher mit einem Mal über Funk, dass Wölk erschrocken hochschreckte. Bock schwenkte den Turm herum. Halbrechts schälten sich khakifarbene Gestalten aus dem Nebel: ein Dutzend britische Soldaten. In langen Sätzen rasten sie auf Perschers Tiger zu.

Noch ehe die deutschen Panzermänner hätten reagieren können, zogen die Briten den Stift aus mehreren Handgranaten. Die »Eier« landeten neben Perschers linker Kette. Tosende Detonationen. Perschers Tiger schüttelte sich, als gäbe es ein Erdbeben. Die feindlichen Fußsoldaten waren bereits in irgendwelchen Löchern verschwunden.

»DA!«, brüllte Engelmann erregt, als er die tellerförmigen Stahlhelme hinter einer Felskante ausmachte. Die Briten sprangen aus der Deckung, jagten wieder Perscher entgegen.

Bock hatte sie auch erkannt. Er trat auf das Pedal, das das Koaxial-MG bediente. Die Waffe schnatterte los, ein infernalischer Lärm erfasste das Innere des Panzers. Bock hackte mit kurzen Feuerstößen in die Tommies hinein, die unbeirrt Perschers Panzer entgegen stürmten. Er erwischte einen Briten am Oberschenkel. Das Projektil riss dem Mann große Fleischbrocken aus dem Bein. Die anderen rannten weiter. Sie rannten, was das Zeug hielt, immer ihrem Ziel entgegen: Perscher, der selbst beide MG sprechen ließ. Die Briten schlugen Haken, nutzten das Gelände aus. Die MG-Garben verfehlten ihre Ziele. Perschers Tank hatte Halt gemacht und setzte angesichts des feindlichen Panzervernichtungstrupps zurück, wobei er eine leichte Rechtsdrehung vollführte. Mit lautem Rums knallte er gegen einen größeren Felsen.

»Ich stecke fest!«, brüllte Perscher in den Äther.

Auf Engelmanns Stirn bildeten sich Schweißperlen. Er stellte beiläufig fest, dass sich der Nebel so schnell zu verflüchtigen schien, wie er aufgekommen war. Der Schleier wurde dünner und Engelmann konnte schon fast wieder bis zur Straße sehen, wo die zusammengeschlagene Kolonne lag.

»Dreh den Panzer!«, zischte er und meinte Birne mit dem Befehl. Mit großen Augen beobachtete er, wie die britischen Soldaten im MG-Feuer von Stein zu Stein hetzten. Sie hatten Perscher fast erreicht. Endlich drehte Birne den Panzer.

In diesem Augenblick knallten links Centkiewicz' Maschinengewehre los. Ihm näherten sich feindliche Trupps von zwei Seiten.

»Wölk, ans MG!« Noch ehe sich Engelmanns Panzer ganz gedreht hatte, erreichten die Briten Perschers Tiger und erklommen den Riesen aus Stahl. Bock zögerte einen Moment, dann aber hielt er drauf. Funken sprühten über den Stahl, die Feindsoldaten sprangen zu allen Seiten in Deckung. Ein Ruck fuhr urplötzlich durch Engelmanns Panzer. Birne fluchte unflätig, zerrte am Lenkrad. Irma heulte auf, vibrierte, doch kam nicht mehr von der Stelle.

»Scheiße, wir sind wo aufgefahren!«, stöhnte der Fahrer. Engelmann klammerte sich mit beiden Händen am Sitz fest.

Klack! Der Schlagbolzen von Bocks Maschinengewehr schlug ins Leere. *Verschossen!*

»Scheiße!«, stöhnte der Richtschütze

»JAHNKE, MG!«, brüllten er und Engelmann gleichzeitig, denn das Koaxial-MG war auf Jahnkes Seite angebracht. Der machte sich sofort an der Waffe zu schaffen. »Das Rohr muss ich auch wechseln, ist schon rot!«, meldete Bock aufgeregt.

Bei Centkiewicz' Tank rumsten Explosionen. Die Briten hatten sich auf Handgranatenwurfreichweite an den Panzer herangearbeitet, ehe Centkiewicz sie mit seinen beiden MG festzunageln vermochte. Die Engländer kauerten zwischen dicken Felsformationen, warfen weitere Granaten nach dem Stahlkoloss, der wie toll MG-Salven spuckte.

»Anna an 3, 4 und 5. SOFORT NACHRÜCKEN!«, rief Engelmann mit heiserer Stimme ins Kehlkopfmikrofon. Er wischte sich den Schweiß von Stirn und Schläfen.

Die Kommandanten der zurückgebliebenen Panzer bestätigten den Spruch. Engelmann aber hatte seine Aufmerksamkeit schon wieder woanders: Die Briten wagten einen neuerlichen Vorstoß gegen Perscher. Flinken Wieseln gleich huschten sie an dessen Tiger heran. Der saß in der Falle, ballerte wütend um sich, ohne eine Chance zu haben, die Briten zu treffen, die die toten Winkel der Panzer-MG zu ihrem Vorteil ausnutzten.

»DREH DEN WAGEN!«, plärrte Engelmann seinen Fahrer hilflos an. Der zerrte am Lenkrad wie ein Verrückter. Der gegen den Felsen reibende Panzerstahl des Wannenbodens quietschte entsetzlich, doch Irma löste sich nicht.

»Komm schon, Irma!«, lispelte Birne unter Anstrengung. »Beweg deinen fetten Arsch!«

»Ich kann Perscher nicht mit dem MG fassen«, rief Wölk dazwischen. Jahnke kreischte markerschütternd auf, da er sich am kochend heißen MG-Rohr die Hände verbrannt hatte. Nichtsdestotrotz zog er das rotglühende Rohr mit den bloßen Fingern aus dem Gehäuse.

»JAHNKE, DAS MG!«, keifte Bock erregt.

»SIGGI!«, blaffte Engelmann dazwischen. Jahnke riss den Deckel des Maschinengewehrs auf, nestelte einen neuen Gurt in den Zuführer. Vor Engelmanns Augen erklommen die Briten Perschers Panzer.

Perscher hatte keine Zeit mehr. Zwei khakifarbene Gestalten tanzten auf seiner Wanne herum, ein ganzer Trupp kletterte von hinten auf seinen Tiger. In diesem Moment öffnete sich die Kommandantenluke. Zwei Handgranaten flogen nach draußen. Sofort hechteten die Briten nach allen Seiten weg. Es blitzte zweimal, begleitet von tosendem Lärm. Ein Brite wurde von der Explosion erfasst, angehoben und hinfort geschleudert. Einen zweiten durchbohrten messerscharfe Splitter. Der Rest hatte sich hingeworfen oder war in Felsspalten abgetaucht. Behände sammelten sich die Engländer. Zwei Mann zerrten die Verwundeten aus der Gefahrenzone, acht weitere gingen schon wieder Perschers Tiger an.

Sture Schweinepriester, überkam es Engelmann.

»Jetzt aber!«, brüllte Jahnke dazwischen, schlug auf den Deckel. Bock visierte den gegnerischen Trupp an, betätigte das Pedal. *Klick.* Ladehemmung!

»Verfluchte Drecksfotzenscheiße!«, fluchte Jahnke und machte sich wütend an der Waffe zu schaffen.

Britische Infanterie hatte Perschers Tank umzingelt. Ein Unteroffizier bellte Befehle. Die Luke des Panzerfahrers ging nun auf, eine Maschinenpistole kam zum Vorschein. Ungezielt ballerte sie um sich. Die Tommies rissen ihre Sten-Guns und Enfield-Repetierer hoch, feuerten auf die Luke. Ein wahrer Funkenregen prasselte über die Stirn des Panzers. Die Maschinenpistole verschwand, der Deckel wurde zugeknallt. Perscher stand auf verlorenem Posten. Sein Tiger produzierte weißen Qualm, der Motor brüllte fürchterlich. Der ganze Panzer wackelte, doch er kam nicht vom Fleck.

Links hielt Centkiewicz noch immer ihn angreifende Infanterie mit den Maschinengewehren nieder. Seine Waffen knallten ununterbrochen.

»Zum Teufel, hol uns hier raus!«, plärrte Engelmann ins Mikrofon. Birne kämpfte mit dem Getriebe, drückte das Gaspedal. Der ganze Panzer knarzte unter den Kräften, die auf ihn wirkten. Birne wendete nach rechts und links, bekam den Tiger aber nicht frei. Der Fahrer schwitzte wie ein Schwein.

Bei Centkiewicz krachte die Acht-Acht. Der Feldwebel hatte den Rückwärtsgang eingelegt und schoss Sprenggranaten gegen die Infanterie, die ihn belauerte. Khakifarbene Männer wurden durch den Explosionsdruck in die Luft gewirbelt. Leblose Körper klatschten gegen Felsen. Knochen splitterten,

Köpfe platzten wie überreife Tomaten. Höllenheiße Flammen versengten menschliche Haut, die sich im Feuer wellte wie verdorrte Blütenblätter.

Engelmanns Augen aber waren einzig auf jene Szene fixiert, die sich bei Perschers Panzer abspielte. Mehrere Engländer sprangen schon wieder auf die Wanne, kraxelten zum Turm hinauf. Akribisch suchten sie mit Handgranaten und Maschinenpistolen in den Fäusten nach Öffnungen und unverschlossenen Luken, durch die sie an die Besatzung herankommen konnten.

Jahnke fiel in der Hektik der Gurt in den Fußraum. Er fluchte unflätig.

»ALLE IN DECKUNG!«, knackte Perschers Stimme verzerrt aus dem Äther. Nur Millisekunden später erfüllte ein höllischer Knall die Geräuschkulisse. Blitze zuckten über den Tiger des Oberfeldwebels.

Die Briten klappten zusammen wie Strohpuppen, fielen leblos vom Panzer. Ihre Körper waren entstellt, die Uniformen zerrissen. Perscher hatte die Schützenminen gezündet, die an der Außenpanzerung seines Wagens angebracht waren – und deren Splitter hatten die Angreifer durchbohrt. Ein Brite kroch mit starken Verletzungen hinter die Deckung eines großen Steins. Seine Kameraden waren allesamt tot oder wanden sich in ihrem eigenen Blut. Sie würden innerhalb der nächsten Minuten verbluten.

Das Auslösen der Schützenminen hatte nicht nur den gesamten Panzervernichtungstrupp des Feindes ausgelöscht, sondern darüber hinaus das Gefecht entschieden. Der Knoten war geplatzt. Die Tiger-Panzer konzentrierten das Feuer augenblicklich auf den zweiten Panzervernichtungstrupp, der sich auf Centkiewicz zu stürzen versucht hatte. Dieser wurde dermaßen böse zusammengeschossen, dass es nur zwei Überlebende gab, die schließlich mit erhobenen Händen, heftig zitternd und blutüberströmt, aus ihrer Deckung wankten.

Centkiewicz' Richtschütze bewies in dieser Situation einen zu unruhigen Geist. Er drückte das Pedal, als er die verzerrten englischen Gesichter erblickte und jagte den beiden kapitulierenden Soldaten daumengroße Projektile in die Brust. Die Männer wurden zu Boden geschleudert. Sie erhoben sich nicht mehr.

Engelmann schaute in Richtung der Rollbahn. Erst jetzt wurde ihm gewahr, wie sehr sich der Nebel schon wieder verflüchtigt hatte. Er konnte die Wracks sehen. Die auf der Straße verteilten Körper. Einen umgeworfenen Lkw. Dazwischen die beiden übriggebliebenen Panzerhaubitzen, die verzweifelt rangierten. Sie waren zwischen den Wracks eingeklemmt. Für die deutschen Panzermänner war es ein Leichtes, sie zu erledigen.

In diesem Augenblick rollten die anderen drei Tiger heran. Engelmann wies einen der Kommandanten an, die englischen Verwundeten aufzunehmen.

Unterdessen versuchten Engelmann und seine Männer verzweifelt, die festgefahrenen Tiger freizubekommen. Irmas Wanne war auf einen flachen, aber breiten Felsen aufgefahren. Ein beherzter Stoß von Centkiewicz' Panzer langte, um Engelmanns Tank vom Felsen zu lösen. Bei Perscher schien die Sache schwieriger zu sein. Der Oberfeldwebel war rückwärts in ein Gebiet hineingerasselt, das mit aus dem Boden ragenden Felsbrocken durchsetzt war. Der Panzer war schließlich mit dem Heck gegen einen gigantischen Felsblock gekracht, nach rechts ausgebrochen und mit der Kette in eine Spalte gerutscht, die wie für die Tiger-Kette gemacht schien. Aus eigener Kraft schaffte es Perschers Kampfwagen nicht mehr aus der Bredouille, und die anderen Panzer kamen aufgrund des Geländes einfach nicht an ihn heran. Engelmann musste sich etwas einfallen lassen. Er überlegte, ob die englischen Laster über Seilwinden verfügten.

Plötzlich röhrten Rotoren in der Ferne. Engelmann schaute zum grauen, vom Nebeldunst verschleierten Firmament hinauf.

Auch das noch! Tiefflieger!

Die britischen Flugzeuge, es waren vier Stück, kamen in einem Affenzahn herangerast und überflogen zielstrebig die Rollbahn, die sich durch die Karstebene schlängelte. Die Kolonne musste um Hilfe gerufen haben. Noch wurden die Deutschen durch den schwachen Nebel geschützt, doch dieser verlor minütlich an Kraft. Die Feindmaschinen zeichneten sich als über den Himmelsdom flitzende Schatten ab. Wahrlich würden auch die Piloten Engelmanns Stahlkästen zumindest schemenhaft ausmachen können, doch sie griffen nicht an.

Die Panzerfahrer blieben angespannt, bereit, sofort zu beschleunigen. Doch die feindlichen Flieger konnten Freund und Feind in dem Nebel nicht unterscheiden. Dennoch blieben die Maschinen am Himmel, drehten weiträumige Runden. Die Deutschen mussten sich sputen.

Engelmann fuhr gemeinsam mit Centkiewicz und einem weiteren Kasten zur zerstörten Kolonne vor. Ein anderer seiner Panzer verlegte mit acht aufgelesenen britischen Verwundeten zurück zur Ausgangsstellung. Der Rest blieb vor Ort, sicherte Perschers festgefahrenen Tank.

Das Röhren der Flugzeuge am Himmel, die durch den weichenden Nebel hindurch immer sichtbarer wurden, trieb die Panzermänner an, ließ in jeder ihrer Bewegungen eine Spur von Hektik erkennen. Engelmann ließ seine drei Tanks bis an den Rand der Rollbahn vorfahren. Pro Panzer blieben zwei Mann im Wagen, die sich an den MG bereithielten. Der Rest saß ab und sah sich zwischen den Wracks um. Einer der Cromwell-Panzer loderte orangefarben. Dichte Rauchschwaden waberten über die Straße, brachten giftige Dämpfe mit sich. Es roch nach verbranntem Gummi, nach Öl und Kordit und nach feuchter Erde.

Engelmann hielt sich ein Tuch vor die Nase, presste sich mit aller Macht die Nasenlöcher zu. Verstohlen schaute er sich nach seinen Männern um, während er verzweifelt versuchte, die Gedanken an verbranntes Fleisch aus seinem Geist zu verbannen. Im Augenblick konnte er sich nichts Schlimmeres vorstellen, als in dieser Situation auch noch auszufallen. Doch er hatte Glück, der Geruch kam nicht durch.

Ein Dutzend Tote lag auf der Straße verteilt, weitere Leichen befanden sich wohl in den zerstörten Panzern, in denen die Flammen vor sich hin knisterten. Am Ende der Kolonne lag ein regloser Brite bäuchlings auf der Rollbahn. Seine Kleidung stand in Flammen.

Verwundete fanden die Panzermänner keine, weshalb Engelmann davon ausging, dass es Überlebende gab, die sich abgesetzt hatten. Er rief seinen Männern zu, Augen und Ohren offenzuhalten. Auch in seiner Stimme lag zunehmend Hektik, denn mit britischen Versprengten in der Nähe und den feindlichen Jagdbombern in der Luft konnte es ganz schnell sehr gefährlich werden. Engelmann entdeckte schlussendlich zwei dem Augenschein nach funktionstüchtige Lastwagen, die über Seilwinden verfügten.

Er befahl Birne und Jahnke jeweils hinters Steuer und lotste sie behutsam zu einer Stelle der Straße, wo der Seitengraben nicht allzu tief war. Unter knatternden Motoren arbeiteten sich die Laster von der Straße hinunter in das steinige Feld hinein, dessen Boden gefährlich aufgeweicht war. Auf Engelmanns Stirn bildeten sich neuerlich Schweißperlen. Abermals zog es seinen Blick in den Himmel, wo die englischen Flieger immer größere Kreise flogen.

Jahnke und Birne kämpften mit den britischen Lastern, die sich ächzend durch das Gelände wühlten. Sie schafften es schließlich, bis an Perschers Tank heranzufahren. Engelmann brachte die Greifhaken beider Seilwinden in die dafür vorgesehenen Ösen an der Stirn des Tigers an. Auf sein Kommando hin legten Jahnke und Birne den Rückwärtsgang ein. Sie gaben gleichzeitig Gas. Die Laster stöhnten, bockten, husteten. Die Motoren kreischten, die Reifen fraßen sich in den Schlamm, rutschten über den glatten Felsboden. Birnes Lkw fand keinen Halt auf dem Boden, brach mit durchdrehenden Reifen aus, schlitterte nach rechts, rempelte Jahnkes Laster an. Die beiden Panzermänner drückten die Pedale bis zur Bodenplatte durch. Plötzlich tat es einen irren Knall, dann machte Jahnkes Lkw einen Satz rückwärts, rutschte mit aufgebrochener Front einige Meter über den Boden und kam bei einem Felsbuckel zum Stehen. Die Vorderachse hatte sich verabschiedet. Sie ruhte samt Seilwinde vor Perschers Tiger im Schlamm, als würde sie dort hingehören.

Engelmann schaute abermals zum Himmel hoch. Das Röhren der Propellermaschinen entfernte sich, kam dann wieder näher. Die britischen Piloten zogen weiter ihre Bahnen, doch auch sie hatten erkannt, dass sich der Nebel lichtete, dass sie bald Schusslicht bekommen würden. Engelmann konnte nicht länger warten. Er biss sich auf die Unterlippe, befahl schweren Herzens die Sprengung des Panzers, denn für einen Bergungstrupp standen sie zu tief im Feindesland. Während Perschers Männer mit wehmütigen Gesichtern alles vorbereiteten, entpuppte sich die Ausbeute der Mission als kärglich: Die Lastwagen hatten mit Masse Verpflegung in Konserven, Wasser und Schmierfette geladen. Die Panzermänner verluden, was zu gebrauchen war, ehe sie selbst zurück in die Tiger kletterten und mit kleiner Geschwindigkeit den Rückweg antraten. In ihrem Rücken verabschiedete sich Perschers Tiger mit einem gewaltigen Knall.

»300.000 Reichsmark«, seufzte Engelmann. So viel kostete ein Tiger mit voller Kampfbeladung.

Der Oberleutnant marschierte zu Fuß seiner Kompanie voran, wies den Tanks per Handzeichen den Weg, damit es in dem zerklüfteten, tückischen Gelände zu keinen weiteren Unannehmlichkeiten kam.

Die Tiger-Panzer waren gerade ins Unterholz eingetaucht, da war der Nebel auch schon verschwunden. Als die englischen Piloten das Gelände unter sich vollends einsehen konnten, fanden sie nur noch Wracks und reglose Körper vor.

*

Die Briten schienen wütend ob ihres verlorenen Konvois. Staffelweise Hawker Tempest-Tiefflieger, die Bomben und Raketen unter Rumpf und Tragflächen trugen, bevölkerten den Luftraum. Sie waren zweifelsohne auf der Suche nach den deutschen Panzern. Engelmann entschied daher, bis zum Einbruch der Nacht in gedeckter Stellung im Wald auszuharren.

Mit der Dunkelheit wurden die feindlichen Jabos am Himmel weniger. Engelmann blickte aus dem Turmluk seiner Irma, starrte gegen das Blätterdach, das der Laubwald über der 2. Kompanie aufspannte. Der Verlust eines Panzers wurmte ihn ungemein. Der Wind trug das leise Stöhnen der britischen Verwundeten an sein Ohr heran. Zwei von ihnen waren im Laufe des Nachmittags gestorben. Die deutschen Panzermänner und die Engländer hatten gemeinsam Gräber für sie ausgehoben.

Als die Dunkelheit perfekt war, setzten sich die Tiger unter Tarnlicht in Bewegung. Sie schoben sich durch das dichte Unterholz, bahnten sich ihren Weg zurück zur eigenen Truppe. Da es äußerst aufwändig war, eine ganze Panzerkompanie durch einen Wald zu manövrieren, in dem dicke Stämme dicht an dicht standen, zeigten die fluoreszierenden Ziffern von Engelmanns Schweizer Armbanduhr bereits drei Uhr früh an, als seine Tiger endlich den Nordostausläufer des Waldgebietes erreichten.

Die Kompanie war zurück auf der deutschen Seite der Front angelangt, je nachdem, wie man den Frontverlauf interpretierte. Wie unübersichtlich die Lage dieser Tage war, verdeutlichte das nun folgende Ereignis: Engelmanns Tanks krochen aus dem Wald heraus und auf eine weite Freifläche, da erhielten sie plötzlich Störfeuer aus mehreren Gewehren von rechts. Das Feuer kam aus einem angrenzenden Jungwald. Ob die Schüsse von deutschen Soldaten abgegeben wurden, die die Panzer für britische Modelle hielten, oder ob sich tatsächlich der Gegner bis zu dieser Stelle vorgearbeitet hatte, konnte Engelmann auf die Entfernung nicht sagen. Er befahl jedenfalls Vollgas. Die auf die 2. Kompanie einprasselnden Kugeln vermochten nicht nur die über Luke fahrenden Panzerkommandanten zu töten, sondern ebenso die Briten, die auf den Wannen mitfuhren.

Die 2. Kompanie löste sich rasch vom Feuer, drang tiefer in den eigenen Verfügungsraum ein und meldete sich beim örtlichen Alarmposten zurück. Die Panzermänner sollten nie erfahren, wer auf sie geschossen hatte.

Der weitere Marsch zum Divisionsstab ging rasch vonstatten. Generalleutnant de Boer hatte sich in einem größeren Landhaus eingerichtet, bis zu dem

Engelmann aber gar nicht mehr kommen sollte. Einen guten Kilometer vor dem Stab kam der Divisionskommandeur den Tiger-Panzern in einem Kübelwagen entgegen. Offenbar war de Boer anderweitig beschäftigt, doch als er Engelmanns Panzer erblickte, ließ er seinen Fahrer halten.

Der schlanke Mann mit dem weichenden Haupthaar stieg aus dem Kübel, zupfte sich die Feldbluse zurecht und stapfte mit säuerlichem Gesicht Engelmanns Kampfwagen entgegen. Neben einem Holzschild, auf dem »Achtung, Partisanengebiet« geschrieben stand, nahm er Aufstellung und warf Engelmann einen wütenden Blick zu.

Irgendetwas war geschehen.

»Schön, dass Sie zurück sind!«, rief de Boer zu Engelmann herauf. Der Oberleutnant nickte abwartend.

»Aber mir kann das jetzt auch egal sein!«, blaffte der Divisionskommandeur. Auf Engelmanns Antlitz bildete sich ein großes Fragezeichen. Der Kommandeur ließ ihn noch einige Sekunden lang schmoren, ehe er, nicht ohne Unterton, offenbarte: »Sie können Ihre Sachen packen und sich zum Abmarsch nach Livno bereithalten. Sie verlassen uns in Richtung Ostfront.«

»BITTE WAS?«

Tokuyama, Japanisches Kaiserreich, 30.08.1944

Nach und nach verschwand die kleine Hafenstadt Tokuyama hinter dem Horizont. Das stahlblaue Wasser reflektierte das Sonnenlicht. Es sah aus, als würden Inseln aus Licht im Meer treiben. Die stromlinienförmigen Schiffsrümpfe schnitten wie ein Tantō durch die See, erzeugten dabei mächtige Wogen, die seitlich fortschwappten. Die Sonderflottille »Komura Keizō« hatte sich aufgemacht, mit der Operation *Yamato-damashii* ein Signal der Stärke in diesem Krieg zu setzen, der für Japan nicht mehr gut lief. Die amerikanischen Truppen hatten die japanischen Flotten zerschlagen, die kaiserlichen Träger versenkt, die Marineflugzeuge vom Himmel geholt, und die roten Horden Stalins trieben die Kaiserlich Japanische Armee vor sich her, dünnten ihre Reihen empfindlich aus.

Japan verfügte faktisch über keine Kriegsschiffe mehr, um die wichtigen Handelsrouten ausreichend zu schützen, die Lebensadern des Kaiserreichs.

Dementsprechend wurden diese vom Feind immer häufiger blockiert. Es fehlte den japanischen Streitkräften mittlerweile an allem: Öl war kaum mehr vorhanden, die staatlichen Reserven waren auf unter 60.000 Tonnen zusammengeschrumpft. Metalle aller Art waren knapp, was die Produktion wichtiger Kriegsgüter enorm beeinträchtigte. Derweil zogen die Alliierten, die den Krieg mit unvorstellbaren Menschen- und Materialmassen vorantrieben, die Schlinge um die japanischen Heimatinseln immer enger zu. Schon jetzt hatten die Japaner beinahe jede Eroberung wieder aufgeben müssen, die sie seit Beginn der 2590er Jahre im Pazifik hatten erreichen können. Das Jahr 2590 in der japanischen Jimmu-Zeitrechnung entsprach dem Jahr 1930 nach Christus.

Derzeit wütete die amerikanische und britische Kriegsmaschinerie auf den Philippinen, wo japanische Soldaten im stetigen Feuer der nach modernen Richtlinien kämpfenden Alliierten regelrecht abgeschlachtet wurden. Schon jetzt hatte das Kaiserreich in dieser Schlacht über 200.000 Gefallene zu beklagen, während es dem Feind gerade einmal Verluste in niedriger fünfstelliger Höhe hatte beibringen können. Dieses grausame Verhältnis der Verlustzahlen war nicht neu, es zog sich beinahe durch sämtliche Schlachten, die die Japaner seit Anfang 1943 geschlagen hatten. Veraltete Feuerkampfdoktrinen und falsche Schwerpunkte in der Taktikausbildung forderten ihren Tribut. Vereinzelte japanische Einheiten hatten sich mittlerweile Grundsätze der deutschen Kriegsführung und Taktik angeeignet – doch zu mehr als dem sprichwörtlichen Tropfen auf dem heißen Stein reichte das nicht … und schlimmer noch war die Sturheit der japanischen Generalität, die in jedem ausländischen Einfluss eine Gefahr für das Kaiserreich zu sehen glaubte.

Japan jedenfalls war an einem Punkt angelangt, wo es kaum mehr möglich war, frische Reserven für den Krieg zu mobilisieren. Längst stand jeder Japaner im wehrfähigen Alter unter Waffen oder arbeitete in der Rüstungsindustrie. Das eigene Land lag durch die anhaltenden feindlichen Bombardements in Trümmern, die Versorgungslage war prekär und die japanische Führung hatte insgesamt denselben Fehler begangen wie das Deutsche Reich: Sie kämpfte auf zu vielen Schlachtfeldern an zu vielen Orten der Erde gegen zu viele Feinde gleichzeitig: im Pazifik gegen die Westmächte, in China gegen Kommunisten und Nationalisten, in Russland gegen die Sowjets. Noch beherrschte Japan gigantische Teile des asiatischen Kontinents – ein Vielfaches der Größe der eigenen Inseln. Korea, die Mandschurei, Indochina, Thailand,

Birma, Taiwan, Teile Chinas und der Mongolei befanden sich in japanischer Hand. Millionen japanische Soldaten waren über eine Spanne von mehreren tausend Kilometern verteilt, verstärkt durch einheimische Milizen. Doch was nützte das alles, solange der Russe im Norden die japanische Kwantung-Armee aufrieb und drohte, in die Mandschurei einzufallen und weiter an die Küste des Japanischen Meeres vorzurücken? Was nützten dem Kaiserreich all die Ländereien in China und in Thailand, wenn die aus Milliarden Tonnen Stahl geschmiedete Kriegsmaschinerie der US-amerikanischen und britischen Aggressoren ihr Augenmerk längst auf die japanischen Hauptinseln gerichtet hatte? Die Amerikaner allein besaßen dieser Tage mehr Kriegsschiffe als die Japaner Flugzeuge. Aufgrund der schwierigen Versorgungslage und der gemeinsamen Kriegsstrategie mit den europäischen Verbündeten hatte Japan die Produktion neuer Schiffe zurückgeschraubt zugunsten landgestützter Waffensysteme, was sich als katastrophale Fehlentscheidung zu entpuppen drohte.

Und der Feind würde sich auf den Philippinen sicherlich nicht ausruhen, sondern sogleich seinen nächsten Schlag vorbereiten, und der könnte sich dann bereits gegen die Heimat richten, gegen Okinawa oder gar gegen die Hauptinseln. Was nützten Japan all die besetzten Gebiete Ostasiens, wenn die Amerikaner in Tokio die Sektkorken knallen ließen?

Der Krieg lief schlecht, umso mehr verlangte er die Aufopferung aller Japaner. Jeder musste seinen Teil dazu beitragen in diesem großen Ringen der Völker, und wenn auch der Tod jene finden mochte, die sich noch einmal gegen die Feinde Japans aufbäumten, so würden sich diese Krieger einen ehrenvollen Platz an der Seite ihrer Ahnen verdienen.

Würden die Japaner dem Ruf ihres Kaisers nicht folgen, würden sie den Feinden des Kaiserreiches kein Paroli bieten, sie verlören ihr Gesicht – das wäre schlimmer als der Tod, weitaus schlimmer. Darum konnte es in diesem bitteren Kampf nur den Sieg oder die totale Vernichtung geben. Und darum würde ebenjener Kampf fortgesetzt, bis der Krieg auf diese oder auf jene Weise sein Ende finden würde.

Der 30-jährige Kaigun Shōsa, was einem Leutnant in herausgehobener Stellung entsprach, hörte auf den Namen Takashi Oguni. Sollte für ihn der Heldentod im Kampf bestimmt sein, so würde er seinem Schicksal mit geöffneten Augen entgegentreten.

Doch noch, dachte er, *liegt Japan nicht am Boden. Noch kämpft jeder japanische Bürger, sei es an den Fronten dieses Krieges oder an der Heimatfront. Noch besteht Hoffnung!*

Japan hatte in seiner Geschichte bereits bewiesen, dass es imstande war, über sich hinauszuwachsen. Es hatte im 13. Jahrhundert die Mongolenhorden abgewehrt, hatte vor 50 Jahren den Giganten China besiegt, und vor einigen Jahren im japanisch-russischen Krieg sogar das riesenhafte Russland vorgeführt. Mochte das Kaiserreich in seiner aktuellen Situation auch einige herbe Rückschläge erlitten haben, so zeigte es sich noch immer kämpferisch, und solange ein jeder Japaner getreu des Bushidō seinen Feinden mit Willenskraft und Kampfgeist entgegentrat, solange noch japanische Bürger Gewehre und Schwerter führten, und solange auch nur ein japanisches Schiff den Pazifik befuhr, solange würde der Widerstand gegen die westlichen und östlichen Aggressoren andauern ... solange würde noch Hoffnung bestehen, den Sieg davonzutragen. Schon vor einiger Zeit hatte die Militärführung die Soldaten auf einen langen und zermürbenden Krieg eingestimmt. Der große Yamamoto hatte dies schon vor dem Angriff auf Pearl Harbor vorausgesagt. Die gewaltige Macht der weißen Menschen war mit einem einzigen Angriff nicht zu brechen. Mit diesem Gedanken waren die Japaner 1941 gegen die USA in den Krieg gezogen. Ein militärischer Sieg über die Vereinigten Staaten von Amerika war von vorneherein ausgeschlossen gewesen. Japan konnte diesen Giganten, dessen Wirtschaftskraft die des Kaiserreichs um das Zehnfache überstieg, nur Schlag um Schlag beibringen, konnte seine Schiffe versenken und seine Männer töten, bis es die Amerikaner leid waren, weiter gegen die verbissenen Japaner anzutreten. Nein, militärisch zu besiegen waren die USA nicht, doch man konnte die Amerikaner mürbe machen und irgendwann zu Friedensverhandlungen zwingen.

So wie Oguni gehört hatte, war der Feind bereits mürbe. Die Yankees, die Insel um Insel freikämpfen mussten, die die im Geiste der Samurai kämpfenden Japaner in blutigsten Gefechten bis auf den letzten Mann töten mussten, waren es leid, sich mit der für westliche Verhältnisse unbekannten Verbissenheit und Opferbereitschaft des japanischen Soldaten auseinanderzusetzen.

Ein wenig noch muss Japan durchhalten, beschwor Oguni seine Gedanken. *Ein oder zwei Jahre vielleicht noch, dann werden die Amerikaner es aufgeben. Dann werden sie in Friedensverhandlungen eintreten und uns unsere angestammten Gebiete zugestehen, so wie sich auch der Amerikaner seit jeher nimmt, was er in seiner Interessensphäre wähnt!*

Oguni war sich des großen Opfers bewusst, das die Marine für das Unternehmen *Yamato-damashii* auf sich nahm, denn sie schickte quasi den gesamten Rest ihrer Flotte in den sicheren Tod, nur um ein Zeichen in diesem Krieg zu setzen. Immerhin war der Kriegertod im Angriff gegen den Feind ein weitaus erstrebenswerteres Ende, als ohne Treibstoff in irgendeinem Hafen darauf zu warten, von alliierten U-Booten oder Torpedobombern versenkt zu werden.

Was Oguni Mut machte, war die gewaltige Flottille, die Japan noch einmal aufbot, um die amerikanischen Aggressoren dort zu treffen, wo es weh tat. Vielleicht würden die weißen Menschen ja doch noch an den Verhandlungstisch gekrochen kommen, wenn erst einmal ihr Land, ihre Städte, ihre Frauen und Kinder in den grausigen Strudel des Krieges gerissen worden waren. Bis zu diesem Tage war es vor allem Japan, das zu leiden hatte, meinte Oguni. Die Brandbomben des Feindes richteten fürchterliche Schäden in den traditionellen Holzstädten Japans an. *Mal sehen, wie gut amerikanische Gebäude gegen Sprengstoff gewappnet sind …*

Die Mannschaft der *HIJMS Yasoshima*, der Oguni angehörte, stand auf der Back des leichten Kreuzers chinesischer Bauart, zu Viererreihen angetreten, nur die wichtigsten Stationen waren noch besetzt. Die angetretenen Männer trugen die moderne weiße Uniform der Marine. Von seiner Position aus vermochte Oguni Teile der Flottille zu überblicken, die gemeinsam mit der *Yasoshima* aufs offene Meer hinausfuhr. Der Anblick der brachialen Kampfschiffe machte auf den Leutnant einen imposanten Eindruck.

Oguni hatte die Ehre, seinen Dienst auf dem Schiff von Konteradmiral Komura zu verrichten, der die Mission befehligte. Und während die *HIJMS Yasoshima*, das Flaggschiff der Flottille »Komura Keizō«, mit 16 Knoten gen Osten fuhr und Oguni die kühle Meeresbrise um die Nase strich, schipperten gleichsam die anderen Schiffe der Flottille dem Feind entgegen. Neben dem Herzstück der Operation, der monströse Träger *HIJMS Zuikaku*, waren das die Zerstörer *HIJMS Amagiri, Satsuki, Minadsuki, Shiratsuyu, Shigure, Asagumo, Hamakaze, Kuroshio, Urakaze, Kagerō, Oyashio, Kiyoshimo, Tsubaki* und *Maki*, die wie ein Rudel Hyänen den großen Träger umkreisten, einen der beiden letzten Träger Japans. Kurzfristig war durch Yamamoto entschieden worden, die letzten großen Schlachtschiffe des Kaiserreichs, die *Yamato* und die *Musashi*, nicht in die Operation zu integrieren. Yamamoto setzte bei der Unternehmung *Yamato-damashii* auf kleine, leichte Boote, denn es galt, möglichst lange unentdeckt zu bleiben und bei Aufklärung durch den Gegner möglichst rasch zu reagieren. Die *Yamato* und die *Musashi* aber, der einstige Stolz Japans, hatten sich für den modernen Krieg als zu schwerfällig und verwundbar erwiesen. Ein einziges Kampfflugzeug mochte ausreichen, die 70.000-Tonnen-Kolosse auf den Meeresgrund zu schicken. Im Ministerium wurden Stimmen laut, die Schlachtschiffe zu Hybridträgern umzubauen, gleichwohl schmerzten solche Gedanken jeden stolzen Japaner, denn für das japanische Volk waren starke Kriegsschiffe seit Jahrhunderten ein Symbol für Selbstbestimmung und Souveränität.

Ein erhabenes Gefühl durchflutete Ogunis Brust, ließ ihn noch ein bisschen aufrechter stehen, als Komura vor die Seemänner trat, der Held vom Wake Atoll, wo er als Kapitän der *Musashi* in eine amerikanische Trägergruppe hineingestoßen war, zwei Flugzeugträger versenkt hatte und ohne größere Beschädigungen am eigenen Schiff davongekommen war. Seit jener Schlacht beim Wake Atoll hatte Komura den Spitznamen »Seeteufel« inne – auf beiden Seiten.

Oguni reckte seine Nase in die Höhe, blinzelte mit zusammengekniffenen Augen gegen die beiden Zwillingsheckgeschütztürme der *Yasoshima*, die versetzt übereinander lagen und deren Rohre über die angetretenen Männer hinweg aufs Meer wiesen. Hinter den Kanonen streckte sich der Schornstein des Schiffes in den Himmel, der fetten, dunklen Rauch spuckte. Die Fahne der japanischen Marine, die Kyokujitsuki oder »aufgehende Sonne«, wie sie im Westen genannt wurde, flatterte hoch oben im Wind. Die roten Streifen und die rote Kugel in der Mitte waren unverkennbar ... eine Sonne, als hätte sie ein Kind gemalt. Für Oguni war die blutrote, aufgehende Sonne gleichbedeutend mit Macht und Stärke.

Komura, ein bärtiger Offizier mit aufgequollenem Gesicht und kurzem Haar, stand wie eine Eins vor der Front, belauerte die Mannschaft mit Wolfsaugen. Die dunkelblaue Uniform der Admiralität, verziert mit goldgelben Achselbändern, saß wie angegossen. Es dauerte dreißig Sekunden, ehe Komuras Blick die angetretenen Reihen vollständig entlanggewandert war. Sichtlich zufrieden lächelte er ob seiner tadellosen Mannschaft.

»Ein Wort von unserem großartigen Yamamoto-san!«, brüllte Komura mit rauer Stimme, dann las er, was auf einem Meldezettel geschrieben stand:

»Soldaten der Marine des Kaiserreichs Groß-Japan! Vor drei Jahren zwangen uns die Amerikaner in einen Krieg, mit dem sie unsere Heimat und den japanischen Geist zu zerstören suchten! Bis heute waren sie erfolglos in diesem Vorhaben! Macht ihr, dass dies so bleibt! Macht die Operation *Yamato-damashii* zum Wendepunkt des Krieges!«

Komura blickte seine Männer mit starren Augen an, die Brust vor Stolz geschwollen.

»Es freut mich, gemeinsam mit Ihnen diese Unternehmung anzutreten«, sprach er mit voller Stimme. »Der Kaiser ...«, die Anwesenden zuckten bei der Erwähnung ihres Herrschers kollektiv zusammen, »... hat uns auserwählt, für das Kaiserreich zu sterben! Mögen unsere Knochen dem Feind den Weg in die Heimat versperren!«

Komura blickte noch einmal in die Mienen seiner Leute. Männer jeden Alters, manche gar zu jung für die Bezeichnung »Mann«, schauten ihn mit funkelnden oder ernsten Augen an. Entschlossenheit war des Japaners stetiger Begleiter, und Entschlossenheit würde diese Männer bis vor die Westküste der USA führen. Oguni musste in diesem Augenblick an jene armen Kameraden denken, die kurz vor Auslaufen der *Yasoshima* gewaltsam hatten von Bord gebracht werden müssen. Sie hatten bleiben wollen, hatten zusammen mit ihren Kameraden den ehrenvollen Heldentod finden wollen, doch Komura hatte entschieden, keine Kranken und keine Verwundeten mitzunehmen. Oguni hatte beim Auslaufen den auf dem Pier Zurückgebliebenen nachgeschaut, die in Tränen ausgebrochen waren. Sie hatten lautstark geweint. Oguni empfand Mitleid mit ihnen.

Komura riss ruckartig beide Arme in den Himmel, die Hände zu Fäusten geballt. Er brüllte aus voller Lunge: »Tennō haika Banzai!«

Die Angetretenen taten es ihm gleich: »BANZAI!«, erklang es aus hundert Kehlen.

»Banzai!«, schrie Komura noch einmal.

»BANZAI!«

»Banzai!«

»BANZAI!«

Damit hatten sie ihrem Kaiser die Ehre erwiesen. Komura salutierte knapp und eilte zurück zur Brücke. Die Mannschaft aber rückte in den Speisesaal ein, wo das Küchenpersonal leckere Gerichte aufgetischt hatte. Es gab Sashimi aus japanischer Makrele mit Reis und dazu Wassermelone. Noch einmal sollten die Matrosen ein Festmahl erhalten auf dieser Reise ohne Wiederkehr.

Lenk im Simmental, Schweiz, 12.09.1944

Yusuf lag im kalten Laub, die Augen starr. Vor ihm schimmerte die Schweizer Siedlung.

Der Libyer murmelte auf Arabisch: »Allah, du Gott der Allmacht und Gerechtigkeit, erhöre mich. Mohammed, du Prophet des Allerhöchsten, erhöre mich! Ihr Kalifen und Märtyrer des Glaubens, erhört mich! Ich werde nicht eher meinen Bart schneiden, nicht eher die Moschee besuchen, bis das Blut meines Bruders mit dem Blute von zehn ungläubigen Söhnen Swysras gerächt worden ist!«

Nordpazifik, 12.09.1944

Oguni rutschte auf dem harten Holzstuhl hin und her. Sein Körper wollte sich einfach nicht an diese seltsame Sitzgelegenheit gewöhnen, die sich das japanische Militär in der westlichen Welt abgeguckt hatte. Er sehnte sich nach einer Reisstrohmatte, ausgelegt auf dem Boden. Zu Ogunis Leidwesen war es auf den unsinnigerweise mit Rückenlehnen versehenen Holzstühlen unmöglich, zu knien oder in den Schneidersitz zu gehen. Warum sich die Europäer und Amerikaner in eine Holzkonstruktion mit starren Lehnen zwängten, blieb ihm ein Rätsel. Er bekam davon Rückenschmerzen, und wegen der von der Sitzfläche baumelnden Beine fühlte er sich wie ein Affe, der auf seinem Ast hockt. Marotten wie die Nutzung von Stühlen hielten seit dem letzten Jahrhundert immer mehr Einzug in das Leben der Japaner. In Bars und Restaurants gehörten Stühle oftmals zum guten Ton. Für Oguni war das nur ein weiterer Beweis, dass von den Briten und Amerikanern nichts Gutes ausging.

Zusammen mit dem gesamten Offizierskorps des Schiffes war Oguni in den Besprechungsraum des Kreuzers eingerückt, in dem Komura in wenigen Augenblicken seine Befehlsausgabe abhalten würde. Zusammengepfercht wie die Makaken, saßen die gut 30 Offiziere auf ihren Stühlen. Sie umgaben den großen Tisch aus dunklem Holz, auf dem eine Karte des Pazifiks ausgebreitet lag. 16 blaue Holzklötzchen stellten die Sonderflottille »Komura Keizō« dar, die sich laut Karte 800 Kilometer vor der Küste von San Francisco befand. Rote Hölzer standen für vermutete Feindpositionen. Das Wetter begünstigte die Operation, es begünstigte aber ebenso jedweden feindlichen Angriff. Die Wolkenuntergrenze lag bei 2.100 Meter. Der Himmel war leicht bedeckt, die Sonne knallte zwischen dem Gewölk hindurch.

Komura stand starr wie ein Holzpflock am Kopf der Karte. Er peitschte mit seinem Zeigestock das Papier.

»Herhören!«, rief er. »Wir haben unseren Bestimmungsort beinahe erreicht. Der Plan des großen Yamamoto-san ist bis ins Detail aufgegangen. Unsere massierten Angriffe mit Unterseebooten und Wasserflugzeugen gegen die amerikanische Küste haben den Feind ausreichend beschäftigt, sodass wir unentdeckt bis ins Zielgebiet vordringen konnten. Zudem hat die zeitgleich mit unserer Mission gestartete Ballonoffensive für einige Verwirrung in den USA gesorgt. Vergessen Sie das nicht, verstanden?«

Komura konnte diese Dinge nur vermuten, das wusste Oguni. Die Flottille hatte die Anweisung, absolute Funkstille zu wahren, weshalb sie seit dem Auslaufen aus Tokuyama nicht mehr mit anderen Stellen des Kaiserreichs in Verbindung gestanden hatte, nicht einmal mit dem zweiten Trägerverband, der der Sonderflottille folgte. Beide waren wie geplant durchgekommen. Mochten die Amerikaner auch über noch so viele Schiffe und modernste Radartechnologien verfügen, der gigantische Pazifik, der mehr als 30 Prozent der Erdoberfläche bedeckte, konnte niemals vollständig überwacht werden. Ein Verband, mochte er auch aus sechzehn Großschiffen bestehen, war nicht einmal ein Punkt auf diesem riesigen Ozean. Der zweite Trägerverband der Operation hielt zudem ausreichend Abstand zu Komuras Flottille, sodass beide Schiffsformationen auf den gegnerischen Radarschirmen niemals gemeinsam auftauchen würden. Und jede weitere Minute, die sie unentdeckt blieben, erhöhte die Wahrscheinlichkeit auf einen durchschlagenden Erfolg. Jede weitere Minute brachte sie näher an die US-Küste heran.

»Wie erwartet ist der Treibstoff der Flottille auf unter 25 Prozent abgesunken.« Alle Anwesenden wussten, dass der Treibstoff nur für den Hinweg kalkuliert worden war. »Die Dinge fügen sich also, wie es beabsichtigt ist. Ich befehle nun: Ab sofort sind alle Kampfstationen voll besetzt! In voraussichtlich vier Stunden gebe ich den Befehl aus. Fragen?«

In diesem Moment wurde die Tür zum Kommandoraum aufgestoßen. Ein schlanker, kleiner Soldat in der grünen Kampfuniform der Kaiserlichen Marine schob sich in den Raum, brachte seinen Körper unter Spannung und vollführte, die Hände flach an die Hüften gepresst, mit dem Oberkörper eine Verbeugung. Oguni nickte zufrieden. Bei dem Berichterstatter handelte es sich um Shishi Nakamura, vom Dienstgrad ein Nitōsuihei, was einem höheren Mannschaftsdienstgrad entsprach. Nakamura war ein Soldat von Oguni, ein besonders guter sogar. Der junge Bauernsohn mit dem rundlichen Pfirsichgesicht und der ausgefransten Narbe über der rechten Augenbraue, der aus dem Osten von Hokkaidō stammte, zeichnete sich stets durch souveränes Auftreten aus.

»Herr Kommandant, Bericht!«, rief Nakamura, hielt einen Zettel in die Höhe und verlas: »Feindliche Flugzeuggruppe geortet! 34 Seemeilen Nordnordost. Nähern sich!«

Oguni erschrak. Die anwesenden Offiziere wechselten unsichere Blicke. Komuras Gesichtszüge zuckten. Sie mussten entdeckt worden sein. Stunden, nur Stunden zu früh!

»Wie weit bis San Francisco?«, verlangte der Konteradmiral zu erfahren.

»432 Meilen«, antwortete der Melder mit zusammengekniffener Miene.

Komura blickte seine Offiziere der Reihe nach an, dann donnerte er die Spitze des Zeigestocks auf die Karte. Je näher sie an ihr Ziel gelangen würden, desto treffsicherer würden die Raketen sein, doch es nutzte nichts.

»Es muss reichen!«, tönte Komura. »NIPPON BANZAI! Funkstille brechen! An die *Zuikaku* melden: Aufbau einleiten! An alle Zerstörer: Ausschwärmen! Wo immer Feind auftaucht: ihn locken, ihn binden, ihn nicht an die *Zuikaku* heranlassen! An Trägergruppe ›Nishimura‹: Alle Flugzeuge starten! Ich wiederhole: NIPPON BANZAI!«

Die Offiziere drängten rufend aus dem Raum, verteilten sich in den stählernen Gängen des Schiffes. Der Kommandant der Type 96-Waffenstationen auf der Back verlor im Gedränge seine Brille, die unter den trampelnden Stiefeln zerdrückt wurde. Überall im stählernen Leib der *Yasoshima* erklang der Ruf, der die entscheidende Phase der Operation einleitete: »NIPPON BANZAI! NIPPON BANZAI!«

Die Matrosen waren augenblicklich aus dem Häuschen. Eruptiv stürzten sie aus den Kojen und auf die Gänge, rasten wild durcheinander wie die Ameisen. Ein jeder versuchte, seine Station auf schnellstem Wege zu erreichen. »NIPPON BANZAI! NIPPON BANZAI!«, wurden allerorts die Parolen gebrüllt.

In Ogunis Kopf überschlugen sich die Gedanken, unterdessen ergriff er Nakamura am Arm und zog ihn hinter sich her auf den Gang. Er kämpfte sich durch ein Gewirr aus dunkelblauen, grünen und weißen Uniformen, die die Gänge verstopften. Er schaffte es schließlich bis zur schweren Stahltür, die auf die äußere Brüstung führte, von wo aus er über die Außentreppe, immer zwei Stufen auf einmal nehmend, zur Brücke hinauf hetzte. Dort hatte er als Radaroffizier seinen Posten und dort wartete sein zweiter Soldat am Radarschirm, der 16-jährige Matrose Kōji Taniguchi.

Überall auf der *Yasoshima* wurden die Waffenstationen besetzt, wurden die MG und Flak durchgeladen und Munition bereitgelegt. Die *Yasoshima*, ein chinesischer Kreuzer aus den frühen 30er Jahren, war für die Mission *Yamato-damashii* noch einmal aufgerüstet worden. Das schlanke Schiff strotzte nur so vor Rohrmündungen, die in alle Himmelsrichtungen wiesen. Doch den Soldaten war auch bewusst, dass die zu langsam schießenden japanischen Waffen nicht viel ausrichten würden gegen die wendigen Jagdbomber der Amerikaner, die sich wie Hornissen auf ihre Opfer stürzten.

»Oguni-san!«, rief Taniguchi aufgeregt, als Oguni die Brücke betrat. Komura war schon dort, erteilte den Anwesenden mit ruhiger Stimme Befehle. Der Artillerieoffizier des Kreuzers brüllte derweil Anweisungen in das Sprechrohr der Bordkommunikationsanlage.

Taniguchi, der mit zitterndem Finger auf den Radarschirm tippte, war ein dürrer Junge aus einem kleinen Fischerdorf, der vor seinem Dienst in der Kaiserlichen Marine von der Welt noch nichts gesehen hatte – wie so viele Japaner. Sein schwarzes, glänzendes Haupthaar hatte er auf wenige Millimeter gekürzt und sich ein Stirnband mit der aufgehenden Sonne um den Kopf gebunden. Seine schmalen Lippen formten oft ein stummes O, so auch jetzt. Taniguchi schwitzte heftig.

»Bericht!«, verlangte Oguni, der mit Nakamura im Schlepptau zum Radarschirm sprintete.

»Feindliche Flugzeuge, große Gruppe! 60 bis 80 Maschinen in 20 Meilen Entfernung! In fünf Minuten sind sie hier!«

Oguni biss sich so heftig auf die Unterlippe, dass er Blut schmeckte. Den sich mit einem Seidentuch die Schläfen tupfenden Taniguchi zur Seite stoßend, beugte er sich über den Radarschirm, der jedes ausgemachte Objekt als kleinen, grünen Punkt darstellte. Der Sonderflottille »Komura Keizō« folgte ein zweiter Verband, dessen Herzstück der Träger *Shōkaku* war und der von Konteradmiral Nishimura angeführt wurde. Die *Shōkaku* sollte aus sicherer Entfernung für die Luftunterstützung sorgen, denn der Träger von Komuras Sonderflottille, die *Zuikaku*, hatte nur eine einzige Maschine an Bord, und die würde im Normalfall nicht abheben. Der Auftrag der *Zuikaku* war ein anderer ...

Oguni schaute vom Radarschirm auf. Durch die Fensterfront der Brücke sah er die in einem Kilometer Entfernung fahrende *Zuikaku* in voller Pracht. 260 Meter lang, angetrieben von 150.000 Pferdestärken. Der Träger war platt wie eine Seezunge, mit Ausnahme einiger in die Höhe ragende Antennen, Kränen sowie dem Inselaufbau im hinteren Drittel.

Oguni konnte dank der hohen Position der Brücke und der Entfernung zum Träger das Deck der *Zuikaku* einsehen. Deutlich erkannte er die Arbeiten, die dort vonstattengingen. Die in den letzten Wochen speziell ausgebildeten Matrosen und die zahlreichen Techniker vom Heer hatten damit begonnen, Vorbereitungen für den Start der Fluggeschosse zu treffen. Oguni sah zahllose Männer auf dem Flugzeugträger herumwuseln. Über die beiden Aufzüge wurden große Metallgebilde aufs Oberdeck gebracht, an denen sich die Techniker mit Spezialwerkzeugen und extra für diese Mission installierten Kränen zu schaffen machten. Blitzschnell wurden große, schüsselähnliche Konstrukte mit Spezialfahrzeugen in Stellung gebracht, die beim Start der Waffen den todbringenden Rückstrahl auffangen sollten. Nichtsdestotrotz würde die *Zuikaku* große Schäden durch die Startvorgänge erleiden, das hatten sämtliche Tests deutlich gezeigt. Der Träger war abgeschrieben. Wichtig war nun nur noch, dass diese Raketen, die die Deutschen »Höllenhund II« nannten, starteten und ihr Ziel fanden: San Francisco.

27 Raketen würden nahezu gleichzeitig starten. »Type 127 Dandō Dan« lautete die schlichte Bezeichnung, die das japanische Militär dem Höllenhund II verpasst hatte. Japanische Ingenieure hatten die Reichweite der deutschen Raketen zudem auf mehr als 750 Kilometer steigern können, indem sie einen Antrieb mit zwei Brennstufen entwickelt hatten. Dieselben Männer hatten für das Unternehmen *Yamato-damashii* eine automatisierte

Starteinheit entwickelt, die dafür sorgen sollte, dass die Raketen mit leichten Verzögerungen zueinander vollautomatisch zündeten. Es durfte nämlich in keinem Fall passieren, dass die noch immer recht instabil fliegenden Höllenhunde unmittelbar über der *Zuikaku* kollidieren und sich gegenseitig zerstören würden. Wenn alles funktionierte wie errechnet, würden 27 ballistische Flugkörper, jeweils mit 740 Kilogramm Amatol versehen, auf die USA herniedergehen und den arroganten Amerikanern eine Kostprobe der Kriegsrealität bieten. Ein Lächeln umspielte Ogunis Lippen zu diesen Gedanken. Es würde ihm eine Ehre sein, im Auftrag des großen Yamamoto zu sterben.

Die japanischen Zerstörer hatten sich wie ein Schutzschild um die *Zuikaku* herum angeordnet. Sie hielten sich querab Backbord, Steuerbord und achteraus nur etwa 1.000 Meter entfernt. Die Männer an den Waffenstationen fieberten der Ankunft der feindlichen Flugzeuge entgegen, diesen kleinen Vögeln aus Stahl, die trotz ihrer Winzigkeit so tödlich waren für die gigantischen Schiffe.

Rasant zogen die Männer auf der *Zuikaku* die Startrampen hoch, eiserne Gerüste, die dicht an dicht standen. Oguni meinte, die ersten Raketenteile zu erkennen, die über den Aufzug aufs Deck gebracht und dort zusammengeschraubt wurden. Wie überdimensionale Patronen sahen sie aus. Der Anblick der hochmodernen Type 127 rührte Oguni zu Tränen – Tränen des Stolzes, bewiesen sie doch, zu welchen Wundertaten das vereinigte japanische Volk imstande war.

Es ist gut so, sagte er sich selbst immer wieder.

Taniguchi blickte vom Radarschirm auf und hinaus aufs offene Meer, wo sich Träger und Zerstörer auf ihre letzten Stunden vorbereiteten. Mit ernster Miene flüsterte der junge Santōsuihei: »Wir werden sterben.« Große Augen blickten Oguni an, nötigten ihn zu einer Antwort.

»Ja«, erwiderte der und nickte.

»Und Japan wird diesen Krieg verlieren.«

»Jawohl, so wird es kommen.«

Beide starrten einen Moment lang schweigend auf die Schiffe der Flottille. Die Sonne knallte, es war warm. Der Wind wehte ungewöhnlich schwach. Vereinzelt schwappten leichte Wogen gegen die Rümpfe der Zerstörer.

»Ja, wir werden sterben«, wiederholte Oguni mit Entschlossenheit in der Stimme. »Aber es muss so sein. Unsere Generation hat diesen Krieg begonnen. Und sie muss ihn zu Ende bringen. Durch Sieg oder Tod. Eine andere Möglichkeit gibt es nicht.«

Oguni und Taniguchi blickten einander mit flackernden Augen an. »Hai«, wisperte der junge Matrose.

»Aber verzage nicht, junger Santōsuihei!«, ergänzte Oguni und legte seinem Soldaten mit väterlicher Geste die Hand auf die Schulter. »Die Kinder Japans sind unbefleckt. Sie werden diesen Krieg überleben und Japan neu aufbauen. Allein dafür lohnt unser Opfer.«

»Hai«. Taniguchi hatte glasige Augen. Seine Stimme verwehrte ihm jedes weitere Wort. Oguni erkannte die Emotionen, mit denen der Matrose zu kämpfen hatte.

»Dein Vater und deine Mutter werden sich deiner erhobenen Hauptes erinnern. Sie werden die Eltern eines Kriegshelden sein.«

Ogunis Gesichtszüge zuckten, seine Lippen bebten. Vor seinem geistigen Auge manifestierte sich das Bildnis seiner hübschen Frau und die strahlenden Gesichter seiner beiden Söhne. Ihr Bild brannte sich in diesem Augenblick in seinen Kopf ein. Er würde sie niemals wieder sehen, doch er würde sie auch niemals vergessen. Er schob die quälende Trauer beiseite, die drohte, sich wie ein Betonklotz auf seine Schultern zu legen und ihn unter sich zu erdrücken.

Im äußeren Drittel des Radarschirms, der mit einem Type 13-Radargerät für die Luftraumüberwachung sowie mit einem modifizierten Type 22 für die Oberflächenüberwachung verbunden war, ploppte plötzlich ein weiterer, deutlich größerer Punkt auf. Dann in schneller Folge weitere Punkte. Mit jeder Messung wurden es mehr. Oguni hörte für einen Herzschlag auf zu atmen. Die sich abzeichnende Signatur konnte nur eines bedeuten ...

»Komura-san, BERICHT!«, brüllte er, dass der Kommandant den Kopf hob und mit dem Blick Oguni suchte.

»FEINDLICHE TRÄGERGRUPPE, 16 NORDNORDOST AUF KOLLISIONSKURS!«

Es wurde hektisch auf der Brücke. Die Offiziere sprachen aufgeregt durcheinander, bellten Anweisungen. Komura rief Befehle. Der Signaloffizier gab sie über Funk weiter.

Eine US-Trägergruppe! Oguni schoss sein Wissen aus der theoretischen Ausbildung durch den Kopf: *Ein Flugzeugträger, ein Zerstörergeschwader und drei bis fünf leichte Kreuzer,* rezitierte er auswendig, als würde er in einer Datenbank lesen.

Da das Type 21-Radar seine Fühler lange nicht so weit auszustrecken vermochte wie das Type 13, waren die Feindschiffe erst sehr spät auf dem Schirm aufgetaucht. Oguni blickte noch einmal auf die Radaranzeige, stützte sich mit beiden Händen an den Armaturen ab. Mit einem Mal fiel ihm die Erkenntnis wie Schuppen von den Augen. Er hatte ein Detail übersehen … ein winziges Detail nur, doch es war von entscheidender Bedeutung: Die heranbrausenden Flugzeuge des Gegners waren zuerst viel weiter entfernt gewesen als die derzeitige Position der Trägergruppe, weshalb sie von einem anderen Flugzeugträger oder gar vom Festland aus gestartet sein mussten. Oguni ballte die Hände zu Fäusten. Und meldete. Der sich nähernde US-Träger hatte seine Vögel also noch an Bord. Die Sonderflottille »Keizō Komura« musste sich auf 50 bis 80 weitere amerikanische Torpedobomber und Jäger einstellen. Oguni zitterte, während er mit zu schmalen Schlitzen verengten Augen auf die See hinausblickte, wo sich die japanischen Zerstörer langsam in Richtung Nordnordost ausrichteten. Sie mussten den Feind direkt attackieren, mussten ihn von der *Zuikaku* fernhalten – sie mussten dem Träger durch Opfergänge und Todesmut Zeit erkaufen. Eine Stunde und zehn Minuten benötigte die Mannschaft der *Zuikaku*, die Raketen startklar zu machen und schließlich abzufeuern. Eine Stunde und zehn Minuten würden Oguni und seine Kameraden noch durchhalten müssen, ehe sie den Heldentod sterben durften.

Das Gros der Zerstörer umschiffte gemächlich die *Zuikaku*, um nordöstlich des Trägers einen schwimmenden Sperrriegel zu bilden. Da die Funkstille durch den Ausruf des Kommandanten aufgehoben war, kamen nun immer neue Meldungen von U-Booten herein, die in einigem Abstand zu den beiden japanischen Flottillen Aufklärungsarbeit leisteten. Matrosen aller Funktionsbereiche der *Yasoshima* stürmten auf die Brücke und verlasen ihre Berichte. Der Signaloffizier gab eingegangene Funksprüche wieder. Komura, dem der Schweiß im Gesicht stand, trat gefasst zu Oguni an den Radarschirm heran. Oguni verbeugte sich und trat einen Schritt beiseite. Komura beugte sich über die Anzeige, verlor sich für einen Augenblick in den grünen Punkten. In dem Konteradmiral arbeitete es, das war ihm anzusehen. Der Mann wirkte dabei ruhig, war wie ein Alb der Entschleunigung inmitten all der hektischen und sich heiser schreienden Offiziere. Weitere Männer stürzten durch die Türen, rissen Zettel hoch und verlasen die Meldungen ihrer Stationen.

»RUHE!«, brüllte Komura mit rauer Stimme. Er beschwor mit seinem Ausruf nicht nur eine eisige Stille herbei, sondern brachte alle Anwesenden zum Erstarren. Niemand wagte zu sprechen, niemand wagte es auch nur zu husten. Sie alle blickten erwartungsvoll ihren Kommandanten an, der sich über das Kinn strich, seine Aufmerksamkeit dem Radargerät zugewandt. Mit stoischer Gelassenheit betrachtete er den blinkenden, leuchtenden Schirm, sah dann auf und blickte durch die großen Fenster hinaus auf die *Zuikaku*, die aussah wie ein umgestürzter, schwimmender Wolkenkratzer, so gigantische Ausmaße hatte der Träger. Die den Flugzeugträger umgebenden Zerstörer wirkten angesichts der enormen Größe der *Zuikaku* wie jämmerliche Ruderboote. Komura hielt einen Moment inne, atmete laut aus.

Die Amerikaner mussten erkannt haben, dass Komuras Flottille der US-Küste gefährlich nahegekommen war. Sicherlich würden sie jede Militäreinheit im Umkreis in Bewegung setzen.

Komura drehte sich zu seinen Männern um, deren Nerven gespannt waren wie Flitzebögen. Der »Seeteufel« zog seine Mundwinkel nach unten, ehe er die Nase rümpfte.

»Wir werden unseren Kameraden ein leuchtendes Beispiel geben! Kurs auf die feindliche Trägergruppe Nordnordost nehmen. Volle Kraft. Wir greifen den Flugzeugträger direkt an!«

Auf einen Schlag lösten sich die Offiziere. Männer sprangen durcheinander, blafften Anweisungen, betätigten Hebel. Der Steuermann brachte die *Yasoshima* auf volle Fahrt, zerrte am Steuerrad, um den Träger zu umschiffen.

Wir erkaufen der Zuikaku Zeit, dachte Oguni zufrieden. Er war froh ob der Aussicht, den Kriegertod im Feindfeuer finden zu dürfen. Das war nicht nur eine außerordentliche Ehre für ihn und seine Familie, sondern vielmehr auch der einfachste Weg; denn sollte Oguni in Gefangenschaft geraten, so hatte er sein Leben selbst zu beenden, da Gefangenschaft Treulosigkeit gegenüber dem Tennō bedeutete. Oguni war sich insgeheim nicht sicher, ob er zur Selbsttötung in der Lage war. Natürlich sprachen er und seine Kameraden leichtfertig vom Sterben und vom Seppuku. Es war jedoch etwas ganz anderes, den Worten Taten folgen zu lassen ... die Klinge gegen den eigenen Leib zu richten und sich entgegen dem Selbsterhaltungstrieb die Bauchschlagader aufzuschlitzen. Es war Oguni daher nur recht, wenn der Feind ihm diese Bürde abnahm.

Die *Yasoshima* nahm Fahrt auf, schnitt wie ein Schwert durch das Wasser. Komura, der sich hinter den Steuermann gestellt hatte, gab eine Order nach der anderen. Er ließ sein Schiff nach Steuerbord hin ausbrechen und einen großen Bogen beschreiben, wodurch der Kreuzer den Träger und die Zerstörer weiträumig umschiffte. Komura hielt sich schließlich das Sendegerät vor den Mund. Er holte tief Luft, dann gab er seine Order an die anderen Schiffe: Der Kommandant der *Shigure* habe das Kommando über die Flottille zu übernehmen. Die *Yasoshima* werde dem Feind im Alleingang entgegentreten.

»Möge der Himmel unser gnädig sein!«, lautete die Antwort von der Shigure, die kleinlaut aus den Lautsprechern rauschte. Für einen Moment herrschte absolute Stille auf der Brücke. Die Männer senkten das Haupt, dachten noch einmal an zu Hause, noch einmal an ihre Lieben.

Oguni blickte schließlich auf den Radarschirm. Der Schweiß brach ihm aus allen Poren beim Betrachten der vielen kleinen Punkte, die Komuras Flotille erreicht hatten. *Sie waren da!* Die Flugzeuge der Amerikaner hatten die Zerstörer erreicht, die sich wie ein Schutzschild vor der *Zuikaku* positioniert hatten.

Wie Wespen stürzten sich die amerikanischen Torpedobomber, dickbauchige Avenger-Propellermaschinen, in das glühende Flakinferno hinein, das ihnen aus tausend Kanonen entgegengerotzt wurde. Die Zerstörer fuhren verzweifelt Zickzacklinien, um den auf sie herniederregnenden Bomben und den knapp unterhalb der Wasseroberfläche heransausenden Torpedos auszuweichen. Die Schiffe feuerten aus allen Rohren, legten dichte Teppiche aus Stahl in den Himmel, doch die flinken Flugzeuge manövrierten das Feuer gekonnt aus. Wieder und wieder rasten die Avenger-Maschinen aus großer Höhe heran, kippten über die Tragflächen ab, stürzten sich auf die japanischen Zerstörer und klinkten die tödliche Last aus, die sie unter Rumpf und Tragflächen trugen. Pulverwölkchen explodierender Flakgranaten belegten den Himmel. Hagelstürme aus MG-Projektilen schlugen den amerikanischen Maschinen entgegen. Das japanische Feuer schnitt glühenden Pfeilen gleich ins Firmament, jagte den US-Maschinen nach. Es blieb beinahe wirkungslos. Einer der über 50 Angreifer zog eine schwache Rauchfahne hinter sich her. Derweil fielen die Bomben zwischen den Zerstörern ins Wasser. Blaue und weiße Säulen stiegen in den Himmel, ergossen sich über die Decks der Schiffe. Brachiale Druckwellen rissen wie unsichtbare, gigantische Pranken an den Zerstörern, die im Taumel der anhaltenden Explosionen zu Spielzeugen der

Wellen wurden, hin- und hergerissen im Druckkessel des Krieges. Binnen Minuten erhielt die Sonderflottille »Komura Keizō« empfindliche Treffer. Brände auf der *Hamakaze* produzierten fetten, schwarzen Qualm, der sich blitzartig ausbreitete und das gesamte Schiff verschluckte. Die *Maki* hatte gleich mehrere Bombentreffer erhalten. Manövrierunfähig war sie zum Spielball der Wogen geworden, hatte bereits Schlagseite. Die Avengers sanken bis knapp über die Wasseroberfläche ab und sausten so nah über dem Meer den japanischen Zerstörern entgegen, dass sie das Wasser aufpeitschten. Im letzten Augenblick warfen sie ihre Torpedos ab und zogen hoch. Die Unterwassergeschosse zischten wie tödliche Seeschlangen durch die von der Schlacht aufgewirbelte See. Die *Minadsuki* vollführte eine derart scharfe Linkskurve, dass ein heranrasender Torpedo ganz knapp ihr Heck streifte, ohne zu detonieren. Die *Kuroshio* verschwand für einen Augenblick in einem Inferno von Raketen, die eine Avenger auf sie abfeuerte. Sie hatte Glück, größere Schäden blieben aus. Bei der *Satsuki* trafen mehrere Torpedos. Säulen aus Wasser, Stahl und Feuer schnellten wie Götterfäuste in die Höhe. Blitzschnell sackte das Heck des Zerstörers ab. Es dauerte keine drei Minuten, da schwappten die Wellen schon auf die Back. Das Vorderteil des Schiffes bäumte sich auf. Oguni erkannte Rettungsboote, die zu Wasser gelassen wurden. In diesem Augenblick trat Konteradmiral Komura abermals an den Radarschirm heran, schob Oguni grob beiseite. Mit starren Augen blickte der »Seeteufel« auf die Anzeige.

Noch immer waren die Flugzeuge der feindlichen Trägergruppe nicht aufgestiegen. Die Gruppe selbst preschte in voller Fahrt der Sonderflottille »Komura Keizō« entgegen.

Komura starrte in die tobende Schlacht hinein, von der sich die *Yasoshima* zu entfernen versuchte. Der »Seeteufel« musste mit ansehen, wie das Meer sein Zerstörergeschwader fraß. Die Flieger der *Shōkaku* befanden sich auf dem Weg, doch sie waren letztlich zu spät gestartet. Leider auch waren ihre Maschinen nicht mit Bomben und Torpedos ausgestattet. Das sollte ihnen eigentlich einen Vorteil im Jagdkampf gegen die feindlichen Maschinen verschaffen. Das Erscheinen der US-Trägergruppe aber änderte alles. Die US-Schiffe, vor allem der Flugzeugträger der Amerikaner, gefährdeten das Gelingen der Mission in höchstem Maße. Im schlimmsten Fall würde die *Zuikaku* in Reichweite der feindlichen Marinegeschütze geraten, noch ehe die Type 127-Raketen startklar sein würden. Immerhin ging Komuras Taktik bisher auf. Das Knäuel von Zerstörern, das er vor der *Zuikaku* zusammengezogen hatte, musste den gegnerischen Piloten wie ein Traumziel erscheinen, denn sie wurden davon angezogen wie von einem magischen Magneten. Der Feind ließ die *Zuikaku* für den Moment noch in Ruhe, was Komura mit der Auslöschung großer Teile seines Zerstörergeschwaders bezahlte.

Doch da waren noch immer die Flugzeuge des feindlichen Trägers. Für was hielten die weißen Menschen diese Kräfte zurück? Für einen Schlag gegen die *Zuikaku* selbst? Oder hatte der Feind gar die *Shōkaku* aufgeklärt?

Mit finsterer Miene blickte Komura durch die Fensterscheibe auf den Ozean, auf dem die japanischen Zerstörerbesatzungen ums nackte Überleben kämpften. Die im Vergleich winzigen Flugzeuge vermochten die gewaltigen Schlachtschiffe zu versenken, vermochten es, dem Gegner Tausende BRT mit einem einzigen Angriff zu nehmen, und nur ein Knopfdruck war dazu nötig. Die Ära der Kriegsschiffe war vorüber. Doch die Schiffe würden sich nicht ohne einen Paukenschlag verabschieden.

Oguni erkannte an der Miene seines Kommandanten, dass dieser zu einem Entschluss gelangt war.

»Alle Zero-sen führen umgehend Blitzangriff gegen die feindlichen Flugzeuge durch!«, proklamierte er, dass die Brückenoffiziere aufmerksam den Kopf hoben. Das Jagdflugzeug, das die Null im Namen trug, war das Standardträgerflugzeug der japanischen Marine und wurde von den Soldaten meist einfach »Zero-sen« genannt.

»Sowie das feindliche Geschwader abgewehrt ist, sollen sich unsere Maschinen bei der *Zuikaku* sammeln und zum Angriff auf den feindlichen Träger antreten. Den Träger, und nur den Träger! Geben Sie an die Piloten das Codewort aus: Shimpū Tokkōtai … auf mein Zeichen!«

Für einen Augenblick herrschte Grabesstille auf der Brücke. Die Anwesenden wussten, was Komuras Befehl zu bedeuten hatte. Schon seit einiger Zeit wurde über außergewöhnliche Tokko-Truppen gesprochen, die die Wende im Krieg bringen sollten. An diesem Tage würden sie zum ersten Mal zum Einsatz kommen, obwohl die Zeit fehlte, die Flugzeuge entsprechend zu präparieren. Die Wirkung musste durch pure Masse erzielt werden. Steter Tropfen höhlt den Stein.

Die *Yasoshima* war zur Höchstgeschwindigkeit aufgelaufen. Mit 20 Knoten fegte der schlanke Kreuzer durch das wogenreiche Meer, in dem sich die Strahlen der Nachmittagssonne brachen. Oguni vernahm durch die geöffneten Brückentüren das Brummen der Schiffsmotoren, untermalt von den Klängen der sich entfernenden Schlacht. 7.488 Pferdestärken trieben den Kahn durchs Wasser. Die *Yasoshima* war tatsächlich davongekommen, ohne die Aufmerksamkeit der feindlichen Piloten auf sich zu ziehen.

Weit hinten stürzte eine brennende Avenger-Maschine mit Karacho in die See. Ein Geysir aus Wasser fuhr am Aufschlagort in die Höhe. Die Zerstörer *Satsuki*, *Urakaze* und *Oyahio* waren unlängst gesunken, waren von der Wasseroberfläche getilgt worden.

Oguni trat hinaus auf die Außentreppe, blickte dem vom dumpfen Schlagen entfernter Explosionen begleiteten Gemetzel nach. Dann sah er plötzlich die Flugzeuge des Kaiserreichs, die aus Südwest herangebraust kamen, sich umgehend in die tobende Schlacht stürzten. Die A6M Zero-sen-Allzweckflugzeuge, von den Alliierten oftmals kurz »Zeros« genannt, nahmen die Jagd auf. Wie Blitze zuckten ihre Projektile durch die Luft.

Das Flakfeuer der japanischen Schiffe verebbte schlagartig. Die amerikanischen Maschinen formierten sich neu, ließen von den gebeutelten Zerstörern ab. Die *Kagerō* hatte starke Schlagseite, qualmte wie eine Zigarette. Die *Kuroshio* schipperte manövrierunfähig im Kreis. Ein einziger Luftangriff hatte ausgereicht, das japanische Zerstörergeschwader beinahe jeder Kampfkraft zu berauben.

Während die *Yasoshima* Kurs auf die feindliche Trägergruppe nahm, explodierte der Himmel hinter ihr förmlich im Luftkampf der Flugzeuge. Binnen Minuten waren mehrere Maschinen auseinandergeplatzt, andere schraubten sich brennend in die Tiefe. Deutlich mehr Amerikaner als Japaner wurden zusammengeschossen. Die US-Piloten in ihren zu schwerfälligen Avenger-Flugzeugen, die nur einen unzureichenden Jagdschutz von acht Jagdmaschinen bei sich hatten, gaben den aussichtslosen Kampf auf. Sie versuchten, sich in Richtung Osten aus dem Staub zu machen. Die Zero-sens jagten ihnen nach, holten weitere vom Himmel, die wie Fackeln ins Wasser stürzten oder in der Luft zerbarsten. Schließlich aber pfiff Komura die Flugzeuge zurück. Sie sollten sich bei den Zerstörern sammeln und diese gegen weitere Angriffe beschützen, solange bis die *Yasoshima* in Reichweite des feindlichen Trägers gelangt war.

Die *Yasoshima* fuhr mit voller Kraft. Der Rest der Flottille, um den die Zerosens umherschwirrten wie Moskitos, wurde bald zu einer Ansammlung dunkler Erhebungen am Horizont. Die Raketen und Startrampen, die Stück für

Stück auf dem Deck der *Zuikaku* aufgerichtet wurden, ragten wie freigelegte Rippenknochen in den Himmel.

Die feindliche Trägergruppe aber war bereits so nah, dass sie in Sichtweite des Ausgucks der *Yasoshima* kam, noch ehe die eigene Flottille vollkommen am Horizont verschwunden war. Komura befahl, Kollisionskurs beizubehalten. Er hatte die Absicht, frontal in die Schiffsformation des Gegners hineinzustoßen … so wie damals in der Schlacht beim Wake Atoll.

Der »Seeteufel« blickte auf die winzig wirkenden US-Schiffe, die auf der Horizontlinie aufzuliegen schienen. Er schnaubte verächtlich. Der US-Träger, der wie ein gewaltiger Fels die in seinem Fahrwasser schwimmenden Begleitschiffe überragte, war ein Monster von einem Schiff, viel größer noch als die *Zuikaku*.

Und die drängendsten Fragen waren noch immer unbeantwortet. Wie viele Flugzeuge hatte der Träger an Bord?

Welche Typen?

Wie waren sie ausgestattet?

Und wann würden sie starten?

Auch Oguni stellte sich diese Fragen. Er blickte dabei seine treuen Matrosen Taniguchi und Nakamura an. Der eine zog sich mit ernster Miene das Stirnband fest, der andere brachte die auf dem Radar ersichtlichen Objekte zu Papier. Nakamura war ein unglaublich schneller Schreiber, seine Finger flogen nur so über den Meldezettel. Sie führten den Stift auf eine flinke und gleichzeitig elegante Weise, dass die entstehenden Schriftzeichen mit kunstvollen Schwüngen veredelt waren.

»Kommandant Komura, Bericht!«, dröhnte ein rundlicher Matrose, der mit einer schriftlichen Meldung in den Händen auf der Brücke erschienen war.

»Feindliche Maschinen starten vom Flugzeugträger! Typ: Curtiss Helldiver!«

Wie vom Blitz getroffen sprangen die Offiziere der Brücke an die Fenster, pressten das Gesicht gegen das Glas. Was die Männer des Ausgucks mit ihren Vergrößerungsgläsern klar und deutlich hatten erkennen können, zeichnete sich für das bloße Auge nur als flimmernde Punkte am Horizont ab.

Komura stöhnte leise, den amerikanischen Gegner verfluchend. Er fasste sich instinktiv mit der rechten Hand an den Schaft seines Daitō. Der »Seeteufel« vibrierte förmlich wie ein vom Erdbeben geschüttelter Berg.

»Machen Sie Meldung an die *Shigure*!«, dröhnte er. »Erstens: Wie lange bis zum Abschuss der Waffen? Zweitens: Bericht über den Zustand des Geschwaders! Drittens: Geschwader soll unverzüglich zum Angriff gegen die feindlichen Flugzeuge antreten, dazu gestaffelte Linie vor der *Zuikaku* bilden! Viertens: Statusbericht der *Shōkaku*!«

Wenn alles nach Plan verlief, befand sich der zweite Träger, der sich auf dieser Mission ausdrücklich nicht opfern sollte, bereits auf dem Rückweg. Die von ihm aus gestarteten Flugzeuge nämlich würden keine Landebahn mehr benötigen ...

Ein plötzlicher Ruck riss an der *Yasoshima*, ließ sie gen Steuerbord ausschlagen. Die Männer auf der Brücke wurden durcheinandergewirbelt. Ein riesiger Schwall Wasser fegte über den Bug des Schiffes.

»Der Feind hat das Feuer eröffnet!«, brüllte jemand.

»BERICHT!«, rief ein anderer Soldat des Ausgucks von der Außentreppe aus in den Raum herein. »Folgende Schiffe des Feindes identifiziert: Zwei Zerstörer der Fletcher-Klasse. Zwei Zerstörer der Benson-Klasse. Zwei nicht identifizierte Kreuzer. Zwei Flakkreuzer. Ein weiterer Zerstörer und eine große Zahl kleiner Boote!«

Oguni hielt sich mit beiden Händen an den metallenen Armaturen fest, denn die *Yasoshima* schüttelte sich fürchterlich. 100 Meter querab Backbord rissen Explosionen die Wasseroberfläche auf.

»Die Piloten sollen angreifen, sofort!«, rief Komura. Der Verbindungsoffizier klemmte sich ans Funkgerät.

»Buggeschütz: Feuer nach eigenem Ermessen!« Komuras Weisungen gingen im anhaltenden Rauschen der Einschläge beinahe unter. Die Zerstörer und Kreuzer der Amerikaner hatten sich schützend vor ihren Träger gestellt und feuerten auf die *Yasoshima*, die in Frontalfahrt ein nur kleines Ziel abgab. Haushohe Fontänen jagten neben dem schmalen japanischen Schiff aus dem Wasser, fielen nach nur Augenblicken wieder in sich zusammen. Die *Yasoshima* schwankte im heftigen Wellengang der Explosionsdrücke hin und her. Ihr Buggeschütz, eine 140-Millimeter-Zwillingskanone, gab die erste Salve ab. Die Erschütterungen der Abschüsse jagten durch den Schiffskörper.

Das durch Spgenggeschosse aufgewühlte Meer suchte die *Yasoshima* zu verschlingen. Der Kreuzer ruckelte wie ein abgewürgtes Auto, als er den ersten Treffer kassierte. Eine orangefarbene Explosionswolke stäubte über der Back auf, ließ Geschütztürme und kreischende Männer unter sich verschwinden. Sogleich entzündeten sich mehrere Brandherde, die aber nur wenige Sekunden lang Feuer spien, denn schon die nächste Salve des Feindes spülte das Meerwasser mit all seiner wütenden Gewalt über den japanischen Kreuzer.

»Seht mal!«, brüllte plötzlich der Signaloffizier.

Oguni und die anderen folgten dem Fingerzeig des Mannes, der durch die Scheibe in Richtung der feindlichen Trägergruppe wies. Die Zero-sen der *Shōkaku* sausten in Formation der amerikanischen Trägergruppe entgegen. Aus mittlerer Höhe senkten die Maschinen ihre Schnauze, jagten auf die US-Schiffe und den Träger zu. Flakfeuer aus dutzenden Rohren schlug ihnen entgegen. Projektile fetzten durch eine der im Sturzflug hernieder sausenden Zeros hindurch. Die den Flugzeugkörper durchschlagenden Geschosse rissen große Blechteile aus ihm heraus, die in alle Richtungen davonwirbelten. Die Zero klatschte ungebremst ins Wasser.

Oguni öffnete den Mund, wollte brüllen, doch er konnte nicht. Er musste dem Opfergang seiner Landsleute beiwohnen, ohne eingreifen zu können. Oguni empfand Neid.

Die erste Zero legte auf den US-Träger an, zischte im Affenzahn auf ihn zu. Sie krachte ins Oberdeck, wo sie in einem gewaltigen Flammenball verging. Die anderen Piloten folgten dem Beispiel. Das gesamte Geschwader stürzte sich auf die amerikanische Trägergruppe hernieder. Flugzeug um Flugzeug raste in den Träger hinein, raste ebenso in die Begleitschiffe. Einige verfehlten, schlugen ins Wasser. Zahlreiche klatschten auf die Decks und in die Rümpfe der Kriegsschiffe. Eine Decke aus Explosionen, aus Feuersbrünsten und aufsteigenden Rauchschwaden legte sich über die US-Schiffe. Bald waren sie vollkommen verdeckt vom Feuer und von fettem, schwarzem Qualm.

Komura zog beim Anblick des Spektakels sein Daitō und streckte es in die Höhe, sodass die Spitze der Klinge an der Decke der Brücke entlang kratzte.

»BANZAI!«, schrie er aus voller Kehle.

»BANZAI!«, stiegen seine Kameraden in das Hurra-Gebrüll ein. Auch Oguni krakeelte, so laut es seine Lunge zuließ, und reckte die Fäuste in die Höhe. An diesem Tag hatten sie den amerikanischen Gangstern ihr selbstherrliches Grinsen aus dem Gesicht gewischt!

Wieder raste der Melder aus dem Ausguck die Außentreppe herunter. Aus einer Platzwunde an seiner Schläfe quoll dickes, dunkles Blut.

»Bericht!«, bellte er. »Feindliche Flugzeuge auf 11 Uhr! 20 Torpedobomber!«

Komura und Oguni beugten sich gleichzeitig über die Armaturen und starrten mit aufgerissenen Augen durch die Glasscheibe in den Himmel. Im selben Augenblick begannen die Flak und Maschinengewehre der *Yasoshima* zu wummern. Sie spuckten glühende Lanzen in den wolkenlosen Himmelsdom, wo sich die Bomber des Feindes tummelten. Die US-Maschinen kippten ab, fielen von allen Seiten wie Geier über die *Yasoshima* her. Sie preschten todesmutig durch die Kugelteppiche hindurch, die die Japaner an den Waffenstationen in den Himmel spien. Erst kurz vor der Wasseroberfläche rissen die Piloten ihre Maschine hoch und düsten im Tiefflug der *Yasoshima* entgegen. Sie griffen von allen Seiten gleichzeitig an. Weitere Flugzeuge stürzten sich zeitgleich aus den Wolken, bedachten die Decks des japanischen Kreuzers mit Maschinengewehrgarben. Riesige Funken, die wie glühende Aale durch die Luft zappelten, sprühten über die Metallaufbauten des Schiffes.

Männer taumelten im Beschuss. Einem Matrosen zerfetzten daumengroße Projektile die Schulter. Er torkelte noch einen Meter, hielt sich die blutigen Fleischschnüre, die aus seiner Schulter ragten wie verkrüppelte Tunfischgräten, dann klappte er zusammen und blieb reglos liegen. Ein anderer Torpedobomber knöpfte sich die Insel der *Yasoshima* vor, hämmerte mit dem Maschinengewehr in sie hinein. Die Glasscheiben der Brücke zersprangen. Querschläger tanzten durch den Raum. Oguni warf sich zu Boden, zog Nakamura und Taniguchi mit sich.

»Volle Fahrt beibehalten!«, brüllte Komura, der sein Schwert vom Boden auflas. »Ich will den feindlichen Träger in Reichweite unserer Torpedos haben!«

Die Schiffe am Horizont wurden größer und größer, doch die *Yasoshima* hatte keine Chance mehr, den Feind zu erreichen. Blau lackierte, schlanke Kriegsflugzeuge, die weiße Sterne zur Schau stellten, zischten der *Yasoshima* aus allen Himmelsrichtungen entgegen. Sie flogen knapp über der Wasseroberfläche, der Abwind wühlte die See unter ihnen auf. Nur wenige hundert Meter von dem Kreuzer entfernt, klinkten sie ihre Torpedos aus. Die stählernen Aale klatschten ins Wasser, wo sich die Schrauben aktivierten. Stur tauchten sie dem Bauch der *Yasoshima* entgegen, zogen weiße Bahnen aus aufgewirbeltem Wasser hinter sich her.

»Ausweichen!«, keifte Komura verzweifelt. »Hart nach Steuerbord!«

Jedes Ausweichmanöver war zwecklos. Der erste Torpedo traf das Heck des Schiffes auf der Backbordseite, so dass erschütternde Vibrationen durch die *Yasoshima* zogen. Oguni erzitterte, wusste er doch, was der Torpedotreffer zu bedeuten hatte: Er war der Anfang vom Ende.

»BERICHT!«, plärrte einer der Anwesenden im Chaos, das auf der zusammengeschossenen Brücke herrschte. »Leck im Frachtraum! Wasser dringt ein! Alle Maschinen ausgefallen!« Die Meldung war noch nicht zu Ende vorgetragen, da rasselten weitere Torpedos von allen Seiten in den gebeutelten Rumpf des Schiffes. Detonationen erfolgten überall an der Schiffshülle, zerfetzten den Stahl wie Papier und drückten viele Tonnen Wasser in die *Yasoshima* herein. An den Schiffsrändern stiegen Säulen wie göttliche Arme empor, die sich über den sinkenden Kreuzer ergossen.

Die Beleuchtung der Brücke flackerte. Ogunis Radarschirm wurde mit einem Mal schwarz.

»Steuerbordwelle ausgefallen!«

Oguni schaute sich um. Für einen Augenblick herrschte absolute Stille unter seinen Kameraden. Komura steckte sein Schwert zurück in die Scheide. Seelenruhig zupfte er sich die Bluse zurecht. Alle Augen waren auf ihn gerichtet. Die feindlichen Flugzeuge zogen ab. Sie sammelten sich in einiger Entfernung und jagten dann der *Zuikaku* entgegen – ein sicheres Zeichen, dass die *Yasoshima* erledigt war. Ein Geräusch ertönte, als würde das Schiff selbst stöhnen. Oguni blickte auf eine Porzellantasse, die neben dem Steuerrad auf einem Metallsims abgestellt war. Sie rutschte auf der horizontalen Tischplatte nach rechts. Erst ganz langsam, dann immer schneller. Sie schlitterte über den Rand hinweg, zersprang am Boden. Im gleichen Augenblick ging erneut ein stählernes Stöhnen durch das Schiff, gefolgt von einem markerschütternden Knarzen, als würde ein Riese Metallplanken zerbeißen.

Ogunis Herz beschleunigte um ein Vielfaches. Er bemerkte, dass ihn seine beiden Matrosen erwartungsvoll anblickten, doch was sollte er ihnen schon sagen? Hilfesuchend richtete er den Blick auf Komura, der mit ruhiger Miene durch die geplatzten Scheiben aufs Wasser schaute.

»Es ist aus«, wisperte der »Seeteufel«. Der alte Offizier musterte die Besatzung der Brücke. In seinen Augen funkelte Stolz. »Wir haben alles gegeben«, erklärte er. »Nun liegt das Schicksal dieser Mission nicht mehr in unserer Hand. Erweisen Sie mir bitte die Ehre. Holen wir gemeinsam die Flagge ein!«

Die Brückenmannschaft verbeugte sich geschlossen, bevor sie Komura auf die Außentreppe folgte. Der Melder des Ausgucks stand dort, um eine neuerliche Meldung zu machen. Als er Zeuge wurde, wie Komura die Brücke verließ, begann er zu weinen. Der junge Matrose bedeckte sein Gesicht mit den Händen.

Als Oguni auf die Außentreppe trat, schlug ihm der Wind ins Gesicht, der ekelhafte Gerüche mit sich brachte. Die Luft war geschwängert vom Feuer und vom Rauch. Vor und hinter Oguni drängten sich die anderen Männer, die ihrem Kommandanten schweigend folgten. Taniguchi und Nakamura hatten den Kopf gesenkt, die Lippen zu schmalen Strichen zusammengepresst. Komura marschierte vorneweg die Treppe hinunter aufs Oberdeck. Seine Entourage folgte ihm auf dem Fuße.

Auf dem Oberdeck herrschten Tod und Leid. Matrosen schleppten verwundete Kameraden in Deckung. Ein wie apathisch zwischen den leeren Munitionskästen umhertorkelnder Junge sammelte Körperteile eines gefallenen Freundes ein. Ein feiger Unteroffizier ließ ein Beiboot zu Wasser, andere sprangen über die Reling in die See. Männer brüllten vor Schmerzen, Männer heulten. Hie und da richtete sich ein Matrose oder ein Offizier selbst. Sie schossen sich inmitten des Chaos eine Kugel in den Kopf oder rammten sich ihr Schwert in den Leib. Ein junger Matrose, der sich die Dienstpistole an den Schädel gehalten hatte, lag zappelnd zwischen zerbrochenen Holzkisten. Er hatte sich das halbe Gesicht weggeschossen, doch er lebte. Oguni drückte sich die Nase zu. Ein Gefühl des Ekels stieg in ihm hoch, ließ ihn erschauern. Dicke Brocken schossen seine Speiseröhre herauf und ergossen sich in seinen Mund. Oguni presste die Zähne aufeinander und schluckte den ganzen Schnodder wieder hinunter. Dass der Krieg so grausam sein konnte, hatte er sich nicht ausgemalt.

Zwei Maschinengewehre der *Yasoshima* feuerten noch, warfen ihre glühenden Geschosse in den Himmel. Sie hielten vergeblich auf eine amerikanische Maschine an, die im Luftraum über dem leichten Kreuzer zurückgeblieben war. Überall auf dem Schiff wüteten Brände. Dichter Rauch belegte die Atemwege der Männer, ließ sie so heftig husten, dass sie das Gefühl bekamen, jeden Augenblick ihre Lunge auszukotzen.

Einigen der Offiziere liefen Tränen über die Wangen. Weißgesichtig schritten sie hinter Komura her. Blut- und rußverschmierte Matrosen schauten auf. Unruhige Augen folgten dem »Seeteufel«. Der schritt vorbei an den

Beibooten und den beiden großen, hinteren Geschütztürmen. Ein Feuer loderte zwischen den gigantischen Zwillingskanonen, der Rauch umhüllte die Back der *Yasoshima* wie ein Kokon und verdeckte die Flagge mit der roten, aufgehenden Sonne, die an der hintersten Spitze des Schiffes wehte.

Oguni sah seine Offizierskameraden vor ihm im dichten Rauch verschwinden, hörte ihr Husten und Würgen. Er blickte sich zu Taniguchi um, der sich das Stirnband vor den Mund hielt. Oguni sah und spürte deutlich, dass das Schiff Schlagseite hatte. Auslaufendes Öl verfärbte das Wasser.

So wird es also zu Ende gehen, sinnierte er. *Ich bin bereit zu sterben!*

Oguni presste sich den Ärmel vor Mund und Nase, ehe auch er in den fetten Qualm eintauchte. Die Angst kitzelte ihn in diesem Augenblick mit kalten Fingern. Er musste an seine Familie denken, aber auch daran, dass sein Vater, der alte Thor, stolz sein würde, könnte er seinen Sohn nun sehen. Oguni rieb sich die Augen, die im Rauch tränten und brannten.

Wieder hämmerten einige Flugabwehrwaffen der *Yasoshima*. Ein Flugzeug überflog den Kreuzer. Das Donnern der Motoren übertönte für einen Augenblick alles andere. Ogunis Ohren klingelten.

Der japanische Leutnant machte, blind vor Qualm, den nächsten Schritt … und erstarrte, denn er stand mit einem Mal bis zum Knöchel im eiskalten Wasser. Oguni blinzelte gegen die Reling. Die See schwappte über die Back. Sie war drauf und dran, das Heck der *Yasoshima* zu vertilgen. Ogunis Puls war ihm in die Kehle geklettert, wo er versuchte, ihn zu erwürgen. Seine Hände zitterten. Einmal mehr drehte er sich zu seinen beiden Matrosen um. Die sahen ihn aus großen, ängstlichen Augen an. Weitere Matrosen hatten sich Komuras Entourage angeschlossen. Der nahende Tod hatte jedem Einzelnen die Sprache verschlagen.

Oguni kämpfte sich durch den Rauchvorhang, erreichte letztlich das Heck der *Yasoshima*. Die Back des Kreuzers war so weit im Meer verschwunden, dass nur noch die eiserne Reling aus dem Wasser ragte. Wäre der Qualm nicht, Oguni hätte sehen können, dass der Vordersteven des Kreuzers aus dem Wasser ragte. Gleichzeitig neigte sich der Kahn nach Backbord.

Komura stoppte einen Meter vor der wehenden Fahne. Er stand bis zu den Knien im Wasser, brachte seinen Körper unter Spannung, salutierte. Die Männer taten es ihrem Kommandanten gleich. Der Signaloffizier watete zum Flaggenmast, nestelte am Seil herum.

Oguni sah aus dem Augenwinkel die am Horizont stehenden Rauchfahnen, die die feindliche Trägergruppe umgaben. Er betete die Mächte des Himmels an, das heldenhafte Opfer der japanischen Piloten mit vielen toten amerikanischen Soldaten und sinkenden Schiffen zu belohnen. Erkennen aber, wie es um die feindliche Trägergruppe wirklich stand, konnte Oguni nicht.

Der Signaloffizier griff nach dem Seidenstoff der Fahne. Plötzlich schwebten wieder mehrere US-Maschinen im Luftraum über der *Yasoshima*. Einmal noch wummerten die Flugabwehrkanonen des sterbenden Schiffes, einmal noch zogen ihre Geschosse brennenden Nadeln gleich ins Firmament hinauf.

Oguni stand wie angewurzelt im Wasser. Die nackte Angst packte ihn. Allein seine Disziplin hielt ihn davon ab, sich umzudrehen und zurück zum Bug des Kreuzers zu rennen, wo sich sein von Emotionen bedrängter Verstand Sicherheit vor der todbringenden, eiskalten See erhoffte. Oguni schämte sich für seine Angst. Es kostete ihn viel Anstrengung, sie hinter einer starren Fassade zu verbergen.

Erneut zog ein amerikanisches Flugzeug mit donnerndem Propeller über die *Yasoshima* hinweg. In Ogunis Rücken erfolgten zwei Detonationen. Das Oberdeck platzte. Der Stahl des Schiffes knarzte. Ogunis Trommelfell zerfetzte. Er presste die Hände auf die Ohrmuscheln, brüllte wie ein verwundeter Tiger. Etwas Warmes, Feuchtes breitete sich in seinen Gehörgängen aus. Die Welt um ihn herum war auf einen Schlag verstummt.

Weitere Bombenexplosionen erschütterten das Schiff. Oguni begriff nicht, was geschah. Er spürte keinen Boden mehr unter den Füßen. Mächtige Urkräfte zerrten an seinem Leib. Dann klatschte er ins kühle Nass, das wie ein Panzer aus Eis seinen Körper umschloss. Die Kälte des Pazifiks presste ihm die Luft aus der Lunge. Er riss den Mund auf, entließ tausend Luftblasen ins Wasser. Oguni versuchte verzweifelt zu atmen. Sein Körper schrie nach Luft, doch er sog nichts als salziges Wasser in sich ein, das ihn würgen und in Panik verfallen ließ. Erst jetzt öffnete Oguni die Augen; sah den aufgerissenen Leib der *Yasoshima* als gigantischen Schatten vor sich im Wasser treiben. Die Sonne blitzte als gelbe Kugel durch die Wasseroberfläche hindurch, ihre Strahlen vermochten augenscheinlich nur wenige Meter in die See einzudringen. Oguni drehte den Kopf hektisch in alle Richtungen. Er blickte schließlich an seinem Körper hinab. Sein rechter Arm war ab dem Ellbogen fort. Ein dicker, roter Blutschwall kroch aus dem Stumpf, breitete sich wie ein Krake im Wasser aus. Er spürte keinen Schmerz. Irgendetwas hatte sich um sein rechtes Bein geschlungen und schnürte ihm den Fuß ab. Oguni meinte, ein Seil zu erkennen, an dessen Ende dunkle, große Dinge hingen, die ihn unweigerlich in die Tiefe zogen. Oguni schaute zur *Yasoshima* auf, die von unten betrachtet so friedlich auf dem Wasser ruhte. Der Kreuzer entfernte sich rasend schnell. Oguni ruderte hektisch mit dem linken Arm. Das Verlangen nach Luft drückte in seiner Lunge. Der japanische Offizier versuchte, von panischem Schrecken gepackt, an das Seil zu gelangen, das sich um seinen Fuß gewickelt hatte. Er kam nicht dran. Schwere Gewichte zogen daran. Sie rissen ihn tiefer und tiefer hinab.

Oguni öffnete den Mund. Immer wieder, von der naiven Hoffnung beseelt, Sauerstoff einzuatmen. Mit jedem versuchten Atemzug sog er einen Schwall salziges Wasser in sich ein, das in seine Lungenflügel strömte und höllische Schmerzen auslöste. Die Kälte nahm Besitz von ihm. Oguni musste gegen das Verlangen ankämpfen, seine Augen zu schließen.

Noch kämpfte er. Er strampelte. Er zappelte. Er versuchte sich in Schwimmbewegungen. Er konnte die *Yasoshima* schon nicht mehr sehen. Konnte gar nichts mehr sehen. Das Meer war schwarz.

Panikartig schlug Oguni nach allen Seiten aus. Sein Herz trommelte unaufhörlich, trommelte schneller, immer schneller und schneller. Seine Lunge und sein Verstand lechzten nach Sauerstoff. Oguni riss abermals den Mund auf, sog gierig alles in sich ein. Eiskaltes Salzwasser schwemmte in seinen Mund, jagte seine Luftröhre hinunter, ergoss sich in seine Lunge. Wieder und wieder versuchte der zum Tode verurteilte Oguni zu atmen.

Letztlich erlahmten Ogunis Bewegungen. Sein Körper straffte sich. Sein Arm begann unkontrolliert zu zucken. Die Schmerzen in seinen Atemwegen wurden schwächer, hörten schließlich auf. Oguni blickte in die Schwärze des Pazifiks hinein. Es war, als schwebte er im Nichts. Das Wasser in seiner Lunge machte ihn schläfrig.

Das Bild seiner Familie schob sich vor sein geistiges Auge. Ogunis Frau! Wunderschön. Schwarzes, seidiges Haar. Und ihr Lächeln. Anbetungswürdig! Seine Kinder … zwei Lausbuben von sechs und acht Jahren. Für Oguni hatte es nichts Schöneres im Leben gegeben als das Vaterglück. Er hatte ihnen das Angeln beigebracht, das Raufen, das Fahrradfahren und Reiten. Er hatte sich darauf gefreut zu erleben, wie sie den Mädchen nachstellen, wie sie erwachsen werden, auf eigenen Beinen stehen. Er liebte sie … seine Kinder.

Oguni ertrank mit dem sehnlichen Wunsch im Kopf, leben zu dürfen.

Östlich von Lenk im Simmental, Schweiz, 13.09.1944

Oberfeldwebel Pantelis Schneider tobte. Er schnaubte vor Wut. Das Blut kochte in seinen Adern, stieg ihm zu Kopfe, ließ ihn in Raserei verfallen. Er preschte so schnell durch den Wald, dass er beinahe über eine Wurzel fiel.

Der Schweiß lief ihm in Bächen über das Gesicht, als er endlich seine Gruppe erreichte. Schumann, Blessing, der alte Katczinsky und Calvert dösten auf ihren Mänteln, die sie auf dem Boden ausgebreitet hatten. Schütz war noch nicht wieder zurück, Berger und Richter schoben Wache an den Randpunkten des versteckten Lagers. Yusuf Dschibril aber war da! Der Obergrenadier hockte neben Calvert im Laub und popelte sich mit seinem Dolch unter den Fingernägeln herum.

Schneiders Wut steigerte sich beim Anblick des Libyers ins Unendliche. Yusuf Dschibril war seit dem Tod seines Bruders nicht mehr wiederzuerkennen.

Unentwegt starrte der Mann mit trüben Augen vor sich hin, brabbelte Verse auf Arabisch und redete davon, sich furchtbar an den Schweizern rächen zu wollen. Yusufs Verhalten bereitete seinen Kameraden große Sorgen, auch war er stetig abgelenkt und überreizt, ja zweimal war er schon ausfallend gegenüber Schneider geworden. Natürlich war der Tod des eigenen Bruders ein herber Verlust, dennoch konnte Schneider von Yusuf ein Mindestmaß an Professionalität erwarten. Er musste es erwarten. Yusuf brachte die gesamte Operation in Gefahr.

»YUSUF!«, brüllte Schneider mit der Stimme eines Bären. Der Obergrenadier schaute gelangweilt auf. Schneider sprang zwischen seine Männer, die sogleich zurückwichen. Nur Yusuf erhob sich gemächlich, so, als hätte er alle Zeit der Welt.

»DU VERBLÖDETER HAMMEL!«, schrie Schneider. Er war noch ganz außer Atem von dem Sprint, den er hinter sich hatte. Der Treffpunkt mit der Kontaktperson, von der er soeben wiedergekehrt war, lag immerhin mehrere Kilometer entfernt.

Yusuf verzog keine Miene, doch seine Augen verrieten ihn. Der Libyer wusste genau, warum sein Gruppenführer tobte. Eine Spur von Ekel befiel Schneider, vermischte sich mit seiner Wut. Bis eben hatte er noch einen Hauch von Zweifeln in sich gehabt. Nun aber lieferten ihm Yusufs Augen die Bestätigung. Schneider war nicht nur wütend, er war auch fassungslos.

»Was ist denn los, Old Boy?«, fragte Calvert dazwischen.

»Du glaubst nicht, was Strässli mir gerade ganz beiläufig aufgetischt hat!«, echauffierte sich Schneider lautstark. »Ganz Lenk ist aus dem Häuschen, weil in der Nacht der örtliche Polizeibeamte abgestochen worden ist!«

»Und du meinst ...« Calvert zeigte auf Yusuf ... und verstummte.

»DU KRANKES SCHWEIN!«, ranzte Schneider den Libyer an. »Hast du nicht mehr alle Murmeln im Trichter?«

Yusufs Antlitz blieb starr. Weder zeigte der Mann Reue noch Verständnis für Schneiders Gebaren.

»Maschallah!«, gab der Libyer zur Antwort. »Der Koran verlangt Vergeltung für Mohammeds Tod! Ich muss machen, aber ihr Deutschen begreift nicht!«

Mit einem Hechtsprung ging Schneider auf Yusuf los, schlug ihm den Dolch aus der Hand und hämmerte ihm seine Faust ins Gesicht. Yusuf taumelte und stürzte, Schneider aber setzte nach. Er warf sich auf den Obergrenadier, drückte ihn in den weichen Laubboden und schlug ihm weitere Male mit der geballten Faust ins Gesicht, dass dem Libyer dunkles Blut aus der Nase spritzte.

Vier Treffer. Yusuf verdrehte die Augen. Mit bebenden Händen packte Schneider den Obergrenadier am Kragen und zog dessen Gesicht an seines heran.

»Und du kapierst nicht, dass du nicht mehr in irgendeinem Scheiß Negerdorf in Libyen bist, sondern Soldat der Deutschen Wehrmacht! Deine bescheuerte Bibel hat hier keine Bedeutung, sondern einzig und allein MEIN Wort, Junge! Wenn du noch einmal meine Befehle missachtest oder die Gruppe in Gefahr bringst, werde ich dich ohne Umschweife erschießen!«

Mit diesen Worten ließ Schneider Yusuf los, stand auf und schüttelte seine rot angelaufene Schlaghand. Er wandte sich von den stumm dreinblickenden Männern ab, machte ein paar Schritte weg von ihnen. Yusuf wischte sich mit hasserfüllten Augen das Blut aus dem Gesicht.

»Packt eure Sachen, pfeift die Posten zurück. In 15 Minuten rücken wir ab. Dschibril eingeteilt als Späher. Wir machen uns auf den Weg zum zweiten Unterschlupf!«, trompetete Schneider, ehe er sich ein ganzes Stück von seinen Männern entfernte. Er konzentrierte sich für einen Augenblick einzig auf seine Atmung, um den rasenden Pulsschlag wieder unter Kontrolle zu bekommen. Hinter ihm knackte es. Calverts Stimme erklang: »Hey, Greek. Warte doch.«

»Was willst du?«

»Ich meine nur, du musst doch mal Verständnis für den Jungen haben. Sein Bruder war seine ganze Familie.«

»Er hat immer noch uns.«

Calvert linste zu Yusuf hinüber, der sich die blutende Nase hielt.

»Ja, der Glückliche ...«

»Halt die Fresse, Jack!«

»Ich meine doch nur ... Du gehst ihn zu hart an.«

Schneider blieb stehen, drehte sich um und starrte Calvert wütend an. »Was willst du?«, zischte er drohend und hielt dem Südafrikaner die Faust unter die Nase. »Yusuf ist losgezogen und hat jemanden umgebracht! EINFACH SO!«

»Und? Ist das nicht unser Ding? Ich meine, Menschen umbringen ...«

»Geh mir aus den Augen!«

»Ich mein doch nur, Pantelis. Deine Reaktion ist auch nicht gerade ... vorschriftenkonform gewesen.«

»Willst du auch noch auf die Fresse kriegen, dann mach nur weiter so!«

»Denk einfach mal drüber nach ... ja?«

»Wie du ihn überhaupt irgendwie in Schutz nehmen kannst, ist mir ein Rätsel!« Schneider schüttelte den Kopf und zog ab.

Außerhalb von Roslawl, Sowjetunion, 24.09.1944

Der Raum, den Major Boss als sein Büro auserkoren hatte, war ein ehemaliges Wohnzimmer in einem großen Kolchosengebäude. Kleine Fenster ließen das Zwielicht des Herbstes in die Stube, von der Decke hing eine flimmernde Glühbirne, die den Raum kaum zu erhellen vermochte. In dem großen Lehmofen in der hinteren Ecke flackerten orangefarbene Flammen, die trockene Holzscheite zerfraßen und die Stube auf diese Weise mit einer wohligen Wärme erfüllten. Das unter dem Feuer verkohlende Holz knisterte. Es roch nach frisch geschlagener Tanne, nach muffigen Möbelpolstern und Rauch.

Das Grollen weit entfernter Artillerieschläge schlich sich in die gemütliche Wohnzimmeratmosphäre. Seit dem Zusammenbruch der sowjetischen

Offensive durch den Angriff der Japaner war die Ostfront einmal mehr erstarrt. Weder die Deutschen noch die Sowjets wagten es zurzeit, ihre Kräfte in einem Bewegungskrieg aufs Spiel zu setzen. Spähunternehmungen, die angesetzt wurden, um den Feind daran zu erinnern, dass noch Krieg herrschte, sowie gelegentliches Störfeuer waren die Mittel dieser Tage. Engelmann hatte zwischenzeitlich beinahe vergessen, dass er sich an der Front befand, und die Wehrmacht schien alles zu unternehmen, um dieses Gefühl zu verstärken. Sie hatte in Roslawl ein Frontkino aufgestellt, das mit einem Stromaggregat betrieben wurde. Eine Sauna für Offiziere gab es auch.

Engelmann aber interessierten die Annehmlichkeiten seines neuen Verfügungsraums in diesem Moment nicht. Er rutschte unruhig auf seinem Holzstuhl hin und her, denn er war nicht für einen Plausch zu seinem Abteilungskommandeur gekommen. Es ging an diesem Tag darum, sein Handeln während der Ereignisse vom 6. August disziplinär zu würdigen.

Engelmann forschte schweigend im Gesicht des Majors. Dessen Antlitz war rau, seine Züge ernst, die Gesichtshaut ledrig. Engelmann wusste nicht viel über die Vergangenheit seines Gegenübers. Boss war wohl ein alter SA-Mann, ein Kämpfer von der Straße, der sich in der Wehrmacht Stück für Stück nach oben gearbeitet hatte. Auf Engelmann machte Boss jedenfalls nicht den Eindruck eines Schreibstubenhengstes. Das war grundsätzlich gut.

Der Major blätterte mit der stoischen Ruhe eines tibetanischen Mönchs in der Akte, die vor ihm auf dem Schreibtisch lag. Er nahm schließlich ein einzelnes Blatt heraus, ein Formular, das dazu diente, begangene Verfehlungen listenförmig niederzuschreiben. Die vom Reichskanzler gestützten Beck-Doktrinen hatten die Führung der Wehrmacht dazu gezwungen, Änderungen im Disziplinarrecht vorzunehmen. Für die Zukunft plante Reichspräsident Beck weitere Modifizierungen. So sollten Kriegsgerichtsverfahren von Beamten des Reichsjustizministeriums abgehandelt werden, wozu jeder Division ein Stab ziviler Justizbeamter angehängt werden sollte. Die Idee einer zivilen Militärgerichtsbarkeit stieß auf großen Widerstand, denn sie erinnerte viele Offiziere an die gescheiterte Weimarer Republik.

»Sehen Sie, Herr Engelmann«, begann Boss mit der Stimme eines Lehrers. Der Major holte einen Füllfederhalter aus einem blauen Etui und leckte die Spitze an, ohne den Blick vom Papier zu heben. »Die meisten Offiziere der Wehrmacht neigen dazu, Menschen auf Grundlage einer einzigen Tat zu beurteilen.« Boss schaute auf. Sein Blick: messerscharf.

Engelmann musste unweigerlich schlucken. Seine Finger krampften, drückten gegen seine Oberschenkel. In seinem Kopf lief ein wahnwitziger Zirkus ab, der ihn keinen klaren Gedanken fassen ließ. Er versuchte vergeblich, seine mit ihm durchgehenden Gefühle hinter einer eisernen Fassade zu verbergen. Engelmanns Leib bebte.

Boss' harter Gesichtsausdruck fiel mit einem Mal in sich zusammen und machte Platz für ein warmes Lächeln. Der Major lehnte sich zurück, streckte seinen linken Arm nach dem Garderobenständer aus, der sich hinter ihm neben dem Fenster befand und mit Mantel, Schirmmütze und Helm behängt war. Boss griff in eine der Manteltaschen, kramte grinsend Tabak und Pfeife hervor. Er stopfte sich selbige mit der Präzision eines Kettenrauchers. Dem Sturmfeuerzeug des Majors entsprang eine Flamme. Der würzige Geruch von kokelndem Tabak erfüllte Sekunden später den Raum.

Engelmanns Muskeln lösten sich, er sackte auf seinem Stuhl ein wenig in sich zusammen. Das einladende Lächeln des Majors ließ ihn Mut schöpfen. Würde er vielleicht doch noch einmal glimpflich davonkommen?

»Ich bin der Meinung«, sagte der Major, der mit seiner Pfeife Kreise in die Luft zeichnete, »dass das den allermeisten Soldaten nicht gerecht wird. Ich habe Ihr Soldbuch und Ihre Stammrolle ausgiebig studiert, Herr Engelmann.«

Engelmann nickte mit offenem Mund.

»Sie haben einiges mitgemacht ... Frankreichfeldzug ... Barbarossa ... Normandie ... Sie haben sich dabei stets als vorbildlicher Soldat und Unterführer hervorgetan und sind auch dementsprechend von Ihren Vorgesetzten wahrgenommen worden. Hinzu kommen 121 Einsatztage im Panzer.« Boss lachte auf. »Mit den Auszeichnungen hapert es noch ein wenig, nicht? Panzer-Kampfabzeichen, EK II. Klasse, ein bisschen Kleinkram ...«

Engelmann quetschte ein unsicheres Lächeln aus sich heraus.

»Aber das wird auch noch, nicht? Jedenfalls hält der Herr Oberstleutnant Meier ganz große Stücke auf Sie. Würde für Sie bürgen, hat er gesagt. Wir sind uns ja noch nicht so lange bekannt, aber so, wie der Herr Oberstleutnant von Ihnen schwärmt, fällt es mir schwer, etwas anderes zu glauben.«

»Danke sehr.«

»Aber machen wir uns nichts vor. In Livno haben Sie sich nicht mit Ruhm bekleckert.«

Boss' Worte versetzten Engelmann einen eiskalten Stich ins Herz. Stumm saß er da, den Major anstarrend.

»Nichtsdestotrotz glaube ich an Sie. Sie scheinen mir ein vornehmer Offizier und Mensch zu sein. Ihre Verfehlungen müssen gesühnt werden, keine Frage, aber wir wollen auch den Kopf auf dem Körper lassen, nicht?« Der Major lachte schallend auf, sich auf die Schenkel schlagend. Er amüsierte sich beinahe zwanzig Sekunden lang über seinen eigenen Witz, indes saß Engelmann da wie ein begossener Pudel. Dann aber verdunkelte sich Boss' Antlitz. Der Major grapschte nach dem Füllfederhalter und füllte mit krakeliger Schrift die erste Zeile der Liste aus.

»Ich denke daher, mit einer sofortigen Urlaubssperre, die am 30.4.1945 endet, sind Sie ausreichend bedient. Außerdem umgehen wir auf diese Weise geschickt ein Beförderungsverbot, was für einen Mann mit Ihren Qualifikationen sicherlich die härter zu schluckende Pille wäre. Ich meine, ich will da natürlich nichts andeuten ...« Boss grinste hintergründig. »Da können Sie jedenfalls dem Herrn Reichspräsidenten für die verhasste Urlaubssperre danken.« Boss schien sich diebisch über diesen Spruch zu freuen. Er spielte damit auf den Umstand an, dass Beck gegen einigen Widerstand die Urlaubssperre als Strafmaß ins Disziplinarrecht hatte aufnehmen lassen. Sie war eine der neuen »Samthandschuhmaßnahmen«, mit denen im Grunde gute Soldaten, die sich einmalig eine Verfehlung geleistet hatten, bedacht werden sollten. Die Urlaubssperre wirkte sich nämlich nicht auf die weitere Karriere des Soldaten aus und verschwand auch aus der Akte, sobald sie abgegolten war. Sie wurde daher auf einem separaten Formular erfasst.

Engelmann starrte mit hämmerndem, pochendem, unbändig schlagendem Herzen, das ihm eine ekelhafte Hitze durch den Körper trieb, auf die schlimme Schrift des Majors. Schweiß drang dem Oberleutnant aus allen Poren. Binnen einer Sekunde waren seine Haare durchnässt, als wäre er in einen See gesprungen. Engelmann war, als drückte ihm eine unsichtbare Hand die Kehle zu. Er rang nach Luft.

Boss griente. Er bemerkte nicht, wie sehr Engelmann diese Strafe traf. Oder er wollte es nicht bemerken. Oder es war ihm egal. Doch Engelmann hätte in diesem Augenblick heulen können, denn er hatte sich ausgerechnet, im Laufe des Winters wieder einmal nach Hause zu kommen. Beinahe ein Jahr war es nun her, dass er zuletzt bei seiner Familie gewesen war ...

Engelmann fing sich nach einigen Momenten wieder, tupfte sich mit einem Tuch die schweißnasse Stirn. Er redete sich ein, es hätte viel schlimmer kommen können. Die Kriegssonderstrafrechtsverordnung, die trotz des

Geschwafels Becks über Humanismus nie gelockert worden war, besaß nach wie vor Gültigkeit. Auf ihrer Grundlage konnten Kriegsgerichte der Wehrmacht Todesurteile wegen Feigheit oder Wehrkraftzersetzung verhängen.

Die Verordnung gab den Richtern quasi freie Hand bei der Interpretation von Strafbeständen und bei der Würdigung selbiger. In der Praxis konnte in annähernd jede Handlung entweder Feigheit oder der Wille zur Wehrkraftzersetzung hineingedeutet werden. Die Nationalsozialisten hatten mit der Kriegssonderstrafrechtsverordnung seinerzeit die Kriegsgerichte wieder eingeführt, nachdem die Weimarer Republik die Militärgerichtsbarkeit nach dem Großen Krieg abgeschafft hatte.

Engelmanns Finger bohrten sich in seine Oberschenkel. Sein ganzer Körper stand unter Spannung. Er fühlte sich elend.

»Aber keine Bange, mein Bester«, ergänzte Boss großmütig. »Glauben Sie mir, wenn Sie mir einmal positiv aufgefallen sind, ist das hier ...«, Boss wies mit einer fahrigen Handbewegung auf das Blatt Papier, das er mit spitzen Fingern von der Tischplatte auflas und zurück in die Akte packte, »... Schnee von gestern.«

Der Major schaute Engelmann freundlich an. Er öffnete das Schubfach seines Schreibtisches, zog eine andere Akte heraus und ließ sie auf das Holz der Tischplatte fallen.

»Kommen wir zu den wichtigen Dingen, Herr Engelmann. Schauen Sie sich das an.« Boss tippte mit dem Finger auf die Akte. »Sie werden bald ihre Gelegenheit bekommen, sich zu beweisen, nicht?«

Engelmann starrte das Deckblatt der braunen Akte an. »Unternehmen Götterdämmerung« stand in Großbuchstaben darauf geschrieben.

»In einem Monat geht es los«, freute sich Boss. »Eine gewaltige Offensive! Wir holen uns die Initiative im Osten zurück.«

Das hatte Engelmann doch schon einmal irgendwo gehört ...

Außerhalb von Stalinsk, Sowjetunion, 02.10.1944

Noch war kein Schnee gefallen, dennoch fegten eisige Temperaturen durch das Kusnezker Becken im südwestlichen Sibirien. Tagsüber kletterten die Temperaturen auf wenige Grad über Null, nachts fror es. Rutschte ein Gefangener auf dem gefrorenen Untergrund aus und brach sich die Knochen, war dies oftmals sein Todesurteil. Ins Krankenrevier schafften es nur diejenigen, von denen ausgegangen werden konnte, dass sie ohne viel Aufwand wieder arbeitsfähig werden würden, oder solche, die das Glück hatten, an einen gnädigen *Natschalnik* – an einen gnädigen Aufseher – zu geraten. Immer öfter wurde dieser Posten von Gefangenen ausgefüllt, die dann im Lagerleben etwas bessergestellt waren. Sie erhielten zum Beispiel üppigere Nahrungsrationen. Der andauernde Zweifrontenkrieg forderte somit seinen Tribut. Mehr und mehr Russen mussten aus dem Lagerbetrieb herausgezogen werden, um gegen die Feinde der Sowjetunion zu kämpfen.

Unteroffizier Franz Bernings Arme waren zu dürren, klapprigen Gliedern geworden. Die Rippen zeichneten sich unter der Haut seines Torsos ab, die Wangen waren eingefallen. Bartstoppeln sprossen kaum mehr aus seiner Gesichtshaut, seinem Leib fehlten dazu die Reserven. Nur hie und da wuchs ein einzelnes Haar. Die dünne Kartoffelschalen- oder Mehlsuppe, die den Gefangenen vorgesetzt wurde, reichte gerade aus, die nötigsten Körperfunktionen aufrecht zu erhalten. Zum Arbeiten waren die Rationen beileibe zu wenig, weshalb immer wieder Gefangene unter der Anstrengung zusammenbrachen und, wenn sie nicht schon tot waren, erschossen wurden. Berning zitterte am ganzen Körper, nicht der anhaltenden Kälte wegen, die mit eisigen Fingern über ihn strich, sondern aus purer Erschöpfung. Er war am Ende seiner Kräfte angelangt.

Wenn die Gefangenen bei Einbruch der Dunkelheit zurück ins Lager getrieben wurden und Berning am Krematorium gleich hinter dem Tor vorübermarschierte, vor dessen steinernen Öfen dann frische Leichen gestapelt lagen, empfand er mitunter Neid auf seine dahingerafften Kameraden. Die hatten es hinter sich, Berning aber lebte weiter in dieser Hölle. Er verdammte sich jeden Tag aufs Neue für die große Dummheit, die er begangen hatte. Er hatte das Paradies des Feldwebels Pappendorf gegen den Vorort der Unterwelt eingetauscht. Berning war nach wie vor überzeugt von der Überlegenheit des Sozialismus, nur war dieser im sowjetischen Lager 525 offenkundig noch nicht angekommen. Allzu faschistoide Züge legten die Bewacher an den Tag. Berning war sich sicher, im »richtigen Russland«, draußen in der Zivilisation, war das anders. Dort war die Herrschaft des kleinen Mannes spürbar, während hinterm Stacheldraht der Knüppel und die Willkür regierten.

Franz Berning war nur noch ein Schatten seiner selbst. Die zu groß gewordene Uniform war erstarrt vor Dreck. Es fühlte sich an, als würde er eine Kluft aus dünnem Stein tragen. Er hatte noch immer jenen Waffenrock am Leib, mit dem er gefangen genommen worden war. Der rechte Ärmel war aufgerissen. Das Unterhemd begann sich aufzulösen. Getrocknetes Blut verhärtete den Stoff seiner Bluse. Zudem war Bernings Schritt verklebt und ausgehärtet. Seine Hose stank bestialisch. Berning hatte seit einigen Tagen leichten Durchfall, der oftmals so plötzlich auftrat, dass er es nicht mehr rechtzeitig zum Donnerbalken schaffte. Der häufig wässerige Stuhlgang presste zudem die letzten Flüssigkeitsreserven aus seinem geschundenen Leib. Berning fühlte sich dieser Tage noch ausgelaugter, noch erschöpfter als sonst.

Seine Lippen waren blutig aufgesprungen, seine Mundschleimhäute angeschwollen. Jede Faser seines Körpers sehnte sich nach Flüssigkeit, doch die Russen verteilten nur zu den Mahlzeiten im Lager ein bisschen Wasser. Berning betete daher jeden Abend höhere Kräfte an, es endlich schneien zu lassen, dann würde er den Schnee essen können, auch wenn davor gewarnt wurde. Berning aber war so durstig, er trank manchmal seinen eigenen Urin. Der bittere Geschmack und die Vorstellung darüber, was er sich da einverleibte, ließen ihn würgen.

Es gab zwar keinen Schnee, allerdings hatte auch der Herbst etwas für sich: Bei den »warmen« Temperaturen kreuchte und fleuchte allerlei Getier durch den Wald, die die Gefangenen, wenn sie unbeobachtet waren, gierig vertilgten. Der Hunger trieb irgendwann alles rein. Die ausgemergelten, binnen weniger Monate zu wandelnden Gerippen gewordenen Insassen fraßen Wurzeln, Grashalme, tote Tiere, faulige Früchte, Schildkröten, Mäuse, Frösche … einfach alles, was sie zwischen die Zähne bekamen.

Berning war verzweifelt … und am Ende. Er war sich sicher, vor Weihnachten noch sterben zu müssen, und die Geister in ihm, die dies zu verhindern suchten, die begierig auf das Leben waren, wurden mit jedem Tag schwächer. Immerhin hatte der schreckliche, beißende Gestank, den Berning verbreitete, etwas Gutes an sich: Die anderen ließen ihn nun öfters in Ruhe. Berning war nicht beliebt unter den gut 80 Soldaten, die überwiegend deutscher Herkunft

waren und die zusammen in einem Nebenlager des Lagers 525 untergebracht waren, das Unterlager Nummer 3. Berning hatte sich vor versammelter Mannschaft zum Sozialismus bekannt. Gefangenschaft und schlimme
Umstände hin oder her, die bekannten Gruppendynamiken funktionierten
sogar hinterm Stacheldraht ... und die Gefangenen hatte sich Berning als Bau-
ernopfer ausgesucht. Sie piesackten ihn bei jeder Gelegenheit. Man fühlte
sich offenbar doch besser, egal wie dreckig es einem ging, solange man andere erniedrigen konnte.

Einzelne Gefangene traten Berning gegenüber besonders aggressiv auf,
verunglimpften ihn als Kameradenschwein und bespuckten ihn. Einmal sogar
waren sie handgreiflich geworden. Sie hatten Berning abends im Lager in
eine dunkle Gasse zwischen den Baracken getrieben, hatten ihn dort furchtbar vermöbelt. Berning tastete instinktiv nach dem abklingenden Hämatom
auf seiner rechten Schläfe.

Auch ein Unteroffizier befand sich unter Bernings ständigen Peinigern, ein
Mann namens von Hagen. Ein Adeliger, der sich allein aufgrund seiner Geburt
für etwas Besseres hielt. Von Hagen war ein Kerl, dem die hochmütige Ab-
lehnung von Menschen »niederen Standes« allzeit ins Gesicht geschrieben
stand. Im Prinzip war er naiv und ein Mitläufer, der sich von den Rattenfän-
gern der Naziideologie hatte locken lassen wie Kinder von Süßigkeiten. Aus
für Berning unerfindlichen Gründen war von Hagen aber auch ein Meister
darin, Landser um sich zu scharen und ihnen seine Meinung einzupflanzen.
Und derzeit schien es von Hagens Lieblingsbeschäftigung zu sein, eine kleine
Privatarmee zu rekrutieren, die gegen den armen Berning ins Feld zog.

Den sowjetischen Bewachern waren solche Gebaren schlichtweg egal. Sie
ließen die Deutschen machen, solange die Ordnung im Lager nicht gefährdet
war. Und auch der deutsche Lagerkommandant, Major Salbig, griff nicht ein,
obwohl er zweifelsohne von den Vorfällen wusste.

Während sich all die anderen Internierten gegenseitig unter die Arme griffen, nützliche Gegenstände und Nahrung tauschten und ihre Talente ergänz-
ten, um das Lagerleben gemeinsam durchzustehen, war Berning ganz auf
sich gestellt. Berning war allein. Er hatte keine Freunde. Er hatte auch keine
Kameraden mehr.

Gewiss trachtete nicht jeder einzelne der über 80 Mithäftlinge danach,
Berning das Leben schwer zu machen. Diejenigen jedoch, die sich neutral
verhielten, wahrten zu dem gebeutelten Unteroffizier dennoch Abstand,

wohl weil sie fürchteten, anderenfalls ebenso als Sozialist und Bolschewik abgestempelt zu werden. Niemand wollte den Zorn der Gruppe auf sich ziehen.

Berning stieß einen Seufzer aus. Seine Füße brannten, denn seit einer halben Stunde schon hockte er in unnatürlicher Körperstellung auf einem steilen Hang, um eine gefällte Tanne, die sich dort zwischen den Stümpfen weiterer Bäume verkeilt hatte, in handbreite Scheiben zu zersägen. Bewaffnet nur mit einer Handsäge werkelte Berning an dem Stamm herum und hatte bisher erst wenige der geforderten Scheiben abtrennen können. In seinem Rücken, am Fuße des Hangs, waren die »Kameraden« damit beschäftigt, mit Äxten und Sägen andere Stämme zu zerlegen und die einzelnen Holzscheiben zur Straße zu bringen, wo sie vor dem Rückmarsch auf Lastwagen verladen wurden. Das Hämmern von Äxten und das Ratschen von Sägen, deren Blätter sich in das Holz fraßen, hallten durch den Wald. Die Männer sprachen kaum, stöhnten höchstens oder jammerten leise.

Berning hatte sich anfangs noch angestrengt, hatte alles gegeben bei der Arbeit, um so viel Holz wie möglich zu produzieren. Die Natschalniks lockten mit zusätzlichen Rationen bei Übertreffen des Tagespensums. Jenes Tagespensum stellte sich allerdings rasch als unerreichbar heraus. Die Gefangenen verfehlten täglich die gesteckten Ziele, die Rationen blieben dauerhaft auf ein Minimum reduziert. Nun bemühte sich Berning auch nicht mehr, arbeitete langsam und gönnte sich kleine Pausen, wenn er unbeobachtet war. Dabei musste er stets Obacht walten lassen, denn sogar der für ihn zuständige Natschalnik hatte es auf ihn abgesehen: Vincent Merlo, ein wahrhaftiger Riese und Panzeroberschütze der Wehrmacht, hatte sich im Lager schnell zum Natschalnik gemausert. Diese Stellung bewahrte ihn vor allem davor, selbst arbeiten zu müssen. Stattdessen stolzierte Merlo tagein, tagaus, bewaffnet mit einem Schlagstock, auf der Arbeitsstätte der Gefangenen herum und achtete darauf, dass niemand aus der Reihe tanzte. Natürlich schmeckte es einigen nicht, dass nun ein Panzeroberschütze das Kommando über dutzende hochdekorierte Mannschaftssoldaten und Unteroffiziere innehatte. Salbig hatte diesbezüglich erfolglos beim Kommandanten des Lagers Protest eingelegt. Die Russen jedenfalls schienen es zu lieben, Konflikte unter den Gefangenen zu fördern.

Berning jedenfalls musste aufpassen, denn auch Merlo konnte ihn nicht ausstehen und unterzog ihn gerne einer verschärften Beobachtung.

Vorsichtig lugte Berning daher den Hang hinauf, während er das Sägeblatt in das Holz drückte. Etwa zwanzig Meter über ihm stand Merlo mit hinter dem Rücken verschränkten Armen breitbeinig auf der Kuppe des Hügels wie ein König, der sein Königreich überblickte. Mit zu Schlitzen verengten Augen beobachtete der Natschalnik die arbeitenden Gefangenen.

Merlos Äußeres passte zu seiner ruppigen Art. Er war eine Gestalt von aufgeblasenem Popanz, dessen Selbstbewusstsein sich verdoppelt hatte, seitdem ihn der sowjetische Offizier zum Natschalnik gemacht hatte. Er war ein kräftiger Hüne von fast zwei Meter Körpergröße. Seine Beine waren wie Baumstämme, die Hände wie fleischige Kehrbleche. Zwar hatte auch sein Körper in der Kriegsgefangenschaft ein wenig an Masse eingebüßt, doch halfen ihm die weit üppigeren Rationen des Aufsehers, einigermaßen die Gewichtsklasse zu halten. Merlo war genau wie von Hagen nicht besonders helle im Kopf. Schaute Berning ihm in die Augen, war ihm, als könnte er direkt in dessen hohlen Schädel hineinsehen. Merlo glotzte Berning in diesem Augenblick stumpf an.

Also keine Möglichkeit zur Pause ...

Berning sägte weiter. Seine Armmuskulatur war längst übersäuert und schmerzte ungemein. Er sägte dennoch weiter. Angst war stärker als Schmerz.

Etwas traf Berning am Hinterkopf. Er spürte kalte Erde, die ihm in den Nacken bröckelte. Jemand lachte lautstark am Fuße des Hangs. Berning drehte sich um und seufzte. Dort unten stand von Hagen, der sich vor Lachen den Bauch hielt. Der Adelige hatte den Dreckklumpen natürlich nicht selbst geworfen, sondern die Tätlichkeit einem seiner beiden Gorillas überlassen.

Berning stieß noch einen Seufzer aus, ehe er Merlo einen erneuten Blick zuwarf. Der aber rührte sich nicht. Merlo interessierten die gegen Berning gerichteten Schikanen natürlich nicht, und ihn interessierte es offenbar auch nicht, dass von Hagen und seine Schergen nicht bei der Arbeit waren. Möglicherweise hatte der Adelige den Hünen bestochen. Würde aber Berning von seiner Arbeit ablassen, wenn auch nur für einen Moment, Merlo würde ihn sofort mit Faust und Stock zurück an die Säge prügeln.

Oh nein, flehte Berning innerlich, als von Hagen und seine beiden Handlanger nach dem erfolgreichen Wurf nicht wieder abzogen, sondern Berning provozierend angrinsten. Sie waren auf Ärger aus ... sie würden ihn so schnell nicht in Ruhe lassen.

»Was ist los mit dir, großer Bolschewikenführer? Dachte, du trittst für die Rechte des kleinen Mannes ein?«, tönte von Hagen, dessen Worte über die Arbeitsstätte schallten. Einige der Gefangenen blickten auf, die Masse aber sägte und hackte stumpfsinnig weiter. Niemand wollte sich in irgendwelchen Trubel hineinziehen lassen. Und die russischen Bewacher, bewaffnet mit Maschinenpistolen, scherten sich nicht um derartige Streitereien. Sie saßen zusammen und zockten Karten.

»Lass mich«, wisperte Berning. Wieso nur konnten ihn die Menschen nicht einfach in Ruhe lassen? Von Hagens schallendes Lachen drang an sein Ohr.

»Was sagst du?«, trompetete der Adelige. »Willst du vielleicht einen Betriebsrat bilden, damit wir unsere Differenzen diskutieren können?«

Berning starrte mit flackernden Augen auf die stumpfe, rostige Säge in seinen Händen. Er zitterte … vor Angst … vor Wut. Woher nur nahmen diese Kerle bei all der kollektiven Not der Kriegsgefangenen die Kraft für solche Attacken? Wahrscheinlich zogen sie genau daraus ihre Kraft.

»Horrido, Kameradenschwein!«, drohte von Hagen mit einem Mal vom Fuße des Hanges aus. Merlo interessierte sich noch immer nicht für die Szene. Vielleicht war das besser so.

»Wir kriegen dich noch! Für einen Roten ist bei uns kein Platz, lass dir das gesagt sein! Wir kommen dich bald holen!«

In Bernings Brust explodierte in diesem Augenblick irgendetwas. Er sprang auf die Beine, grapschte die Säge, raste wie von der Tarantel gestochen den Hang hinab. Mit wildem Gebrüll stürzte er sich auf von Hagen und seine beiden Handlanger. Dem ersten drückte Berning das Sägeblatt in den Hals, ehe dieser wusste, wie ihm geschah. Blut quoll am Sägeblatt vorbei aus der Wunde. Der Mann fasste sich an die Kehle, rang nach Luft, stieß blubbernde Laute aus. Roter Schaum lief ihm aus dem Mund.

Berning hatte sich bereits zum zweiten Handlanger umgedreht. Der Mann griff an, schwang seine Faust. Berning tauchte unter dem Schlag weg, holte selbst aus. Mit beiden Fäusten trommelte er auf den Unterleib seines Gegners ein, dass dieser japste, dann strauchelte. Die Beine des Mannes knickten unter Bernings Schlagtrommelfeuer weg. Der Österreicher ließ nicht locker. Er warf sich auf seinen Gegner wie ein tolles Tier, hämmerte ihm die blanken Fäuste ins Gesicht, das mit jedem Treffer anschwoll und schließlich an mehreren Stellen aufplatzte. Von Hagen zerrte Berning stöhnend von dem in die Bewusstlosigkeit Geprügelten weg. Berning schrie auf wie ein Irrer, der sich gegen seine Zwangsmedikation wehrte. Aus dem Augenwinkel erkannte er, dass Merlo, den Schlagstock über dem Kopf schwingend, den Hang herunterrannte. Berning aber löste sich aus dem Griff von Hagens, bearbeitete diesen blitzschnell mit den Fäusten und sprang ihn schließlich an, was den Adeligen stürzen ließ. Berning thronte mit einem Mal auf seinem Peiniger, schlug ununterbrochen auf ihn ein. Von Hagen nahm stöhnend die Fäuste vors Gesicht, schützte sich, so gut er konnte. Er kassierte dutzende Faustschläge. Plötzlich aber schnellte er vor, packte Berning, zog ihn zu sich heran und umklammerte ihn mit seinen Gliedern. Schwer atmend versuchte der klar unterlegene von Hagen auf diese Weise, Berning von weiteren Attacken abzuhalten. Er presste Bernings Körper mit aller Macht gegen den eigenen.

Der Österreicher spürte von Hagens Ohrmuschel an seinen Lippen. Er biss zu. Von Hagen kreischte auf wie ein Mädchen. Berning legte alle Kraft, die er noch in sich verspürte, in diesen Biss ... und auch all seinen Hass, die Wut, die er in sich angestaut hatte. Er spürte, wie Fleisch und Knorpel unter dem Druck seines Kiefers barsten. Er zerrte an dem Stück Fleisch in seinem Mund, riss von Hagen die ganze Ohrmuschel vom Schädel. Blut ergoss sich in seinen Rachen.

In diesem Augenblick kassierte Berning einen Hieb mit dem Schlagstock gegen den Rücken. Er ließ von dem Adeligen ab, rollte sich zur Seite. Weitere Schläge mit dem Stock prasselten auf ihn ein. Berning warf die Arme und Beine schützend in die Höhe, doch es war nur eine Frage der Zeit, bis der eisenharte Knüppel seine ausgelaugten Glieder zertrümmern würde. Schlag um Schlag hagelte auf Berning hernieder, brachte ihm oberflächliche Verletzungen bei. Der Österreicher drehte sich auf den Rücken, kugelte sich zusammen. Seine Finger tasteten in alle Richtungen. Er bekam etwas Hartes zu fassen. *Ein Stein!*

Berning umklammerte das kühle Objekt. Der auf ihn einschlagende Stock verwehrte ihm die Sicht. Berning schleuderte den Stein dorthin, wo er Merlo vermutete. Ein dumpfer Klang folgte dem Wurf, dann ein heller Schrei. Die Schläge hörten auf.

Berning sprang auf die Beine, preschte auf den taumelnden Natschalnik zu, dem ein blutendes Loch in der Stirn klaffte. Mit einem beherzten Hieb ins Gesicht brachte Berning seinen Gegner zu Fall, stürzte mit ihm zu Boden. Erneut bekamen seine Finger den Stein zu fassen. Berning schlug zu. Wieder und wieder. Er hämmerte mit dem Stein auf Merlos Gesicht ein, bis die

Gesichtsknochen brachen, bis Gewebe zu rotem Matsch geworden war. Er hörte nicht auf, die Leiche Merlos zu bearbeiten.

Plötzlich schüttelte Berning den Kopf. Er schüttelte die Wunschträume ab, die sich in seinem Geist ausgebreitet hatten. Die Realität hatte ihn eingeholt!

Das Gelächter von Hagens dröhnte in Bernings Kopf. Er öffnete die Augen, sah von Hagen und seine beiden Häscher am Fuße des Hangs stehen.

»Denk an meine Worte!«, dröhnte der Adelige. »Wir kriegen dich! Wir dulden keine Verräter in unseren Reihen!« Von Hagen stieß einen finsteren Lacher aus, der all die Überlegenheit zum Ausdruck brachte, die er zu besitzen glaubte. Wenn er wollte, konnte er seinen Drohungen ohne Weiteres Taten folgen lassen. Berning war ihm hilflos ausgeliefert, hatte keine Chance. Und sollte er versuchen sich zu wehren, würden sie ihn erst recht in Stücke reißen.

Außerhalb von Khislavichi, Sowjetunion, 05.10.1944

Der frischgebackene Leutnant der Reserve, Gottlieb Stendal, stapfte mit der Wegbeschreibung in seinen Händen über einen breiten Waldweg, der geradewegs zu den Stellungen der 2. Kompanie führte. Seine Uniform war geschniegelt, die Schirmmütze saß auf dem blonden Haarschopf. Ein freundlicher Feldjäger hatte den Südtiroler Auswanderer vom Bahnhof Roslawl bis nach Khislavichi mitgenommen.

Auf der Fahrt hatte es natürlich nur ein Thema gegeben: Der »Round-the-Clock«-Bombenkrieg der Westmächte gegen das Deutsche Reich. Unlängst war dem Luftkrieg des Feindes die italienische Stadt Milano zum Opfer gefallen. Drei Tage hatten ausgereicht, sie zu 92 Prozent zu zerstören. Der Feldjäger, dessen Familie selbst in einer größeren deutschen Stadt lebte, hatte sich vor allem über Rüstungsminister Speer aufgeregt, der seit einer Bemerkung während der Besichtigung des zerstörten Mannheims in der Kritik stand. Speer hatte damals wie beiläufig angemerkt, der neue Bombenkrieg des Feindes, der sich nun auf einzelne Städte konzentrierte, sei das Beste, was hätte passieren können, denn er gab der deutschen Industrie wieder Luft zum Atmen und ließ die Produktionszahlen merklich in die Höhe schnellen. Stendal wollte es vor dem Gift und Galle spuckenden Feldjäger nicht laut aussprechen, doch er kam nicht umhin, Speer recht zu geben. Es hieß, dass vor allem die Engländer für die Flächenangriffe gegen einzelne Städte votierten, während die Amerikaner lieber präzise Schläge gegen Punktziele führen wollten, was sie auch vereinzelt taten. Deutscherseits wurden zeitweise Vergeltungsangriffe mit Raketen auf englische Städte durchgeführt. So schaukelte sich der Krieg immer weiter hoch ... und nahm mehr und mehr die aufs Korn, die das Völkerrecht zu schützen suchte: die Alten, die Frauen, die Kinder. Allerdings waren die Deutschen auch immer erfolgreicher darin, alliierte Bomber abzuschießen. Galland und Milch hatten die Luftrüstung vollumfänglich auf die Produktion von Jägern ausgerichtet, um einen wirksamen Luftschirm über dem Reichsgebiet zu spannen. Galland trieb zusätzlich die flächendeckende Aufstellung von Radargeräten voran, stärkte die Nachtjagd und baute eine Nachtfernjagd auf, die britische Bomber bereits beim Start und Anflug angriff. All das waren Maßnahmen, die neben der Weiterentwicklung und Verstärkung der Flaktruppe bereits zu ersten, kleineren Abwehrerfolgen gegen die feindlichen Bomberströme führten. All das waren ebenso Maßnahmen, von denen Göring und Hitler nie etwas hatten hören wollen. Für sie war die Luftwaffe stets eine Offensivwaffe gewesen, ihr Hauptaugenmerk hatte auf Bombern und Zerstörern zu liegen. Als Milch Ende 1942 die Amtsgeschäfte übernommen hatte, war das Kind beinahe in den Brunnen gefallen, die Luftüberlegenheit auf allen Kriegsschauplätzen verloren. Seitdem lautete Gallands und Milchs Formel gegen die feindlichen Luftwaffen: die eigene Jagdwaffe stärken, wo möglich! Fw 190 bildeten das Rückgrat der Jäger, Me 262 kamen in immer größerem Umfang hinzu, außerdem war die Produktion der Ta 152 angelaufen, der schnellsten deutschen Propellermaschine. Die Verluste der alliierten Bomberverbände erhöhten sich mit jedem Angriff. Milch hoffte, dass sie bald untragbar für die Westmächte werden würden ...

Der Feldjäger hatte sich die ganze Fahrt lang über die Alliierten echauffiert, deren Bombenkrieg ein Verbrechen sei, über die eigene Führung, die es nicht schaffe, die deutschen Städte zu schützen. Als die Westmächte nach der gescheiterten Normandie-Invasion damit begonnen hatten, einzelne Städte anzukündigen und dann vollständig einzuäschern, war der Durchschlag auf die deutsche Moral enorm gewesen. Der Schock saß tief in Volk und Truppe, als der Feind mit der Vernichtung von Breslau in der ersten und der Zerstörung Mannheims in der zweiten Woche seinen Worten Taten folgen ließ.

Stendal war heilfroh, dass jener Schock wieder etwas verflogen war. Auch die neue Bombenoffensive der Kriegsgegner war schließlich zur grausigen

Routine geworden. So, wie sich die Deutschen nach den ungeheuerlichen Angriffen auf Hamburg im Sommer 1943 an die von da an täglich fallenden Bomben gewöhnt hatten, so ertrugen sie nun ebenso die geänderte Bombenstrategie Eisenhowers. Der damalige zehntägige Raid gegen Hamburg war dabei nicht im Geringsten mit der Intensität und dem Umfang der Angriffe dieser Tage zu vergleichen. Die Alliierten boten jede Woche ihre gesamte Bomberwaffe auf und schafften es tatsächlich, binnen weniger Tage eine ganze Stadt auszulöschen. Im Schnitt kamen zu diesem Zweck wöchentlich 25.000 Tonnen Bombenlast zum Einsatz.

In dem winzigen Straßendorf Khislavichi angekommen, hatte sich Stendal nach den Aussagen des Feldjägers eine Wegbeschreibung zu seinem Bestimmungsort angefertigt: die 2. Kompanie der Schweren I. Abteilung des Panzer-Regiments 412. Waren die Namen der Einheiten auch geändert worden, so hoffte Stendal, dennoch die altbekannten Stämme in ihnen wiederzuerkennen. Er freute sich auf ein Wiedersehen mit den Jungs der ehemaligen 9. Kompanie, war begierig zu erfahren, welche Neuigkeiten es gab, und hoffte, dass nicht allzu viele Gesichter fehlen würden. Vor allem aber freute sich Stendal auf den mittlerweile zum Oberleutnant beförderten Engelmann, einen der fähigsten Offiziere, den der junge Südtiroler jemals kennengelernt hatte. Engelmann war ein besonnener Führer, der im richtigen Moment eine kühne Entscheidung zu treffen imstande war, die auf gesundem Menschenverstand und rechtschaffenen, christlichen Werten fußte. Engelmann, das gab Stendal ohne Weiteres zu, war über die kurze Zeit, in der der junge Leutnant unter dem Panzeroffizier hatte dienen dürfen, zu seinem größten Vorbild geworden. Und nun bekleidete jener Engelmann sogar den Posten des Kompanieführers! Der streng katholische und fromme Stendal konnte sich keinen besseren »Alten« vorstellen. Und er hatte sich vorgenommen, ein ebenso guter Offizier zu werden.

Die Offiziersausbildung war, bedingt durch die hohen Ausfälle im anhaltenden Krieg, in den letzten Monaten gehörig umgekrempelt worden, sehr zum Missfallen der Ausbilder in Wünsdorf, wie Stendal erfahren musste. Vor allem der Reserveoffizier wurde dieser Tage in einem Höllentempo durch die Ausbildung gehetzt, um dem enormen Hunger der Front nach frischen Unterführern gerecht zu werden. Stendal zum Beispiel war seine volle Zeit beim Panzerregiment 2 als Frontbewährung angerechnet worden, obwohl er nur wenige Tage davon wirklich im Gefecht gestanden hatte. Zudem waren die

Inhalte der Lehrgänge reduziert und komprimiert worden, weshalb der angehende Reserveoffizier nach der Frontbewährung nur noch einen dreimonatigen Unterführerlehrgang zu bewältigen hatte. Ohne jemals Fähnrich zu werden, wurde der Fahnenjunker am Ende dieses Lehrgangs zum Reserveleutnant gemacht – und selbst Fahnenjunker war Stendal nur einige Tage lang gewesen. Viele schimpften auf dieses neue System, brachte es neben den regulären Truppenoffizieren, die weiterhin eine zweijährige Ausbildung zu durchlaufen hatten, Reserveoffiziere hervor, deren Können, so die Kritiker, auf einer Stufe stünde mit dem eines besseren Gefreiten. Die Truppenoffiziere hingegen sahen in der raschen Beförderung der Reservisten erst einmal einen Karrierenachteil für sich selbst. Dafür allerdings war auch die Regelung in Kraft getreten, dass der Reserveoffizier maximal bis zum Oberleutnant aufsteigen konnte. Die Idee hinter dem Konzept war die, dass die besser ausgebildeten Truppenoffiziere die höheren Dienstposten bekleiden sollten, während Reservisten zum Führen der kleinen Kampfgemeinschaft – des Zuges oder der Kompanie – bestimmt waren. Ob sie dazu auch befähigt waren, stand auf einem anderen Blatt, doch Fakt war, dass der verlustreiche Krieg schon jetzt zu abstrakten Situationen führte: Feldwebel, die Bataillone führten. Gefreite, die Kompanien befehligten ... da wollte das Heeresamt die Verbände lieber mit zahlreichen, mäßig ausgebildeten Reserveoffizieren schwemmen, die durch den Lehrgang über ein Mindestmaß an Offiziersgeist und Regelverständnis verfügten, statt das Führen auf den unteren Ebenen komplett denen zu überlassen, die der Krieg zufällig verschonte.

Stendal jedenfalls würde seinem Vaterland dienen, solange dieses seine Hilfe benötigte.

Kämpfe den guten Kampf des Glaubens, rezitierte er dazu einen seiner Meinung nach passenden Bibelvers aus dem ersten Brief des Paulus an Timotheus.

Nach dem Krieg aber wollte Stendal eine zivile Laufbahn einschlagen. So sehr ihn das opulente Leben des Offiziers reizte, wollte er den Tod nicht zu seinem lebenslangen Geschäftspartner machen. Der gottesfürchtige Stendal stammte aus ärmlichen Verhältnissen. Sein Vater hatte sich als Tagelöhner, als Bauer- und Jägergehilfe verdingt, um die siebenköpfige Familie einigermaßen über die Runden zu bringen.

Mit solchen Gedanken im Kopf marschierte Stendal den mit Wurzeln durchzogenen Waldweg entlang, der durch einen dichten Mischforst führte.

Es roch nach feuchtem Laub. Stimmen flüsterten durch das Unterholz. Ein Ast knackte. Verfärbte, welke Blätter segelten zu Boden, bedeckten zu Tausenden die Erde. Die Bäume präsentierten gelbe, braune und rote Blätterkronen. Ein Windstoß dünnte das Dach des Waldes weiter aus.

Mit jedem Schritt klapperte nicht nur Stendals Ausrüstung, sondern auch das japanische Guntō-Schwert, dessen braun lackierte Metallscheide an seinem Koppel baumelte. Der Holzgriff des messerscharfen Armeeschwertes war mit weißer Seide umwickelt. Seit einiger Zeit schon bildeten japanische Offiziere und Unteroffiziere deutsche Soldaten an den Schulen der Wehrmacht aus. Viele der Offizierslehrgangsteilnehmer erhielten so zum Beispiel eine einwöchige Ausbildung in Judo und Kendō sowie japanischer Militärgeschichte durch eine Delegation des Bündnispartners. Darüber hinaus waren längere Kampfsportlehrgänge in Vorbereitung, denn die Führung der Wehrmacht hatte unlängst den Wert der fernöstlichen Kampfkünste erkannt. Sie hoffte, einen Stamm deutscher Judo-Spezialisten heranbilden zu können, der seinerseits als Multiplikator seiner Fähigkeiten in der Truppe wirken sollte.

Es war allerdings nicht vorgesehen, dass deutsche Soldaten mit japanischen Schwertern ausgestattet wurden, zumal das Schwert im Konzept des deutschen Infanteriekampfes keine Rolle mehr spielte. Allerdings begab es sich während Stendals Aufenthalt in Wünsdorf, dass er einmal nach Dienst Zeuge eines Unfalls geworden war. Zwei seiner japanischen Ausbilder kamen mit ihrem Wagen von der Straße ab und wickelten sich um einen Baum. Das Fahrzeug wurde zusammengedrückt wie eine Ziehharmonika. Der Fahrer war sofort tot. Der Beifahrer, dessen japanischer Dienstgrad das Äquivalent zu einem deutschen Hauptmann war, überlebte den Aufprall, wenn auch schwer verletzt und eingeklemmt. Stendal reagierte geistesgegenwärtig, versorgte zuerst den Verletzten, soweit ihm das möglich war, und eilte daraufhin im Laufschritt davon, um Hilfe zu holen. Er rettete dem Japaner auf diese Weise das Leben, was sogar in Berlin vernommen wurde. Reichskanzler Franz Halder kam zusammen mit dem japanischen Botschafter Hiroshi Ōshima ins beschauliche Wünsdorf, wo ein großes Antreten zu Ehren Stendals stattfand. Feierlich übergab der japanische Botschafter dem Reserveleutnant das in Handarbeit gefertigte Guntō-Schwert. Stendal hatte vom Kanzler zudem eine schriftliche Trageerlaubnis für das Schwert erhalten, die er seitdem stets bei sich trug, um schnippischen Offizierskameraden beweisen zu können, dass sein Guntō keineswegs gegen die Anzugordnung verstieß.

Auf einem anschließenden Empfang im Casino der Wünsdorfer Kaserne hatte Stendal sogar die Möglichkeit gehabt, persönlich mit dem Kanzler zu sprechen – eine große Ehre!

All das, das Antreten, die Verleihung des Schwertes, war nur Tage vor dem Attentatsversuch auf Halder geschehen. Viele vermeintliche Kameraden hatten damals ihr wahres Gesicht offenbart. Stendal trieben die Erinnerungen an den »Aufstand der Verblendeten«, wie der Putsch auf Anordnung der Regierung von der deutschen Presse genannt wurde, blanke Wut in die Brust.

Es ist eine Schande, dachte er, unterdessen folgte er einem Wegeknick tiefer in den Wald hinein. Die heiteren Stimmen, die schon seit einiger Zeit an sein Ohr drangen, wurden mit jedem Schritt lauter.

Bald erreichte Stendal die ersten Tiger-Panzer, die am Wegesrand in hölzernen Lauben untergebracht waren. Die 2. Kompanie hatte endlich ihre unsäglichen Dreier-Kästen abgeben dürfen, und hatte im Gegenzug eine der mächtigsten Waffen erhalten, die im Bestand des deutschen Heeres zu finden waren. Einige Landser arbeiteten an den Tanks, säuberten Kettenglieder und sortierten Werkzeuge. Unteroffiziere oder gar Offiziere waren nicht unter ihnen. Die Hände und Gesichter der Männer waren vom Öl verschmiert, schwarze Flecken hatten sich in ihre Kleidung eingebrannt. Stendal wunderte sich, dass er keinen einzigen der Männer kannte. Er trottete fröhlich pfeifend auf die Soldaten zu, die sich trotz der kühlen Herbstluft ihrer Feldblusen entledigt hatten. Je näher er dem Tiger kam, desto mehr wurde ihm dessen kolossale Größe bewusst. Drei Meter hoch, beinahe vier Meter breit – ein Ungeheuer! Die Vorstellung, einen solchen Stahlkoloss führen zu dürfen, zauberte ihm ein breites Grinsen auf die Lippen. Erst einmal aber hoffte Stendal, bei der 2. Kompanie etwas Ordentliches in den Magen zu bekommen. Die Verpflegung auf der Fahrt war nicht das Wahre gewesen. Am liebsten würde er mal wieder etwas Typisches aus seiner alten Heimat essen, ein herzhaftes Risotto beispielsweise oder Pasta Asciutta. Leider schien die Wehrmacht die norditalienische Küche noch nicht für sich entdeckt zu haben.

Die Landser bemerkten Stendal schließlich, glotzten ungeniert auf dessen Schwert und warfen sich fragende Blicke zu. Einen der Männer erkannte der Leutnant dann doch wieder. Ein Gefreiter namens Zola. Stendal hatte mit dem Mann damals in Frankreich nur flüchtig zu tun gehabt und kannte ihn eher eines Malheurs wegen, das sich der Mann auf einer Übung im April 1944 geleistet hatte: Zola sollte sich damals zusammen mit einigen Rekruten um die Betankung der Panzer kümmern, wobei der Volldepp Diesel in die Panzer III der Kompanie kippte, was ihm einen mordsmäßigen Anschiss vom Chef einbrachte. Wochen später erhielt er den Auftrag, Engelmanns T-34-Konstruktionen zu betanken. Besagter Gefreiter wollte es dieses Mal natürlich besser machen, also befüllte er die russischen Tanks mit Benzin … leider nur fuhr der T-34 mit Diesel. Der Chef befahl danach, Zola nie wieder in die Nähe des Treibstoffes zu lassen.

Ob der Befehl noch immer Geltung hat?, überlegte Stendal schmunzelnd.

Der Landser, der neben Zola hockte, ein stämmiger Obergefreiter mit Wampe und einer Zigarre zwischen den Zähnen, erhob sich, trabte Stendal entgegen und deutete einen Salut an.

»Tach, Leutnant«, brummte er mit rauer Stimme.

Stendals korrekter Salut imponierte dem Obergefreiten sichtlich. Ganz automatisch drückte sich der Rücken des abgekämpften Mannes etwas durch und seine kleinen, aus dem mit Schmiere beschmutzten Antlitz herausstehenden Augen wurden etwas größer.

»Grüßgott, Herr Obergefreiter«, sagte Stendal beschwingt. Er konnte seinen Blick nur schwerlich von den Tiger-Panzern nehmen. Die Kampfwagen waren ordentlich abgetarnt worden, Mündungskappen waren über die Rotzbremsen gestülpt. Es war das erste Mal, dass er einen in Lebensgröße sah.

»Bin ich hier bei der 2. Kompanie gelandet?«

»Jawohl ja.«

»Sehr schön! Ich suche Herrn Oberleutnant Engelmann. Wo finde ich ihn?«

»Den alten Engelmann, sagen Sie?« Der Landser rieb sich über die Bartstoppeln, die aus seinem Kinn sprossen. »Der ist hinten beim Gefechtsstand. 300 Meter die Straße runter.«

»Vielen Dank für die Auskunft.«

Stendal wollte sich gerade auf den Weg machen, da ließ ihn eine Anmerkung des Obergefreiten erstarren: »Gutes Gelingen bei dem ollen Schinder.«

Empört drehte sich Stendal um, fokussierte den Obergefreiten. »Wie haben Sie denn das gemeint?«, fragte er mit scharfer Stimme.

Der Obergefreite aber schien zu wissen, wann er die Klappe zu halten hatte. Er druckste herum, blickte zu Boden, denn man lästerte vor Offizieren nicht über Offiziere.

Stendal neigte seinen Kopf auf die Seite. Er hatte das Dilemma des Landsers erkannt. »Kommen Sie, sagen Sie frei von der Leber weg, was Sie denken. Ich kenne diesen Engelmann nicht und würde mir gerne ein Bild machen, bevor ich mich bei ihm melde«, log Stendal überzeugend.

Der Obergefreite brauchte noch einen Augenblick, dann schaute er Stendal direkt in die Augen. Er entschied wohl, den Südtiroler als vertrauenswürdig einzustufen. Stendal lächelte freundlich. »Der Alte ist nicht ganz richtig, wenn Sie mich fragen«, gab der Mann zu Protokoll.

»Sie meinen?«

»Na ja. Er ist eben seltsam. Ein komischer Vogel. Scheint nicht viel übrig zu haben für seine Männer. Einige der Älteren halten große Stücke auf den Chef, aber viele können ihn nicht ab.«

Stendal blinzelte irritiert. Schließlich bedankte er sich und begab sich auf den Weg. Sicherlich war Menschenkenntnis nicht die Stärke dieses Obergefreiten.

*

Stendal starrte Oberleutnant Engelmann in einer Mischung aus Unglauben und Verwirrung an. Ihm war, als wäre Engelmann um Jahre gealtert. Das Gesicht aschfahl, die Wangen eingefallen, die Haut ausgetrocknet, der Körper mager.

Engelmann hockte in einer düsteren Laube auf einem Schemel und brütete über allerlei Dokumenten. Auch eine Karte des Verfügungsraums lag auf dem Tisch ausgebreitet, einige Dinge waren darin eingetragen. Eine Metalltonne gab einen improvisierten Ofen ab.

Stendal hatte sich auf das Wiedersehen mit seinem Kompanieführer sehr gefreut. Engelmann aber blickte kaum von seinen Unterlagen auf, als Stendal die Sporen aneinander knallte und vorschriftsmäßig meldete. Der Oberleutnant schien sich gar nicht an seinen alten Sprechfunker zu erinnern. Engelmann erhob sich auch nicht, erwiderte ebenso wenig den Gruß. Nicht einmal einen Handschlag erhielt Stendal. Es dauerte, dann fiel bei Engelmann doch der Groschen, dennoch: Sonderlich freute er sich offenbar nicht über das Wiedersehen: »Ach, Stendal, richtig. Sie waren doch in Frankreich bei uns, oder?«, murmelte er wie abwesend.

Stendal nickte. Er hoffte inständig, dass ihm seine Enttäuschung nicht ins Gesicht geschrieben stand. Engelmann aber wimmelte den Leutnant sogleich ab, schickte ihn für alles Weitere zum Spieß.

Stendal trat mit bitteren Gefühlen aus der Laube. Er schaute sich zwischen den untergestellten Tiger-Panzern um. Landser flitzten umher, rasierten sich, führten Befehle aus, quatschten über alte Zeiten oder spielten Karten. Stendal kannte keinen Einzigen von ihnen. Was war nur aus seiner Kompanie geworden? Jene Wiedersehensfreude, die Stendal auf seinem Weg von Wünsdorf an die Ostfront begleitet hatte, war auf einen Schlag verschwunden.

Außerhalb von Stalinsk, Sowjetunion, 06.10.1944

Es war später Abend, die Gefangenen waren ins Lager zurückgekehrt. Die gut 80 Internierten des Unterlagers 3 vertilgten gemeinsam in der großen Speisebaracke ihre Rationen, auch die Offiziere. Schmatzend und glucksend schlangen die Männer ihr dürftiges Abendmahl hinunter. Der Küchenbulle hatte Brotsuppe aufgetischt, einige dicke Brocken Brot schwammen tatsächlich in der milchigen Brühe.

Berning mochte sein Brot nicht anrühren. Zu groß war die Angst vor dem Durchfall, zu stark waren die Schmerzen in seinem Unterleib. Einzig die dünne Brühe hatte er gelöffelt, denn Flüssigkeit brauchte er nun mehr denn je. Von Hagen saß am selben Tisch. Einige schweigend schlürfende Landser trennten die beiden. Der Adelige beobachtete Berning lauernd, der mit dem Löffel die Brotkrumen auf seinem Teller hin- und herschob.

»Gib mir dein Brot«, forderte von Hagen Berning unverhohlen auf.

Berning blickte von seinem Teller auf, schaute auf die gegenübersitzenden »Kameraden«. Die hatten ihre Teller schon geleert. Ihre Blicke hafteten gierig auf Bernings Brotkrumen.

Pfft, machte der Österreicher innerlich. Ihm war, als wühlten sich fette Mehlwürmer durch seine Gedärme, und er stank wie ein ganzer Schweinestall.

»Ihr kriegt gar nichts von mir«, zitterte sich seine Stimme, dünn und brüchig, an die Oberfläche. Berning blieb nicht verborgen, dass Major Salbig, der zwei Tische weiter aß, ebenfalls sein Augenmerk auf ihn gerichtet hatte.

»Hast du Tomaten auf den Ohren, du ostmärkischer Bolschewistenbauer?«, zischelte von Hagen messerscharf. »Du sollst mir dein Brot geben! Willst es doch eh nicht!«

»Dann hol's dir«, fauchte Berning in einem Ansturm von Wut. Mit der Hand wischte er seinen Teller vom Tisch. Die aufgeweichten Brotkrumen zerfielen auf den staubigen, dreckigen Holzdielen zu Brotmatsch. Dutzende Augenpaare starrten mit Entsetzen auf den über den Boden kullernden Teller. Berning blieb keine Zeit mehr, sich darüber klar zu werden, ob sein Handeln klug oder dumm gewesen war. Die Landser um ihn herum ächzten verärgert, dann schnaubten sie vor Zorn wie eine Herde Bisonbullen. Ein Schlag kam von rechts, dann einer von links. Berning sah schwarz, klappte zusammen wie ein Klappstuhl.

Er erwachte unter dem Tisch. Die anderen Gefangenen saßen stumm auf ihren Plätzen, so, als hätte es keinen Zwischenfall gegeben. Nach dem Essen pfiff Salbig Berning zu sich und verpasste ihm lautstark eine Standpauke wegen der Verschwendung kostbarer Nahrung.

*

Ein eiskalter Zug wehte um den Hintern des Unteroffiziers. Berning hockte auf dem Freiluftdonnerbalken hinter den Baracken. Soweit er das mit seiner durch die Kälte gefühllosen Nase zu beurteilen vermochte, stank es bestialisch nach Kot und Urin. Es gab natürlich keine Spülung und kein Toilettenpapier. Wer nicht aufpasste und in das Loch stürzte, war des Todes.

Berning saß da in völliger Dunkelheit. Er war froh darum, denn er schämte sich dafür, dass ihm seine Ausscheidungen aus dem Hintern rannen wie Wasser. Mittlerweile war auch Blut dabei.

Jeder weitere Stuhlgang schwächte ihn spürbar. Er wusste, dass er dieses Spiel nicht mehr lange durchhalten würde. Er wusste aber nicht, was er dagegen unternehmen sollte. Keine zehn Pferde würden ihn ins Krankenrevier bringen. Die dort Dahinsiechenden kamen in der Regel nicht wieder zurück. Viele wurden getötet und endeten im Lagerkrematorium. Die Sowjets pflegten in der Regel nur diejenigen, von denen sie sich versprachen, noch etwas Arbeitskraft aus ihnen herausquetschen zu können. Die »Pflege« solcher Kranken war allerdings ebenso fragwürdig. Ihre Rationen wurden vermindert, was bei den Schwerkranken den Kampf mit dem Tode noch verschärfte. Zudem erzählte man sich, im Krankenrevier von Lager 525 herrsche eine grausame russische Ärztin, die alles Deutsche bis aufs Blut hasse.

Bernings Schädel dröhnte noch von den Schlägen. Wie sollte er den nächsten Tag nur überstehen? Sein Leib trocknete förmlich aus durch den ständigen Durchfall. Sein Körper baute brachial ab. Es war erst einen Tag her, da hatte er plötzlich etwas Festes auf der Zunge gespürt, ein Ding wie ein kleiner Stein. Er spuckte aus ... es war einer seiner Eckzähne gewesen. Ausgefallen. Einfach so. Auch die Haare fielen ihm aus.

Plötzlich liefen Berning die Tränen. Er konnte sie nicht mehr zurückhalten. Berning musste an seine Mutter denken. Der Gedanke daran, dass sie nicht mehr in dieser Welt weilte, zerrte an seinem Herzen, brachte mit einem Mal unsagbare Trauer über ihn. Er sehnte sich nach ihr. Er sehnte sich auch nach seinem Vater, der mittlerweile vielleicht von Bernings Schicksal erfahren haben mochte.

Schlagartig weiteten sich Bernings Augen. Sein Vater war Postbeamter, stand somit im Dienste des Staates. Konnte ihm die Fahnenflucht seines Sohnes Probleme bereiten? Unbändige Hitze durchflutete Berning, trieb ihm den Schweiß auf die Stirn. Zum ersten Mal wurde ihm gewahr, in welche Gefahr er seinen Vater möglicherweise gebracht hatte. Und es gab nichts, rein gar nichts, was er dagegen unternehmen konnte. Ob sein Vater enttäuscht war von ihm? Oder aber stolz? Immerhin musste auch er unter der Herrschaft der Piefkes ausharren, auch wenn er noch nie ein schlechtes Wort über die Deutschen verloren hatte. Berning aber glaubte fest daran, dass sein Vater die Faschisten aus dem Norden genauso verachtete wie er selbst.

Er wischte sich mit der flachen Hand über die feuchte, kochend heiße Stirn. Eine innere Hitze drückte ihm gegen die Augen. Sein Kopf fühlte sich an, als würde er jeden Augenblick explodieren. Hatte er Fieber?

Jemand schlurfte durch die Dunkelheit. Berning erschrak, rieb sich hektisch über das Gesicht. Automatisch spannten sich seine Muskeln an, schärften sich seine Sinne. War das von Hagen? Berning stellte sich auf einen Kampf ein. Todesangst nahm ihn in ihren Griff. Sicherlich würden sie versuchen, ihn in die Grube zu werfen!

Eine große Gestalt schälte sich aus der Düsternis und trat ins Dämmerlicht der Latrine, das von einem in einiger Entfernung aufgestellten Scheinwerfer ausging. Der Balken knarzte, als sich der Fremde mit heruntergelassener Hose neben Berning setzte. Er hustete wiederholt und räusperte sich. Dabei offenbarte er eine raue, kratzende Stimme wie die eines langjährigen Rauchers.

Berning erkannte den Mann nicht.

Stumm saßen beide eine Zeitlang nebeneinander. Unter Schmerzen rann Berning wieder Wasser aus dem Hintern. Der Mann neben ihm drückte angestrengt. Für den Moment schien es, als sei Bernings Darm entleert, doch er konnte nie sicher sein, darum blieb er noch eine ganze Zeit sitzen. Minuten verstrichen.

Irgendwann begann der Fremde zu sprechen. Berning zuckte erst zusammen, bis er merkte, dass es nur Worte waren, die auf ihn einprasselten, keine Stiefel und Fäuste.

»Du bist der junge Österreicher, richtig?« Die Sprache des Mannes war klar und frei von jedem Dialekt, soweit Berning das sagen konnte. *Vielleicht ein NKWD-Mann?*

»Jawohl«, wisperte Berning misstrauisch. Er schätzte seinen Sitznachbarn auf ein älteres Semester, vielleicht 45 oder 50 Jahre alt.

»Eine Schande, was die dir antun«, murmelte der Mann. Berning schwieg.

»Ich bin Rudolf. Aus Baracke Nummer 3.«

»Berning.«

»Freut mich. Ist wirklich eine Schande«, brummte der Mann noch einmal. »Eine Schande, was aus uns geworden ist.«

Außerhalb von Khislavichi, Sowjetunion, 06.10.1944

Engelmann blickte in die Runde. Er hatte Leutnant Stendal, Oberfeldwebel Perscher und den Spieß in seiner Laube versammelt. Eine Karte der Region war an die Wand gepinnt. Es war dank des improvisierten Ofens angenehm warm.

»Meine Herren, wie Sie wissen, wurden uns in den vergangenen Wochen frisches Personal und neue Kampfwagen zugeführt. Wir verfügen nun über neun Tiger, aus denen ich zwei Züge á vier Fahrzeuge zu generieren gedenke, plus mein Führerfahrzeug. Der 1. Zug wird geführt durch Leutnant Stendal, den 2. Zug übernimmt Oberfeld Perscher.«

Stendal nickte überbordend und konnte ein emsiges Grinsen nicht unterdrücken. Der Reserveleutnant aus Südtirol erinnerte Engelmann an ein Kind, das seine Weihnachtsgeschenke erblickt hatte. Engelmann rollte unverblümt mit den Augen, was Stendal augenblicklich das depperte Grinsen aus dem Gesicht wischte. Die ständige, auf Engelmann unehrlich wirkende Freundlichkeit des blutjungen Leutnants, gepaart mit seiner übertriebenen Frömmigkeit, gingen dem Kompaniechef schon jetzt gehörig auf die Nerven. So hatte Engelmann seinen alten Sprechfunker nicht in Erinnerung gehabt … und außerdem störte es ihn empfindlich, dass dieser Kerl ständig mit einer Art Samurai-Schwert herumlief. Der Stendal bildete sich wohl groß etwas darauf ein, auf seinem Lehrgang eine japanische Ausbildung genossen zu haben, hielt sich womöglich für etwas Besseres. Leider waren Engelmann in diesem Punkt die Hände gebunden, denn Stendal hatte die Erlaubnis vom Reichskanzler persönlich, das blöde Schwert zu führen. Engelmann rümpfte die Nase. Stendal senkte sein Haupt.

»Alle Übrigen … Versorger, Spieß, Ersatz … werden vorerst ohne Panzer auskommen und beim Tross bleiben. Wir befinden uns in der leidlichen Situation, dass wir mehr Männer als Wagen haben, und mit Blick auf die bevorstehende Offensive benötige ich alle einsatzbereiten Kampfpanzer vorne.«

Seine Unterführer nickten.

»Was uns zu *Götterdämmerung* bringt«, fuhr Engelmann mit harter Stimme fort. Er trat an die Karte heran. »Es gab in den letzten Tagen einige Änderungen und neue Befehle durch den OB Ost. Man munkelt, der Feldmarschall ist noch immer nicht ganz zufrieden mit unserer Aufstellung, weshalb er ständig daran herumbastelt. Am Tage X aber wird nicht gerüttelt! Mit Rücksicht auf die vielen Veränderungen und unsere Neuen gehe ich alles noch einmal mit Ihnen durch, denn es ist von immenser Bedeutung, dass am 1. November, am Tag des Angriffes, jeder genauestens seinen Platz kennt und weiß, was er zu tun hat. Diese Offensive kann den Krieg für uns entscheiden! Dafür muss sie aber erst einmal gelingen.«

Engelmann versuchte sich an einem entschlossenen Gesichtsausdruck.

Den Krieg für uns entscheiden, hallten die eigenen Worte in seinem Kopf nach. Wie oft hatte er sich bereits an diesen Strohhalm der Hoffnung geklammert? Und wie oft war er letztlich enttäuscht worden? Doch irgendwann einmal musste dieser Krieg zu Ende gehen – und vor allem musste er gut ausgehen für Deutschland. In jedem anderen Fall würde seine Heimat zwischen den Bolschewisten und den westlichen Aggressoren zerquetscht werden wie eine Fliege unter dem Daumen. Engelmann musste daher weitermachen, musste weiterkämpfen. Für sein Vaterland … für Elly, für Gudrun. Vielleicht würde *Götterdämmerung* tatsächlich den ersehnten Durchbruch bringen … vielleicht …

Die für die Offensive zusammengezogenen Kräfte der Wehrmacht sollten auf einer Breite von weit über 600 Kilometer antreten, womit ein größerer Operationsraum zu bedienen war als anno '43 vor Kursk … bei beinahe gleichem Kräfteansatz wohlgemerkt. Engelmann hatte seine Zweifel an dem Plan, doch die behielt er für sich.

Die Sowjets hatten mit ihrer Sommeroffensive große Gebiete im Süd- und Mittelabschnitt der Front in ihre Hand gebracht. Orel, Kursk, Charkow, allesamt Ortschaften, die sich die Deutschen mit Unmengen an Blut hatten erkaufen müssen und die nun doch wieder in russischer Hand lagen. Die Front neigte sich bei Kiew entsprechend wie ein Balkon in das deutsche Gebiet hinein, ehe sie scharf nach Nordosten abknickte und auf Bryansk traf, von wo aus sie geradewegs auf Smolensk zulief.

Vier Armeen sollten die Offensive *Götterdämmerung* vortragen, unterstützt durch nur eine Luftflotte. Der Rest der Luftwaffe wurde im Mittelmeerraum und vor allem im Westen benötigt, denn allein die Amerikaner operierten mit vier Luftflotten in Europa. Die drei Armeen der Offensive bildeten jeweils eine Stoßrichtung, von deren Zusammenwirken sich der Reichskanzler, der die Rahmenpunkte für *Götterdämmerung* strikt vorgegeben hatte, eine zerschmetternde Wirkung auf die sowjetische Verteidigung erhoffte.

Im Norden der Ostfront, zwischen Leningrad und Velikiye Luki, existierte ein weiterer Frontbogen, den von Manstein im Zuge der letzten Sowjetoffensive freigekämpft hatte. Der OB Ost hatte dort eine Schwachstelle in der sowjetischen Aufstellung erkannt, kurz nachdem der russische Großangriff begonnen hatte. In diese Schwachstelle war er umgehend mit verfügbaren Reservekräften hineingestoßen, um Druck von den gehetzten Truppen der Heeresgruppen Süd und Mitte zu nehmen.

Aus dem auf diese Weise geschaffenen Bogen heraus, in dem Nowgorod lag, sollte Models 2. Panzerarmee antreten. Sie sollte einen weiten Schwenk in Richtung Südosten vollführen, um dem um Moskau gespannten Verteidigungsring der Roten in die rechte Flanke zu fallen. Durch rasches Zupacken sollten mehrere sowjetische Armeen eingekesselt werden, die in der Oblast Kalinin im Gebiet zwischen Velikiye Luki und Moskau stationiert waren.

Den zentralen Stoß würde die 10. Armee unter Generaloberst Hans Zorn übernehmen, dem auch die Panzer-Division »Franz Halder« untergeordnet war. Aus dem Raum Smolensk heraus sollte die Armee in Richtung Moskau vorrücken, das 350 Kilometer von der HKL entfernt lag.

Im Süden war es die Aufgabe der 1. Panzerarmee unter Generaloberst Gotthard Heinrici, von Bryansk ausgehend nach Kaluga vorzupreschen. Mit diesem Vorstoß sollten starke russische Kräfte gebunden werden, die südlich von Moskau ausgemacht worden waren. Diese Kräfte nämlich hatten das Potenzial, den Armeen Model und Zorn den Weg zu verlegen. Heinrici würde durch seinen Vormarsch allerdings den russischen Truppen, die im Umland Charkows in Bereitschaft lagen, tiefe Einblicke in seine rechte Flanke gewähren. Deren Schutz war daher die Aufgabe der 4. Armee.

Die deutsche Führung glaubte scheinbar selbst nicht daran, die sowjetische Hauptstadt zu erreichen, geschweige denn zu erobern, anders konnte Engelmann es sich nicht erklären, dass statt Moskau das diesem vorgelagerte 10.000 Seelen-Dorf Moschaisk als Ziel der Offensive ausgegeben wurde. Die Einnahme Moschaisks musste wohl reichen, um Phase 2 von *Götterdämmerung* einzuläuten: das Abfeuern von Höllenhunden auf das Fronthinterland.

Halder hatte angeordnet, den Beschuss englischer Städte mit dem Höllenhund II einzustellen. Sämtliche Raketen sollten stattdessen aus dem Rücken der Front heraus auf Moskau, auf strategische Punktziele und vor allem auf das Wirtschaftszentrum Gorki niedergehen. Dem Kanzler schwebte ein monatelanges Raketentrommelfeuer vor. Dazu musste die Wehrmacht nah an Moskau herankommen, denn die auf 700 Kilometer gesteigerte Reichweite der Waffe sollte möglichst ausgenutzt werden. Es durfte keinesfalls passieren, dass ein Flugkörper der Höllenhund-Reihe in sowjetische Hände fiel, etwa weil die Höllenhunde im Falle eines gegnerischen Überraschungsangriffs zu nah hinter der Front positioniert waren.

Phase 2 der Operation *Götterdämmerung* sollte mittelfristig bewirken, die Russen im Zentralabschnitt der Front mürbe zu machen, ihre Infrastruktur und Verteidigungslinien zu zerschlagen, sie unter stetes Feuer zu nehmen. Eine zweite deutsche Bodenoffensive nach der Schlammperiode sollte der Roten Armee dann den Rest geben, so die Hoffnungen des Kanzlers.

Der Buschfunk munkelte, Halder habe lange mit sich gerungen, die Höllenhunde doch gegen militärische Ziele einzusetzen. Die prekäre Lage der japanischen Truppen an ihrer russischen Front soll wohl der ausschlaggebende Punkt für diese Entscheidung gewesen sein.

Engelmann musste zugeben, dass er die Ziele von *Götterdämmerung* für zu kurz gedacht hielt. Die Einnahme Moskaus musste immer das Ziel einer deutschen Offensive sein, so seine Meinung. Alles andere war halbherzig gedacht und implizierte von Anfang an, dass die Führung an den Erfolg überhaupt nicht glaubte. Die Eroberung Moskaus aber war nur als mögliches Fernziel von *Götterdämmerung* ausgerufen worden, sollten sich die Umstände günstig entwickeln.

»Wäre es nicht sinniger«, warf Stendal irgendwann ein, »auf die bestimmt kommende russische Offensive zu warten und sie aus der Nachhand zu zerschlagen, so wie es Herr Generalfeldmarschall von Manstein stets postuliert? Wir verheizen mit dem Unternehmen *Götterdämmerung* doch einmal mehr alle unsere mühsam zusammengeklaubten Reservekräfte – und am Ende sehe ich nicht, dass wir mit dieser Offensive den Krieg im Osten entscheiden können. Wieder nur ein paar hundert Kilometer Geländegewinn, aber den Russen zwingen wir so nicht in die Knie. Nein, dazu ist diese Offensive nicht entschieden genug. Entschiedenheit ist, was mir bei dem Plan insgesamt fehlt. Das Ziel darf doch nicht sein, die Vororte Moskaus zu erreichen, nein, letztlich muss Russlands Niederlage das Ziel einer jeden deutschen Offensive im Osten sein, ansonsten brauchen unsere Soldaten gar nicht erst anzutreten und ihr Leben zu riskieren, meine ich.«

Stendal schaute Engelmann mit gutherzigem Blick an. In dem Oberleutnant aber war die Wut mit jedem Wort des Südtirolers angestiegen. Was nahm sich dieser Reserveheini eigentlich heraus? Engelmann blickte in die Gesichter seiner Unterführer, meinte, in dem des Spießes sogar noch Zustimmung für Stendals Ergüsse zu finden. Das machte ihn nur noch zorniger.

»Leutnant«, erwiderte er mit bedrohlichem Unterton. »Es kann kaum in unserem Ermessen liegen, Entscheidungen der höchsten Führung zu beurteilen. Wir haben unsere Befehle, und die werden wir ausführen. Verstanden?«

»Ich ...«

»Ob Sie das verstanden haben?«

»Jawohl, Herr Oberleutnant.«

Stendal war sichtlich entmutigt. Engelmann gefiel dieser Anblick aus Gründen, die er sich selbst nicht erklären konnte. Tief im Inneren schämte er sich ein wenig für sein Verhalten gegenüber dem jungen Leutnant. Er ignorierte dieses Gefühl und fuhr fort. Die Unterweisung seiner Unterführer zog sich noch eine weitere Stunde hin.

Für Engelmanns Kompanie bedeutete der Angriffsplan konkret, am Tage X, dem 1. November 1944, von Khislavichi aus über die vorhandenen Nebenstraßen von Dorf zu Dorf tief nach Nordosten vorzustoßen, wobei davon auszugehen war, dass vier Verteidigungslinien des Gegners durchbrochen werden mussten. Da Engelmanns Panzer abseits der großen Rollbahnen marschieren würden, mussten sie sich auf schwieriges Gelände einstellen. Engelmanns Absicht lautete daher, in den nächsten Wochen die Ausbildung von Bergungs- und Reparaturarbeiten zu forcieren.

Noch einmal warf der Oberleutnant einen Blick auf die Karte. Er hatte alles besprochen, jede Einzelheit der bevorstehenden Offensive dargelegt. Doch, doch ... es konnte gelingen. Engelmanns Zuversicht erhielt Auftrieb.

Außerhalb von Stalinsk, Sowjetunion, 07.10.1944

Sie waren gerade von der Waldarbeit heimgekehrt, warteten auf die kärgliche Abendration. Es war unlängst dunkel geworden, die hölzernen Baracken des schlecht ausgeleuchteten Lagers warfen gruselige Schatten. Die Lichtkegel der Scheinwerfer, die auf den Wachtürmen angebracht waren, schnitten wie Messer aus Energie durch die Finsternis. In der Ferne schrie und kämpfte und flehte ein Mann. Das Geschrei war markerschütternd und fürchterlich. Es zog wie eine Warnung durch das Lager. Der Name des Mannes lautete Dimitri Mueller, ein Sudetendeutscher, der sich bis dato erfolgreich hatte als »Volksdeutscher« ausgeben können. Vor vier Tagen allerdings war Dimitri plötzlich verschwunden. Da eine Flucht quasi ausgeschlossen war, konnte Dimitris Verschwinden, einhergehend mit der ausbleibenden Verwunderung der sowjetischen Bewacher darüber, nur einen Grund haben: Der NKWD hatte ihn eingesackt. Was in solchen Fällen geschah, wusste niemand der Gefangenen so recht. Es gab Gerüchte, die zumeist fanatischen NKWD-Männer würden mit Schlafentzug, körperlicher Züchtigung und Schlimmerem arbeiten, um Geständnisse aus ihren Opfern herauszupressen. Und Dimitri Mueller hatte als Sudetendeutscher von vornherein verloren, denn Sudetendeutsche galten beim NKWD als Kriegsfreiwillige. Und wer freiwillig für die Faschisten in den Krieg zog, der musste ein echtes Monster sein ...

Berning hatte an diesem Tag beim Rückmarsch ins Lager den armen Teufel Dimitri zum ersten Mal seit seinem Verschwinden wiedergesehen. Es war zu diesem Zeitpunkt bereits dunkel, eisige Kälte griff nach den erschöpften Männern. Vor dem großen Eisentor aber, das ins Lager führte, leuchteten Taschenlampen. Berning konnte Dimitri deutlich erkennen … Dimitri, der 18-Jährige aus dem Sudetenland. Zwei Offiziere vom NKWD rissen dem weinenden Jungen die Klamotten vom Leib, bis er splitterfasernackt in den Lichterkegeln der Taschenlampen stand. Dimitri bibberte am ganzen Körper … nicht nur vor Kälte, sondern vor allem vor Angst. Jeder der Gefangenen wusste, was diese Prozedur zu bedeuten hatte … auch Dimitri, der im kleinen Kreis einmal zugegeben hatte, noch Jungfrau zu sein. Dimitri würde sterben, ohne je ein Mädchen gehabt zu haben.

Infernalische Bauchschmerzen traktierten Berning, dass er sich den Magen hielt und sich zusammenkrümmte. Er hatte Fieber, starkes Fieber. Sein Körper hatte nicht mehr die Kraft und auch nicht mehr die Reserven, um noch Schweiß zu produzieren. Bernings Leib fühlte sich an wie ein Kessel auf der Flamme. Die Hitze brachte ihn um, ließ ihn glauben, sich ausziehen zu müssen, um nicht zu schmelzen. Die Hitze ließ ihn sogar die lebensfeindlichen Temperaturen vergessen.

Die Schreie Dimitris waberten durch die Luft, drangen in Bernings Gehörgänge ein, ob er wollte oder nicht. Berning war soeben vom Donnerbalken zurückgekehrt, doch sein Darmtrakt fuhr bereits wieder Achterbahn. Er musste sich mit einer Hand an der schlecht zusammengeschusterten Holzwand der Baracke festhalten, um nicht umzukippen. In der Ferne brüllte Dimitri wie ein Säugling, der nach seiner Mutter schrie. Und, ja, der junge Mann rief tatsächlich nach seiner Mutter. Er flehte, er weinte. Immer wieder brach sein Rufen ab, verließen ihn die Kräfte.

Der NKWD hatte über Dimitri eines der furchtbarsten Todesurteile gefällt, das den Kriegsgefangenen aufgebürdet werden konnte: Sie hatten den Mann nicht nur ausgezogen, nein, sie hatten ihn an einen Baum gebunden und eimerweise mit Eiswasser übergossen. Klitschnass überließen sie ihn so der Kälte. Die Nächte warteten oftmals schon mit minus zehn Grad Celsius auf. Wenn der Junge stark war, würde sein Herz noch eine Stunde lang schlagen.

Berning schüttelte sich kräftig. Ihn traktierten heftigste Unterleibschmerzen. Er versuchte, Dimitris Schicksal aus seinem Kopf zu verbannen. Er wusste, dass die Russen nicht wirklich so waren … so grausam … so menschenfeindlich. Nur, was blieb ihnen anderes übrig angesichts des deutschen Faschismus, der dem russischen Volk nach dem Leben trachtete? Wie sonst könnten sie sich der Faschisten erwehren, wenn nicht mit purer Gewalt? Irgendwann aber würde dieser Krieg vorüber sein. Irgendwann würde Frieden einkehren ... Frieden, der erst im Sozialismus vollkommen sein würde ... Frieden, der die Epoche des Wohlstandes der Arbeiterschaft einläuten würde. Zuerst aber musste der Faschismus überwunden werden ... und dafür bedurfte es eben primitiver Gewalt. So sehr Berning die Methoden des NKWD verachtete, begriff er ihre Notwendigkeit, auch wenn dadurch Unschuldige wie der arme Dimitri unter die Räder gerieten. Immerhin: Hätte Berning die Möglichkeit, über einen Vorzeige-Nazi wie von Hagen zu richten, er würde genauso mit ihm verfahren, wie die Russen mit Dimitri. So dachte Berning.

Ein neuerlicher, fürchterlicher Schmerz fegte durch seinen Unterleib. Er zuckte zusammen, musste sich hinhocken. Die Erschöpfung raubte seiner Sicht die Farbsättigung. Plötzlich hatte er das Gefühl, in einem dunklen Tunnel zu stehen. Berning war einem Zusammenbruch nahe. Seine Finger verkrampften. Sein Kopf sank zu Boden. Der lehmige Untergrund fühlte sich eisig an, als Bernings Wange ihn berührte. Gleichzeitig meinte er, mit seiner fiebrig erhitzten Wange ein Loch ins gefrorene Erdreich zu brennen.

Letztlich spürte er, wie sich ein unglaublicher Druck in seinem Enddarm aufbaute. Noch ehe er hätte reagieren können, öffnete sich sein Schließmuskel. Eine warme, klebrige Flüssigkeit breitete sich in seiner Hose aus. Seine Glieder zitterten. Seine Augen schlossen sich. In seinem Kopf geisterten Dimitris Schreie, ehe Berning einschlief.

*

Als Berning erwachte, war Dimitris Geschrei verstummt. Er wusste nicht, wie lange er auf dem frostigen Untergrund gelegen hatte. Eine Minute ... eine Stunde? Die Kälte hatte längst Besitz ergriffen von seinem Leib. Ein kräftiges Zittern, als wäre Berning an eine Batterie angeschlossen, zuckte durch seinen Körper. Seine Glieder vibrierten schmerzhaft. Bernings Zähne klapperten, seine Finger und Zehen waren zu Eisklumpen geworden. Noch immer ging eine wahnsinnige Hitze vom Inneren seiner Brust und von seinem Kopf aus, dennoch fror er bitterlich. Fieber und Unterkühlung zur gleichen Zeit ... oder hatte Berning einfach nur den Verstand verloren?

Er vermochte sich nicht zu rühren. Er vernahm Stimmen.

Wahnsinnige Angst erfasste Berning, doch er war wie gelähmt und konnte in der Finsternis, die zwischen den Baracken herrschte, auch nichts erkennen. Und er war schwach. Er vermochte die Augen kaum offenzuhalten. Eine seltsame, alles durchdringende Kälte griff nach ihm, umwob ihn wie die Spinne ihr Opfer. Berning gab sich dem Gefühl hin. Es fühlte sich an wie Erlösung.

Ihm wurde erneut schwarz vor Augen. Noch nahm er die Welt um sich herum in Ansätzen wahr. Alles war wie weit weg und wie verborgen hinter einem Schleier. Irgendwo ertönte von Hagens schrille Stimme. Der Adelige musste Berning entdeckt haben, echauffierte sich über den Gestank, machte sich über dessen Lage lustig.

Berning war das nun egal. Berning blickte dem Tod in die Augen. Er flehte den Sensenmann an, von ihm aufgenommen zu werden.

Von Hagens Stimme näherte sich. Sie vibrierte. Sie wurde schwächer und schwächer, obwohl der Adelige nun ganz nah sein musste. Vielleicht stand er direkt neben Berning. Plötzlich erklang eine andere Stimme. Eine tiefe Stimme, raue Tonart. Jemand redete auf von Hagen ein. Die beiden stritten. Der Adelige zog ab. Berning war all das egal. Er war schon weit weg … ganz weit weg …

Außerhalb von Ursy, Schweiz, 08.10.1944

Schneider, der in seinem braunen Herrenrock und mit dem Fusselbart im Gesicht wie ein Einsiedler aus den Bergen aussah, stieg von seinem Drahtesel. Er schob das Fahrrad die letzten Meter über den steinigen Waldweg.

Jener Weg schlängelte sich durch einen dichten Tannenwald, der trotz des sonnigen Tages düster war. Dicke, alte Bäume reckten sich zu Tausenden in die Höhe. Ihre Nadelkleider verflochten sich zu einem undurchlässigen Dach. Der sich anbahnende Winter ließ die Tiere des Waldes rar werden. Sterbende Gewächse und Morast bedeckten den mit toten Nadeln übersäten Boden. Eine ausgeweidete Krähe lag zerfleddert in einiger Entfernung neben einem morschen Baumstumpf. Die herbstlichen Wälder der Schweiz hatten eine beinahe gruselige Atmosphäre, was Schneider und seinen Männern nur zugutekommen konnte, denn es würde hoffentlich die Spaziergänger und selbsternannten Naturburschen abhalten. Wenn es bald auch noch bitterlich kalt werden würde, würden die Brandenburger, deren Ursy-Unterschlupf in der Abgeschiedenheit der Schweizer Wildnis lag, endgültig nicht mehr mit unliebsamen Besuchern rechnen müssen. Nur, wenn sie ihre Fühler gen Moudon ausstreckten, um die Lage zu peilen, mussten sie vorsichtig sein, denn dort lebten 2.500 Seelen, die nichts von ihren Nachbarn aus dem Walde mitbekommen durften.

Bisher hatten Schneider und seine Männer jedenfalls nicht zur Waffe greifen müssen, hatten keinen zufällig auftauchenden Zivilisten »entfernen« müssen. Wenn Gott es wollte, würde das so bleiben. Sogar der wahnsinnige Yusuf hatte sich seit dem »Unfall« bei Lenk zurückgehalten. Schneider schüttelte es, wenn er daran dachte, was im Kopf des verbliebenen Dschibrils vorgehen musste, dass dieser glaubte, das wahllose Töten von Schweizern würde irgendetwas ändern.

Schneiders Beziehung zu Yusuf war seit seiner »erzieherischen Maßnahme« eisig, doch Yusuf funktionierte, das war die Hauptsache.

Schneider lehnte sein Fahrrad gegen einen Baum, schaute sich um. Ihm bot sich der reinste Bilderbuchanblick: Er befand sich auf dem höchsten Punkt des Waldweges, hatte viele Höhenmeter überwinden müssen, um zu dieser Stelle zu gelangen. Vor ihm fiel der Weg steil ab, ergoss sich in ein weiträumiges Tal, eingegrenzt zu allen Seiten durch kleinere Berge. Herbstliche Lärchenwälder überzogen die Höhen im Hintergrund. Sie strahlten im glänzenden Schein der Sonne, die den hellblauen Himmel kaum gegen Wolken zu verteidigen hatte.

Schneider blickte einige Minuten lang in das malerische Tal hinab, das ein perfektes Postkartenmotiv abgab. Irgendwann machte er einen Reiter aus. Ein Mann auf einem glänzenden Schimmel trabte weit unten aus einem dunkelgrünen Forst heraus, dann ritt er den Weg herauf, auf dem sich auch Schneider befand. Der Reiter kam ihm direkt entgegen.

Schneider verengte seine Augen zu schmalen Schlitzen, blinzelte gegen die Sonne.

Jep, das ist Strässli, schoss es ihm durch den Kopf. Strässli war natürlich ein Deckname, sein Klarname lautete Jean-Pierre Savary, ein Schweizer Landwirt, der sich mit Landesverrat ein paar Kröten extra verdiente.

Schneider war vorsichtig wie ein Fuchs, was Strässli anging, und traute dem Schweizer nur so weit, wie er ihn werfen konnte. Sein Credo ging so: Wer für

Geld sein eigenes Land verriet, der würde auch alles andere verraten. Leider blieb den Brandenburgern nichts anderes übrig, als hin und wieder auf Strässlis Dienste zurückzugreifen. Schneider hielt seine Kontaktperson dennoch an der kurzen Leine, ließ ihn zeitweise von seinen Männern überwachen, und traf sich so selten wie möglich mit ihm. Wenn alles nach Plan verlief, würde diese Zusammenkunft die letzte sein.

Strässli erreichte Schneider. Mit einem beherzten Zug an den Zügeln brachte er sein Ross zum Stehen. Er schwang sich vom Sattel wie ein Cowboy, trat Schneider breitbeinig gegenüber.

Der Schweizer war ein unangenehmer Zeitgenosse, ein Mann, der glaubte, der Meisterspion schlechthin zu sein, weil er Informationen verkaufen durfte und der Abwehr als Mittelsmann zu anderen Kontakten diente. Strässli hielt sich für den wichtigsten Mann Europas und träumte von Reichtum und spannenden Abenteuern.

Schneider zwang sich zu einem Lächeln. Beim letzten Mal schon hatte Strässli einen lächerlichen Auftritt hingelegt. Diesen übertraf er mit seinem Aufzug an diesem Tag noch einmal. Der ungewaschene Bauer, dem die Hälfte seiner Zähne fehlte und dessen stoppelige Wangen von Furchen und aufgekratzten Pickeln überzogen waren, trug einen schwarzen Anzug, eine schlecht gebundene Krawatte und einen braunen Lederhut mit einer Pfauenfeder daran.

Schneider hatte sich schon öfters gefragt, ob dieser Kerl immer so herumlief oder sich für seine geheimen Agententreffen extra fein herausputzte. Allerdings wunderte ihn an Strässli schon lange nichts mehr. Warum dieser ungebildete Landbursche, der mit einer Abneigung gegen Seife und Frisöre ausgestattet zu sein schien, Englisch sprach wie ein Muttersprachler, entzog sich Schneiders Verständnis.

Was die Abwehr anbelangte, passte Strässli wie die Faust aufs Auge. Schneider wusste nicht, woran es lag, aber die Abwehr zog seltsame Vögel wie den guten Jean-Pierre magisch an.

Bezüglich der Operation *Steuerhinterziehung* tappte Strässli natürlich im Dunkeln. Der Schweizer glaubte, er würden für den amerikanischen OSS arbeiten. Überdies waren die paar Franken, mit denen Strässli abgespeist wurde, eine Lachnummer im Vergleich zu den Summen, die üblicherweise in der Branche gezahlt wurden.

»Hey, my friend!«, brüllte Strässli großspurig. Seine feuchte Pranke erfasste Schneiders Hand und schüttelte sie, als wollte er dem Brandenburger den ganzen Arm abreißen.

»Good day, Strässli«, erwiderte Schneider den Gruß und strengte sich an, den Namen »Strässli« ganz verquer auszusprechen, so wie es ein Angloamerikaner tun würde, für den deutsche Worte Zungenfolter waren. Der französischsprachige Strässli konnte seinen Decknamen übrigens selbst nicht korrekt aussprechen.

»Your suit doesn't … suit your ride«, kommentierte Schneider Strässlis Erscheinung. *Dein Anzug passt nicht zu deinem Beförderungsmittel.*

»Come on, Tango One!«, unkte Strässli, der sich über irgendetwas prächtig amüsierte. Er kam Schneider dabei so nahe, dass dem Brandenburger der fiese, säuerliche Körpergeruch in die Nase stieg. Sofort machte Schneider einen Schritt rückwärts. Strässli übersah das wohlwollend, holte stattdessen zu seinem üblichen Geschwafel aus: »You really should do something with yourself«, posaunte er und musterte Schneider von oben bis unten. »You don't look like a secret agent at all! No black coat, no weapon, no sunglasses, nothing! You could be a normal guy, if you ask me!« Strässli stemmte die Hände in die Hüften. *Du solltest etwas mehr aus dir machen. Du siehst nämlich gar nicht wie ein Geheimagent aus. Kein schwarzer Mantel, keine Waffe, keine Sonnenbrille, kein Nichts! Du könntest ein stinknormaler Kerl sein, wenn du mich fragst!*

Schneider grinste. Und ob er bewaffnet war. Ein Handzeichen seinerseits genügte, dann würde Schütz diesem Meisterspion den Schädel wegpusten.

»You know … that's the business … laying low«, druckste Schneider stattdessen herum. *Sie wissen schon … so läuft das Geschäft … man hält sich bedeckt.*

Strässli stand darauf, wenn Schneider den Unsicheren mimte. Das schien ihm ein Gefühl der Überlegenheit einzuflößen, und darauf kam es am Ende an. Schneider musste den komischen Kautz bei der Stange halten. Nicht, dass Strässli noch auf den Trichter kam, mehr als 15 Franken im Monat verdienen zu können, indem er sich »anderen Organisationen« zuwendete. Schneider musste sich beim Gedanken an den Hungerlohn, mit dem die Abwehr Strässli abspeiste, wirklich zusammenreißen, um nicht laut los zu prusten. Dieser Idiot riskierte sein Leben für nicht einmal ein durchschnittliches Monatsgehalt. Der Knabe hatte einfach zu viele billige Romanheftchen gelesen.

»Don't be a fool!«, rief Strässli und klatschte Schneider seine riesige Hand auf die Schulter. »Secret agents must be secret agents! Never heard of the Hague Conventions?« *Sei kein Narr! Geheimagenten müssen Geheimagenten sein. Hast du nie von der Haager Landkriegsordnung gehört?*

Schneider erwiderte nichts darauf, sondern atmete nur bewusst ein und aus, während er innerlich auf Griechisch fluchte.

Was Strässli da abgelassen hatte, war auf so vielen Ebenen falsch, dass jede Belehrung sinnlos war. Er musste das Gespräch ohnehin auf das Wesentliche lenken.

»What can you offer me?« *Was hast du für mich?*

»No, no, no, no, no!« Strässli wedelte abwehrend mit den Händen. »First I want to talk about money.« *Nein, erst will ich übers Geld reden!*

»About money? I have no authority concerning payments.« *Übers Geld? Gehälter fallen nicht in meine Zuständigkeit.*

»But I feel it is time for a promotion!« *Aber ich meine, es wird Zeit für eine Beförderung!*

»We allready pay you more than everybody else.« *Wir zahlen dir schon mehr als allen anderen.*

»Really?« *Wirklich?*

»Really.« *Wirklich.*

»Okay, then I am fine.« *Gut, dann ist das in Ordnung.*

»Fine … so?« *Gut … und?*

»Your friend still is in Moudon, but they are going to move him somewhere else this November.« *Dein Freund ist noch immer in Moudon, aber er soll im November woandershin verlegt werden.*

»Where exactly?« *Wohin genau?*

»Not yet decided.« *Das steht noch nicht fest.*

»Okay. Anything else?« *In Ordnung. Sonst noch etwas?*

»The officials are still looking for you. But, as you know, they are blind as fuck. And some get bribed, I think. Not sure if I understood Echo One correctly.« *Die Behörden suchen noch immer nach dir. Aber, wie du weißt, sind sie völlig blind. Und einige werden bestochen, wenn ich Echo One da richtig verstanden habe.*

Strässli kratzte sich einen eitrigen Pickel am Kinn auf. Schneider stand schon wieder kurz vor der Explosion. Während er die in ihm aufschäumende Wut bekämpfte, fragte er sich, warum die Kontaktperson der Abwehr beim

Bundesamt für Polizei dem dämlichen Strässli unbedingt hatte erzählen müssen, dass es weitere geschmierte Beamte gab.

Mensch, einmal mit Profis arbeiten!, raunte Schneider im Geiste.

Er hielt das weitere Gespräch mit Strässli kurz. Als sich der Schweizer schließlich auf seinem Schimmel davonmachte, brach der Zorn vollends aus Schneider heraus. Er stürmte auf den nächsten Baum zu, donnerte seinen Stiefel mit Karacho gegen den Stamm. Der durch sein Bein jagende Schmerz half ihm, sich zu beruhigen. Schließlich schnappte sich Schneider das Fahrrad. Auf dem Sattel sitzend, berührte er mit dem Zeigefinger seine Nasenspitze, um dem in einiger Entfernung liegenden Schütz zu signalisieren, dass es zurück zum Sammelpunkt ging. Schütz trug das Lautlose Gewehr bei sich, das extra für diese Unternehmung entwickelt worden war. Es war nicht wirklich lautlos, aber ein gutes Stück leiser als herkömmliche Waffen, was die Ortung des Schusses erschwerte.

Als Schneider auf seinem Drahtesel durch den Wald jagte, verflog seine Wut allmählich. Die Nachricht über Taylors weiteren Aufenthaltsort in Moudon beflügelte ihn, bedeutete sie doch, dass die gefährlichen Ausspähaktionen der letzten Tage nicht umsonst gewesen waren. Jetzt aber wollte Schneider endlich zuschlagen; er wollte diesen elendigen Auftrag in diesem elendigen Land endlich hinter sich bringen. Es wurde Zeit, denn er schätzte Strässli als dumm genug ein, eines schönen Tages seine eigene Tarnung zu sprengen.

Außerhalb von Stalinsk, Sowjetunion, 10.10.1944

Berning war des Todes. Nur für kurze Zeiträume war er halbwegs bei Bewusstsein. Er lag auf einem billigen Drahtgestellbett, umgeben von Kranken, deren Husten und Röcheln und Stöhnen sich zu einem einzigen Ton des Wehklagens vermengte. Eine Ärztin in strahlend weißem Kittel, eine schwarzhaarige Schönheit mit üppigen weiblichen Reizen, ließ sich hin und wieder blicken, ansonsten war da noch ein junger Russe, der zwischen den Krankenbetten umherlief, den Patienten die Stirn tupfte, ihnen die Hand hielt und sich ihre Geschichten anhörte. Der Junge verfasste Testamente mit Bleistift auf Servietten, nahm persönliche Gegenstände der Sterbenden entgegen, die diese weiß Gott wo versteckt gehalten hatten, oder sprach gemeinsam mit ihnen Gebete, trotz seiner mangelhaften Deutschkenntnisse. Die Gefangenen im Krankenrevier nannten ihn den »Engel von 525«. Der russische Junge war eigentlich ein Gehilfe der Lagerküche, doch jede freie Sekunde verbrachte er im Krankenlager, um den armen Seelen beizustehen. Für viele bedeutete er der einzige Rettungsanker in dieser Baracke des Todes, denn die Ärztin war eine gnadenlose Sadistin.

Berning tangierte das alles nicht mehr. Er lag im Delirium, hatte Fieberträume. Manchmal spürte er, wie ihm jemand Wasser in den Mund träufelte, doch er bekam die Augen nicht mehr auseinander, um zu sehen, um wen es sich handelte. Die Geräusche um ihn herum hörten sich ganz dumpf an, so, als wäre er in Watte eingepackt. Berning nahm auch den elenden Gestank, der im Krankenrevier herrschte, nicht wahr. Er schüttelte sich, er fror, dann explodierte er förmlich vor Überhitzung. Er hatte Hunger und Durst, wollte nichts essen. Zeit und Raum verschwammen.

Er lag einfach da, spürte, wie er von Stunde zu Stunde schwächer wurde. Er spürte, dass seine Zeit abgelaufen war. Berning lag im Sterben. Er würde verrecken auf einem schlechten Bett in einem sowjetischen Lager, 5.000 Kilometer von seiner Heimat entfernt. Er würde krepieren in einer Uniform, die er hasste. Nein, all diese Begriffe waren noch nicht scheußlich genug, um Bernings Ende zu beschreiben. Berning würde in diesem Lager verenden … verenden wie ein Büffel in der Serengeti, der nicht mehr rechtzeitig zum Wasserloch gefunden hatte.

Das Fieber erreichte aberwitzige Höhen. Traum und Realität vermischten sich. Das Bildnis von Gretel baute sich vor Berning auf. Sie hatte volle Brüste, ihre Lippen verführten ihn. Er wollte sie, schlief mit ihr, ganz gleich, für welch falsche Ideologie sie stand.

Das Bild seines Papas erschien in seinem Geist, ein alter, gebrochener und überschuldeter Mann, aber auch ein freundlicher, zuvorkommender Herr, der Franz immer ein guter Vater gewesen war. Das Bild seiner Mutter erschien ihm, löste einen Orkan der Gefühle in ihm aus. Pappendorf! Gefechte. Explosionen. Maschinengewehre knatterten. Panzer! Amerikaner und Russen. Faschisten. Gretels nackter Körper. Die vor Erregung aufgestellten Nippel, die mit dunklem Haar bedeckte Scham. Karabiner feuerten. K98. Zerlegen. Zusammensetzen. Zerlegen! SCHNELLER! Zusammensetzen! Explosionen. Explosionen. Unendlich viele Explosionen. Explosionen, deren Flammenbälle alles auffraßen und nichts als verbrannte Erde zurückließen. Rudi Bongartz, Bernings Freund. Er würde ihn bald wiedersehen.

*

Bernings Umnachtung war weit vorangeschritten. Mit Fieber, das seinen Körper so sehr erhitzt hatte, dass Yuri, der »Engel von 525«, erschrocken die Hand zurückzog, wenn er sie dem Unteroffizier auf die Stirn legte, und flüssigem Stuhlgang, der den Leib Bernings austrocknete, ihm jeden Tropfen des lebensnotwendigen Wassers entzog, hatte die schreckliche Ruhrkrankheit, gegen die sich der Körper des jungen Österreichers ungewöhnlich lange hatte zur Wehr setzen können, zum Todesstoß angesetzt. Berning lag in den letzten Zügen seines Lebens. Zur Stunde war er einigermaßen bei Bewusstsein, auch wenn er nur noch helle und dunkle Flächen sah. Sein Gesäß brannte wie Feuer, der anhaltende Durchfall hatte seinen After entzündet und eitrige Pusteln entstehen lassen. Seine Kehle schrie nach Wasser, die blutlosen Lippen und der Mundinnenraum waren aufgerissen und blutig verklebt.

Berning hatte keine Gedanken mehr. Wie in einem bewussten Traum döste er vor sich hin. Er wusste nicht einmal, dass er im Begriff war zu sterben. Irgendwie hatte er noch mitbekommen, dass Yuri wieder und wieder nach ihm sah, dass der russische Junge, der vielleicht 16 Jahre alt war, ihm unentwegt Wasser in den Mund träufelte. Irgendwie nahm Berning sogar den Besuch einer stämmigen, großen Gestalt wahr, die an seiner Bettstatt mit Yuri sprach. Berning war, als würde er die Szenen aus weiter Ferne durch einen Schneesturm hindurch beobachten.

Er spürte die Berührungen Yuris. Der Junge tupfte ihm die kochend heiße Stirn. Doch jede Flüssigkeit, die Bernings Körper aufnahm, rann ihm kurze Zeit später wieder aus dem Hintern. Seine Ausscheidungen waren nicht einmal mehr braun. Bernings Knochen zeichneten sich ganz deutlich unter der Haut ab. Die Arme waren so dünn geworden wie der Schaft eines deutschen Karabiners..

Berning schlief, als sich erneut jemand seinem Bett näherte. Es mochte der letzte Schlaf seines Lebens sein. Er erwachte ob des Fremden, doch ihm fehlte die Kraft, seine Lider zu heben. Dicke, raue Finger fuhren ihm über die zerklüfteten Lippen. Berning spürte die Berührung ganz deutlich ... und er bekam Angst. Irgendwo in seinem Unterbewusstsein waren noch

Erinnerungen an seine Peiniger am Werke, und diese drängten sich mit einem Mal in den Vordergrund. In Bernings Gedankenwelt entstand die Idee, dass jemand versuchen könnte, ihn umzubringen. Ein lange nicht gekannter Lebenswille setzte im Unterbewusstsein des Todkranken ein. Berning wollte zumindest nicht durch die Hand eines Faschisten abtreten. Dieser eine Gedanke brannte sich in ungewöhnlicher Deutlichkeit in sein Hirn ein.

Der zum ausgemergelten Geripppe gewordene Unteroffizier vermochte es irgendwann, seine Augen einen winzigen Spalt breit zu öffnen. Was er sah, ließ ihn innerlich zusammenfahren vor Schrecken. Sein Körper rührte sich dennoch nicht, allein dazu fehlte ihm die Kraft.

Alles, war Berning schemenhaft zu erblicken vermochte, waren zwei dicke, alte Finger, die eine schwarze Masse festhielten und damit vor den Lippen des Unteroffiziers herumfuchtelten. Todesängste überfielen Berning, ließen ihn flehen, machten ihn gleichsam rasend vor Wut. Dies alles geschah rein innerlich, in der letzten Bastion, die Berning vom Leben noch geblieben war: in seinem Kopf.

Und plötzlich bewahrheiteten sich Bernings Befürchtungen. Die Finger drückten mit einem Mal gegen seine geschlossenen Lippen, drückten mit einer Macht, gegen die er nicht ankam. Die fremden Finger drangen in Bernings Mund ein, die schwarze Masse mit sich führend. Berning schrie in seinem Geiste auf, brüllte innerlich wie ein Stier. Er wollte sich wehren, wollte sich verteidigen. Sein Körper aber ließ keine Regung zu. Die fremden Finger pressten weiter, versuchten, die Zahnreihen zu überwinden. Berning konnte nicht mehr, als die Zähne aufeinanderzubeißen, so fest es ihm möglich war. Die dicken Finger zogen an seinen Zähnen und drückten dagegen, doch Bernings Gebiss hielt stand. Gerade hatte es der Unteroffizier geschafft, die unbändige Todesangst in ihm ob des kleinen Triumphs ein wenig in den Hintergrund zu rücken, da drückten sich weitere Finger in Bernings Mund hinein. Der Unteroffizier weinte in Gedanken, er weinte und kämpfte, er schrie im Geiste frenetisch, er stemmte sich gegen den Angreifer, gegen den er doch keine Chance hatte.

Einen Moment noch hielt die Barriere, die seine Kauleisten zu formen vermochten, dann drückten die dicken, rauen Finger sein Gebiss mit Gewalt auseinander, dass ein fürchterlicher Schmerz durch Bernings Schädel fuhr. Er wollte mit den Gliedern strampeln, wollte auf den Attentäter losgehen. Doch zu nichts dergleichen war er fähig. Sein Körper ruhte wie festgenagelt auf dem Drahtgestell, dass die Russen Bett nannten. Schließlich hatten die fremden Finger Bernings Gebiss fixiert, hielten den Mund weit geöffnet. Berning spürte, wie ihm die schwarze Masse in den Rachen geschoben wurde. Er konnte nichts dagegen unternehmen. Er fühlte das Gift in seiner Kehle. Die Finger pressten und pressten. Er schluckte das schwarze Zeug.

Außerhalb von Moudon, Schweiz, 21.10.1944

Es war die perfekte Nacht. Der zunehmende Halbmond war von einer dicken, undurchdringlichen Wolkendecke verschleiert. Die Schweizer Lagerwachen, genervt vom anhaltenden Aktivdienst und der schlechten Bezahlung, waren nicht nur unmotiviert, sie würden auch keine Chance haben, die Angreifer rechtzeitig zu entdecken.

Schneider umfasste den kalten Griff seiner amerikanischen M3-Maschinenpistole fester. Seine Männer waren teilweise ebenfalls mit den sogenannten »Grease Guns« ausgestattet, außerdem mit Colt-Pistolen vom Typ M1911, M1 Garands und zwei BAR-Maschinengewehren. Und natürlich mit dem Lautlosen Gewehr. Schneider wollte den Einsatz lauter Mittel so lange wie möglich hinauszögern, wollte demnach auf das Überraschungsmoment, die Fäuste und im Notfall auf die Klinge setzen. Vielleicht ließen sich sogar einige Gefangene machen, die im Nachhinein aussagen konnten, dass sie von Englisch sprechenden Männern mit amerikanischen Waffen überwältigt worden waren.

Schneider strich über das Gehäuse seiner Grease Gun. Er verstand wohl, warum sie von den Amis Fettpresse genannt wurde. Die Maschinenpistole sah tatsächlich so aus wie jenes Werkzeug, zudem machte sie mit ihren grob verarbeiteten Teilen einen geradezu billigen Eindruck. Doch sie schoss akkurat und wegen der niedrigen Kadenz sehr genau. Ein geübter Schütze war sogar in der Lage, Einzelschüsse abzugeben.

Schneider stieß Schuman an, der bäuchlings neben ihm im feuchten Gras lag. Beide waren vor einer Waldkante auf einer Wiese in Stellung gegangen, etwa 300 Meter vom Haupttor des Internierungslagers entfernt. Aus dem Wald heraus führte eine befestigte Straße, die sich einen Hügel hinauf zum

Tor des Lagers schlängelte. Die perfekte Dunkelheit dieser Nacht verschluckte all das.

Schumann zog wortlos die Zeltplane, die zu seinen Füßen lag, zu sich heran und stülpte sie über sich und Schneider. Unter dem dicken Material konnte Schneider seine Lampe einschalten, ohne Gefahr zu laufen, entdeckt zu werden. Die Taschenlampe erzeugte wegen des eingesetzten Filters schwaches, rotes Licht, das zudem schlechter auszumachen war als strahlendes weißes. Der Oberfeldwebel warf einen Blick auf seine Uhr.

Fast 2 Uhr morgens … gleich geht es los! Schneider erwartete von den Schweizern keinen sonderlich starken Widerstand, allein schon, weil zu dieser unchristlichen Stunde die unbeliebteste Wachschicht abzuleisten war. Darüber hinaus war es Samstag früh. Die meisten Aktiven genossen ihr Wochenende zu Hause. Und die, die Dienst hatten, waren zumindest nicht mit den Gedanken vor Ort …

»Wie spät?«, wisperte Schumann, der sich die geröteten Augen rieb.

»Drei vor zwei.«

»Verdammte Schlafenszeit!«, meckerte der Gefreite.

»Ich weiß, ich weiß. Eigentlich schicke ich dich ja ins Bett, wenn es dunkel wird, lieber Anton. Aber heute … heute machen wir mal eine Ausnahme.«

»Du kannst mich.«

Schneider beleuchte mit dem Rotlicht die Zeichnung, die er vor sich ausgebreitet hatte. In mühsamer Kleinarbeit hatten seine Männer in den vergangenen Wochen das Lager ausgespäht. Schumann hatte auf Grundlage der Ergebnisse exakte Grundrisse für jeden Trupp angefertigt. Schneider starrte auf die Zeichnung, versuchte, die sauberen Striche in sein Langzeitgedächtnis zu übertragen. Für solche Situationen wünschte er sich ein präzises Erinnerungsvermögen, wie Taylor es besaß.

Das Lager war recht klein, ausgelegt für 250 Gefangene, deren Zahl bis zu diesem Tag nicht erreicht worden war. Einige Deutsche hatten bereits ins Reich zurückkehren dürfen, über die anderen, vor allem die nach einer Bruchlandung internierten Piloten, wurde weiter verhandelt. Schneider konnte sich aber vorstellen, dass es die hier Eingepferchten nicht allzu eilig hatten, die Schweiz zu verlassen. Daheim herrschte Krieg, hier aber lebten die Internierten dank deutscher Geldmittel wie der König von Frankreich. Vielen war sogar erlaubt, das Lager zu verlassen, solange sie versprachen, nicht zu fliehen. Halders Politik der Annäherung hatte für die Deutschen in der Schweiz zu erheblichen Verbesserungen geführt. Einzig die V.I.P.-Gefangenen wie der gute Taylor führten ein Leben wie echte Kriegsgefangene.

Vier Wohnblöcke bildeten das Herzstück des Lagers. Die Wohnblöcke waren um einen großen Exerzierplatz herum angelegt, dahinter gab es zwei kleinere Baracken, die den schweizerischen Diensttuenden als Unterkünfte dienten. Eine ausgedehnte Krankenstation, in der nach Schneiders Informationen nicht nur Deutsche behandelt wurden, befand sich vom Haupttor aus gesehen am gegenüberliegenden Ende des Lagers. Zwei Männer der Wachmannschaft waren permanent abgestellt, um Taylors Zimmertüre zu bewachen – wenn Strässli denn akkurate Angaben geliefert hatte.

Die beiden Wachtürme waren überdies nicht besetzt, und ausgeleuchtet war das Lager bei Nacht so gut wie gar nicht. Entweder hatten die Insassen noch nie versucht auszubüxen, oder es war den Schweizern schlichtweg egal, wenn ein paar Deutsche stiften gingen.

Taylor war der einzige Internierte, der mit speziellen Sicherheitsmaßnahmen bedacht wurde. Die Schweizer wollten ihn offenbar um jeden Preis vor dem Erschießungskommando sehen und hatten Sorge, er könnte ihnen weggeschnappt werden. Die Abwehr hatte nämlich das Gerücht gestreut, dass die Amerikaner Taylor haben wollten, was zu einer Verschärfung der Schweizer Sicherheitsmaßnahmen geführt hatte. *Danke dafür, ihr Hunde,* bedankte sich Schneider im Geiste bei seinem Arbeitgeber.

Der Oberfeldwebel wusste und hatte seinen Männern eingebläut, dass sie, sobald sie in die Krankenstation eingedrungen waren, die Zeigefinger nicht allzu locker am Abzug haben durften, denn unter dem Bereitschaftspersonal mochten sich auch deutsche Reichsbürger befinden, die sich freiwillig gemeldet hatten, ihre gefangenen Landsmänner in der Schweiz zu versorgen. Es blieb die Hoffnung, die Schwester der Nachtschicht würde nicht zum Problem werden. Und die Ärzte des Lagers wohnten außerhalb in Hotels.

Was Schneider und seinen Männern ebenfalls zugutekam: Im Fall der Fälle unterlagen die Schweizer Wachsoldaten strengsten Vorschriften, was den Einsatz der Schusswaffe anging. Selbst im Ernstfall mochte es passieren, dass es sich die Schweizer dreimal überlegten, ehe sie tatsächlich ihre Gewehre und Pistolen einsetzen würden. Die Brandenburger hingegen ... nun, es war eben Krieg.

Ein letztes Mal blickte Schneider auf die Zeichnung. Neben der Krankenstation verfügte das Internierungslager über eine große Kantine, eine Sporthalle, einen Grillplatz, überdachte Fahrzeugstellplätze und einen Speicher.

»Wie im Scheiß Urlaub ...«, murmelte der Oberfeldwebel. Schumann nickte stumm. Er hatte sich lange und ausgiebig über die wohligen Lebensbedingungen der deutschen Gefangenen in Moudon aufgeregt, während die Brandenburger als freie Deutsche wie die Waschbären in den Schweizerischen Wäldern hausen mussten.

»Kein Kommentar, Mannerheim?«, unkte Schneider.

»Halt einfach den Rand, sonst stehe ich hier auf, stapfe da rüber und lasse mich Hopps nehmen. Dann mache ich auch Urlaub, bis der ganze Mist zu Ende ist ... genau wie unsere glorreichen Piloten.«

»Keine Sorge. Dich haue ich sofort wieder heraus. Es bleibt keiner zurück.«

»Ja, danke auch.«

»Immer daran denken: Es geht alles vorüber.«

Schneider verstaute die Zeichnung in seiner Manteltasche. Die aktive Wachmannschaft war acht Mann stark, einige weitere Männer des Personals schliefen in den Unterkünften. Sie würden nur bedingt einsatzfähig sein, denn der Zufall hatte beschlossen, den Brandenburgern bei ihrer Mission unter die Arme zu greifen: Einer der Schweizer Soldaten schien Geburtstag gehabt zu haben, weshalb in den Abendstunden des Freitags ein ganzer Pulk gutgelaunter Männer in Zivilklamotten das Lager in Richtung Stadt verlassen hatte. Erst vor 45 Minuten waren sie zurückgekehrt, grölend, wankend und nur noch bedingt Herr ihrer Sinne. Schneider und Schumann waren Zeuge eines heftigen Streits zwischen dem wachhabenden Unteroffizier und den Männern geworden, ehe die Betrunkenen murrend zu ihren Betten schlurften.

Schneider schob vorsichtig die Zeltbahn zurück. Jedes Rascheln des Materials ließ ihn zusammenzucken und innehalten. Die Nacht war ruhig. Die noch an den Bäumen hängenden Blätter knisterten im Wind.

Vorsichtig drehte Schneider seinen Kopf nach links, warf einen Blick über die Straße, die sich als schwarzes Band auf der dunkelgrauen Wiese abzeichnete. Irgendwo auf der gegenüberliegenden Seite lagen Calvert, Dschibril und Blessing verborgen. Schneider gab Calverts Trupp ein kurzes Rotlichtsignal. Die Antwort kam prompt, ein rotes Aufblitzen droben auf der anderen Seite der Straße.

Schneider und Schumann sprangen auf die Beine, wetzten auf das Lagertor zu. Auch Calvert und seine Männer sprinteten los.

Die Schweizer Amateure ließen im Wachlokal sämtliche Lampen brennen, was einen leichten Lichtschimmer auf den Lagereingang warf. Das schwere Eisengittertor war verschlossen, davor pennte der Wachmann, angelehnt an die Wand eines winzigen Wachhäuschens, das sich neben dem Schlagbaum befand. Einfacher hätte es kaum sein können. Der Schweizer Soldat trug eine feldgraue Uniform und ein Koppel mit Munitionstaschen ähnlich denen für das K98k der Wehrmacht. Ein breiter, grauer Helm mit weitem Nacken- und Seitenschutz thronte auf seinem Kopf.

Schneider raste dem Wachmann entgegen, Schumann hinterher. Die amerikanischen Stiefel mit der gummierten Sohle ließen ihn glauben, über den Boden zu schweben, so leichtfüßig bewegte er sich in ihnen im Vergleich zu den Knobelbechern der Wehrmacht. Wenige zehn Meter vor dem Wachposten am Tor ließ Schneider sich ins Gras fallen, blieb reglos liegen. Sein Herzschlag trommelte. Mit wachen Augen fokussierte er den Schweizer Soldaten, der seinen Untergang nicht kommen sah. Ein schlanker, flinker Schatten huschte zum Wachhäuschen. Eine japanische Wakizashi-Klinge blitzte auf, eine Hand legte sich über den Mund des Mannes. Die Klinge verschwand im Fleisch des Opfers. Der Körper des Schweizers zuckte unter dem tödlichen Stoß, ehe er lautlos in sich zusammensackte. Zwei-, dreimal noch stach Dschibril mit seinem japanischen Kurzschwert auf den Toten ein. Jeder Stich wurde mit solch unbändiger Kraft geführt, dass er Zeugnis ablegte von der Wut des Libyers.

Schneider schüttelte den Kopf. Hoffentlich würde Yusuf sich im weiteren Verlauf der Operation unter Kontrolle halten. Es war abgesprochen, keine unnötigen Todesopfer zu fabrizieren, allein schon, weil Zeugen zurückbleiben sollten, die sich an die amerikanischen Angreifer erinnern würden.

Schneider stemmte sich hoch, raste dem Lagertor entgegen. Blessing lief in langen Sätzen über die Straße, erreichte den toten Wachmann. Sofort streifte sich der Brandenburger Helm und Jacke des Schweizers über und stellte sich ins hölzerne Wachhäuschen. Um eine Schweizerische Silhouette abzugeben, sollte das ausreichen. Calvert und Dschibril waren rechts des Tors am Zaun in Stellung gegangen. Mit den Fingern am Abzug nahmen sie das Wachlokal auf der anderen Zaunseite in Augenschein. Nichts rührte sich dort. Niemand schien etwas bemerkt zu haben.

Zügig schlossen Schneider und Schumann zu den beiden auf, gingen am Zaun in die Hocke und brachten ihre Waffen in Anschlag. Schneider klopfte Calvert auf die Schulter, zischelte: »Wire cutter!«

Calvert zückte einen klappbaren Seitenschneider. Mit fixen Handgriffen schnitt er ein Loch in den Maschendrahtzaun, der nur am oberen Ende mit Stacheldraht gesichert war. Es dauerte nur Sekunden, dann waren die vier Männer durch den Zaun geschlüpft und krochen wie die Schildkröten an die einzige Tür des Wachlokals heran.

In Schneiders Rücken war inzwischen Katczinskys Maschinengewehrtrupp aufgelaufen und hielt sich am Loch im Zaun bereit. Auf Schneiders Zeichen hin würden die mit zwei BAR ausgestatteten Männer einmal quer durch das Lager wetzen, um bei den Mannschaftsbaracken der Schweizer in Stellung zu gehen. Lief alles nach Plan, würde Cat keinen einzigen Schuss abfeuern. Im Fall der Fälle allerdings würden die halb betrunkenen und halb schlafenden schweizerischen Soldaten direkt in das Schnellfeuer der Brandenburger hineingeraten, sollten sie auch nur einen Fuß aus ihren Unterkünften heraussetzen.

Schneider hoffte, seine Gruppe würde diese Nummer ohne viel Tamtam durchziehen können. Ihm ging es bei diesem Wunsch nicht um die Schonung der armen Schweizer, sondern einzig um seinen eigenen Vorteil: Je später die Behörden von dem Raid auf das Lager Wind bekamen, desto größer waren die Chancen der Brandenburger, erfolgreich aus dem Land zu fliehen.

Verhaltenes Gelächter drang aus dem kleinen Gebäude der Wachmannschaft. Schneider machte zwei unterschiedliche Männerstimmen aus. Französische Worte. Es ging um Weiber, das konnte Schneider auch ohne Kenntnisse der Sprache heraushören. Das dreckige Männergelächter war eindeutig.

Schneider, Schumann, Calvert und Dschibril postierten sich mit gezückten Waffen vor der Eingangstür. Schneider gab Katczinsky ein Rotlichtzeichen, dessen MG-Trupp daraufhin in die Dunkelheit des Lagers eintauchte. Auf das Lichtzeichen hin verließ auch Blessing seinen Posten, schlüpfte durch das Loch im Zaun, gesellte sich zu seinen Kameraden vor dem Wachlokal.

Schneiders Augen waren auf die Holztür gerichtet. Einer der Wachleute im Inneren hustete lautstark, musste sich mehrfach räuspern. Feine Schweißperlen bildeten sich in Schneiders Nacken und in seinen Handinnenflächen. Der Griff der Grease Gun wurde rutschig. Nur ein Fehler, und er und seine Männer würden vor einem Schweizer Erschießungskommando landen …

»In position, Sarge!«, drang Katczinskys Stimme im Flüsterton aus dem winzigen Funkgerät, das in Schneiders Mantelinnentasche steckte. Der Oberfeldwebel zog das rechteckige Gerät heraus. Unglaublich, was die Amerikaner im Bereich der Elektrotechnik entwickelt hatten, um die Fallschirmjäger für die Invasion Nordfrankreichs bestmöglich auszurüsten. Das Gerät, das ausgestattet war mit einer Stummelantenne, war kaum größer als Schneiders Hand. Dennoch verfügte es bei maximaler Leistung über eine Reichweite von annähernd zwei Kilometer.

»Roger that. Stay sharp!«, wisperte Schneider ins Mikrofon. Er hatte seinen Männern immer wieder eingebläut, wie wichtig es war, ausschließlich auf Englisch zu kommunizieren. Würden die Brandenburger enttarnt werden, brauchten sie gar nicht mehr nach Deutschland zurückzukehren. Halder persönlich würde ihnen den Arsch sperrangelweit aufreißen.

Schneider ließ seinen Blick über die Gesichter der Männer rechts und links von ihm schweifen, die allesamt ihre Maschinenpistolen und Colts auf die Tür des Wachlokals gerichtet hatten. Aus den mit Schuhcreme beschmierten Gesichtern starrten bis aufs Äußerste konzentrierte Augen über Kimme und Korn der Waffen auf die Tür. Yusufs Augen flackerten.

Schneider hob die rechte Hand. Vorsichtig legte er seine Grease Gun auf die Erde, hielt sich das Funkgerät an den Mund und wisperte: »Steve?«

»Yeah«, knackte Schütz' Stimme aus dem Lautsprecher. Schneider hatte die Tonausgabe des Geräts weitestmöglich heruntergedreht, so dass die Stimme aus dem Lausprecher nicht mehr als ein Flüstern im Wind war.

»You ready?«, fragte Schneider vorsichtig.

»You bet your ass ... uh ... Sir«, gab der Gefreite zurück. Schneider musste grinsen. Schütz hatte den Amerikaner wahrlich verinnerlicht.

»Okay, do it!«, forderte der Oberfeldwebel.

»Copy that.«

Schneider hob seine MP auf, richtete sie wieder auf die Tür. Sekunden verstrichen. Alle Augen waren auf den Eingang des Wachlokals gerichtet. Die Waffen zitterten minimal. Die Glieder der Männer waren angespannt, die Zeigefinger ruhten auf dem Abzug.

In der Ferne tat es kaum hörbar einen dumpfen Laut, mehr die Ahnung eines Geräusches. Einen Wimpernschlag später erstarb das Licht im Wachlokal, erstarb mit ihm jede Beleuchtung im gesamten Lager.

»Sakrament!«, drang eine Stimme aus dem kleinen Gebäude. Stühle wurden gerückt, Männer erhoben sich.

Deutsche Stimmen, rauschten die Eindrücke durch Schneiders Kopf. *Damit sind es schon drei Schweizer. Mindestens!*

»Der Strom ist weg«, stellte die Deutsch-Schweizerische Stimme fest. Das Klicken eines Schalters war zu hören, mehrfach. Danach ein unverständlicher Fluch. Der zweite Mann plapperte etwas auf Französisch.

»Ich sehe mal nach dem Trafo«. Jemand näherte sich von innen der Tür. Schneider fasste seine Waffe noch fester. Seine Arme wurden schwer.

Die Türklinke bewegte sich. Das Türblatt öffnete sich. Ganz langsam. Ein langer, dürrer Kerl mit einem Gewehr in der Hand trottete ins Freie, stellte sich in die Mitte des Halbkreises, den die Brandenburger um die Eingangstüre gebildet hatten. Der Wachmann, der vom Dienstgrad Oberwachtmeister war, rümpfte die Nase und zog sich seinen Schal enger um den Hals, als ihn die frische Brise der Nacht erfasste. Die Tür ließ er offenstehen. Mit schläfrigen Augen starrte er in die Nacht hinein, starrte die deutschen Elitesoldaten direkt an, die verborgen in der Finsternis auf ihn lauerten. Der Mann hatte keine Ahnung.

In aller Seelenruhe grummelte der Schweizer etwas, indes zupfte er sich eine Kippe aus der Uniform. Zum Rauchen kam er nicht mehr.

Calvert hatte sich wie eine Schlange an den Mann herangeschlichen. Er schnappte zu wie eine Kobra, schnellte dazu vor, presste dem Wachmann die Hand auf die Lippen. Der Schweizer zuckte zusammen. Blessing riss ihm in diesem Augenblick die Beine weg. Calvert und der Schweizer gingen zu Boden. Im nächsten Augenblick drückte sich der kalte Lauf von Calverts Colt an die Wange des Oberwachtmeisters, der daraufhin die Hände vom Gewehr nahm und erstarrte. Behutsam schob Blessing das Gewehr beiseite.

»Ein Wort und ich mache dich tot!«, zischelte Calvert mit bedrohlicher Stimme, wobei er einen schlechten amerikanischen Akzent imitierte. Der Leib des Oberwachtmeisters war aufs Äußerste angespannt, er nickte ängstlich. Mit einem Mal erfüllte der scharfe Geruch von Urin die Luft.

Schneider rupfte sich den Handschuh von der rechten Hand und zeigte seinen Männern drei Finger. Er klappte den ersten ein. Dann den zweiten. Dann den letzten. Blessing und Schumann stürzten mit vorgehaltener Maschinenpistole ins Wachlokal.

»FREEZE!«, brüllte Schumann.

»Händen rauf, alle!«, plärrte Blessing, der sich ebenso an einem amerikanischen Akzent versuchte.

Schneider hechtete durch die geöffnete Tür. Er fand sich in einem Flur wieder, von dem aus drei Türen in die einzigen Räume des kleinen Gebäudes führten. Rechter Hand befand sich ein Toilettenraum, geradeaus der Aufenthaltsraum der Wache. Links ging es durch eine weitere Tür in die Schlafstube für das aktive Wachpersonal. Schneider sah in der Dunkelheit nicht mehr als Schatten. Schemenhaft erkannte er Schumann, der im Aufenthaltsraum einen Schweizer auf einen Tisch drückte. Allerlei Gegenstände klimperten zu Boden.

»Room clear«, brüllte Schumann.

Schneider schaltete seine Rotlichttaschenlampe ein. Er packte die Türklinke zu seiner Linken, betätigte sie, stürmte in den Raum. Dschibril stürzte ihm nach.

Direkt vor ihm ein Tisch. Zwei Stühle. Rechts an der Wand zwei dreistöckige Etagenbetten in einer Reihe. Es müffelte nach Schweiß und Socken. Die jeweils oberen Matratzen waren belegt. Zwei verschlafene Wachsoldaten lugten unter dicken Wolldecken hervor. Sie kniffen die Augen zusammen, als Schneider ihnen mit dem roten Licht ins Gesicht leuchtete. Es war ein Leichtes, die noch halb schlafenden Männer zu überwältigen.

Die Schweizer Gefangenen wurden im Aufenthaltsraum zusammengetrieben. Blessing, der einen kleinen Rucksack bei sich trug, kramte darin nach Handschellen. Zusammen mit Schumann fixierte er die Hände der Schweizer hinter dem Rücken. Keiner der Gefangenen sprach ein Wort. Die Gesichter waren von blanker Angst gezeichnet.

Schneider konnte den Männern ihre Angst nicht verübeln. Woher auch sollten Schweizer Soldaten, die seit Ewigkeiten in Frieden und im Überfluss vor sich hinlebten, Krieg und Gewalt kennen? Die Brandenburger hingegen waren kampferprobte Elitesoldaten, gestählt durch ihr tägliches Geschäft mit dem Tod. Gegensätzlicher konnten zwei Parteien nicht sein.

Schneider lehnte sich für einen Moment im Flur gegen die Wand, indes scheuchte Calvert seinen Gefangenen zu den anderen in den Aufenthaltsraum.

Schneider schloss die Augen, horchte. Leise wimmerten die Gefangenen, doch sonst war nichts zu vernehmen. Ihr kleiner Raid auf das Wachlokal schien keine weitere Aufmerksamkeit erregt zu haben – anderenfalls würden längst die BAR-Maschinengewehre sprechen. Schneider gab sich für einen Augenblick dem wummernden Herzschlag in seiner Brust hin. Erst jetzt merkte er, wie sehr ihn der Zugriff unter Strom gesetzt hatte. Und die Sache war noch lange nicht vorüber.

Schneider zückte sein Funkgerät, meldete Katczinsky den Erfolg. Danach pfiff er Calvert heran. »We move on«, blaffte er ihn an.

Calvert verzog das Gesicht. »You recognized that we only have five assholes? Plus the two with the German make seven, not eight!«, erwiderte der Gefreite. *Dir ist aufgefallen, dass wir nur fünf Arschlöcher geschnappt haben? Plus die beiden bei dem Deutschen macht sieben, nicht acht!*

Das war Schneider nicht entgangen, doch er hatte keine Zeit für lange Frage-Antwort-Spielchen. Und geradeheraus durfte er die Gefangenen auf keinen Fall nach dem achten Mann fragen. Auf diese Weise würde er preisgeben, dass er um die Stärke der Wachmannschaft wusste. Findige Ermittler konnten mit solch einer Information allerhand anfangen, mochten vielleicht sogar die Informanten der Abwehr aufspüren. In diesem Fall würde die ganze Aktion als eine deutsche auffliegen.

»I know«, erklärte Schneider daher knapp. »We move! If we face problems, use your problem solver.« *Ich weiß. Wir machen weiter. Wenn wir auf Probleme stoßen, nutzen wir unseren Problemlöser.* Schneider tippte Calvert gegen dessen Maschinenpistole. »To the rest of the squad: Stay here, keep an eye on the prisoners. Don't kill the bastards.« *An den Rest: Bleibt hier, bewacht die Gefangenen. Tötet die Bastarde aber nicht!*

Schneider und Calvert entschwanden in die Dunkelheit. Sie liefen quer durch das Lager zur anderen Seite. Die Zäune und Gebäude lagen gespenstisch ruhig da. Kein Mensch schien etwas von dem Überfall der Brandenburger mitbekommen zu haben.

Sie liefen an einem mehrstöckigen Bauwerk vorbei, das sich rechts von ihnen als dunkelgrauer Klotz aus der Finsternis schälte. Es handelte sich um einen der Blöcke, in denen die Gefangenen untergebracht waren. Schumanns Zeichnung, die Schneider gut im Kopf hatte, half ihnen, sich in dem übersichtlichen Lager zurechtzufinden. Die beiden Brandenburger überquerten schließlich eine befestigte Straße. Sie fanden sich vor einem flachen Gebäude wieder, dessen Vorhof mit hüfthohem Gewächs bepflanzt war.

Schneider und Calvert gingen rechts und links der Eingangstür in Stellung. Der Oberfeldwebel griff sich in den Stiefel, zog ein Klappmesser hervor. Das

Metall der Schneide glänzte im Mondlicht, als Schneider die Klinge aus dem Griff schnellen ließ.

»No prisoners here«, zischte er. Schneiders Zähne leuchteten in der Dunkelheit. »Except the nurse.«

»So, we do it German style this time, Sarge?«, unkte der Südafrikaner.

Strässlis Informanten hatten weder Blaupausen der Krankenstation auftreiben können noch hatten sie in Erfahrung gebracht, wie die Wache im Inneren organisiert war. Schneider schätzte, dass es einen Posten vor Taylors Zimmertür gab, zusätzlich einen Mann als Ablöse. Im Idealfall würden beide vor lauter Pflichtbewusstsein pennen. Schneider kannte ein solches Verhalten aus seiner Zeit als einfacher Landser nur zu gut. Damals hatte auch er jede Möglichkeit schamlos ausgenutzt, sich selbst das Leben leichter zu machen.

Calvert legte die Hand auf die Türklinke, drückte sie sachte nach unten. Mit einem Klacken, das so laut war, dass es Schneider zusammenzucken ließ, sprang das Türblatt aus dem Schloss. Calvert öffnete die Tür einen Spalt, zwängte sich hindurch. Schneider glitt hinterher.

Sie fanden sich auf einem langen Flur wieder, rechts und links dutzende Türen. Es war stockdunkel. Aus einem der zahlreichen Zimmer drang dumpf ein Schnarchen.

Dank Strässli kannten die Brandenburger Taylors Stubennummer: *021*. Calvert tippte Schneider auf die Schulter, deutete mit Rotlicht nach rechts auf das erste Türschild: 001. Gleich die nächste Tür dahinter wies die 003 aus. Schneider blickte den langen, finsteren Flur hinunter. Alles war nur schemenhaft zu erkennen. Graue Flächen, die ineinander verschwammen. Beherzt setzte er einen Fuß vor den anderen, hielt sein Messer fest umschlossen. Die Maschinenpistole baumelte am Gurt. Nahezu geräuschlos schlichen die beiden Brandenburger den Gang hinunter. Die gummierten US-Stiefel leisteten ihnen dabei gute Dienste. Schneider konnte den eigenen Puls in seinem Kopf hören.

Ein unterdrücktes, leises Stöhnen zog mit einem Mal durch den Flur. Schneider und Calvert erstarrten. Hochkonzentriert sondierten sie die Finsternis. Calvert ließ den roten Lichtkegel seiner Lampe einmal von links nach rechts schweifen. Nichts. Absolut nichts. Das schwache Rotlicht wurde aber auch schon nach wenigen Metern von der Düsternis absorbiert.

Wieder erklang ein leises, langgezogenes Stöhnen. *Ein Patient mit Schmerzen?*

Schritt für Schritt schoben sich Schneider und Calvert durch den Flur. Sie blieben in ständigem Körperkontakt. Schneider hielt das Messer stichbereit in seiner Rechten, Calvert richtete MP und Lampe nach vorn. Es folgte Tür auf Tür. 007 … 009.

Wieder ein Stöhnen. Dieses Mal lauter, lebhafter. Es kam aus den Untiefen des Flurs, der Schneider in der Dunkelheit wie ein alles verschlingender Moloch vorkam. Ein metallisches Knacken begleitete das Stöhnen. Beständig knarzte es nun, ganz leise, kaum hörbar. Dazu wieder und wieder ein unterdrücktes Stöhnen. Unter Schneiders Handschuhen sammelte sich Schweiß. Ihn befiel mit einem Mal die Angst, sein Messer fallen zu lassen. Er fasste den Griff, so fest er konnte.

Schulter an Schulter schoben sich die beiden Elitesoldaten durch den Gang, Meter für Meter. Calvert hatte sich die Grease Gun in die Schulter gedrückt, den Finger auf den Abzug gelegt. Kimme und Korn wiesen nach vorn. Behutsam arbeiteten sich die beiden Soldaten den Flur entlang, arbeiteten sie sich unweigerlich dem Stöhnen und Knarzen entgegen. Wenngleich die Geräusche lauter wurden, waren sie noch immer kaum auszumachen. Schneider musste schon ganz genau hinhören, um sie überhaupt wahrzunehmen.

Die beiden erreichten eine Tür, die einen Spalt geöffnet war. Ein Minimum an Licht drang durch den Türspalt auf den Flur. Die Geräusche kamen zweifelsohne aus diesem Zimmer. Schneider zückte seine Taschenlampe, deckte mit der Hand die Lichtquelle ab und ließ einen kaum merklichen Schimmer Rotlicht über das Türschild scheinen. *013. Wachtstube.*

Calvert drückte sich neben dem Türrahmen gegen die Wand. Schneider gleich dahinter, sodass er auf Körperkontakt zu seinem Kameraden blieb. Ganz vorsichtig lugte Calvert vor, spähte durch den Türspalt in den Raum hinein. Zwei, drei Sekunden vergingen. Calvert zog den Schädel wieder ein, drehte sich zu Schneider um, grinste wie ein Honigkuchenpferd. Schneider nickte. Calvert verstand. Der Südafrikaner huschte, ohne einen Laut von sich zu geben, auf die andere Seite des Türrahmens, zupfte sich den Handschuh von der rechten Hand und zeigte Schneider zur Bestätigung den Daumen.

Schneider presste seinen Leib gegen die Wand. Mit der freien Hand drückte er sich die Grease Gun gegen die Hüfte, damit diese nicht gegen den Putz schlug. Die andere hielt das Messer. Unnachgiebig knarzte es in dem Zimmer, dann ein gedämpftes Stöhnen, als würde jemand ein Gähnen unterdrücken. Knarzen, stöhnen. Knarzen, stöhnen. Schneiders Nerven waren zum

Zerreißen gespannt. Der Oberfeldwebel schickte sich an, selbst einen Blick durch den Türspalt zu werfen. Sachte schob er den Kopf vor, bis seine Augenpartie über das Holz des Türrahmens hinausblickte.

Der Raum war winzig. Eine schwache Lichtquelle beschwor ein schauriges Schattenspiel auf Mobiliar und Wänden. Gegenüber der Tür stand ein Etagenbett an der Wand. Die untere Matratze war nicht bezogen, doch auf der oberen Etage lag jemand. Der Körper hob und senkte sich langsam und gleichmäßig. Der Mann schlief. Schneiders Augen wanderten langsam nach rechts, den gekachelten Bodenfliesen folgend. Plötzlich stockte er. Für eine Sekunde blieb Schneider die Luft weg. *Unglaublich!*

Er konnte ein fettes Grienen nicht unterdrücken. Auf dem Boden lagen allerlei Klamotten verstreut: eine schweizerische Uniform, Kampfstiefel und Koppel ebenso wie ein weißer Kittel, ein dunkler Büstenhalter und ein Damenhöschen. Rechts an der Wand ein Einzelbett. Und darin lag ein gar *merkwürdiges* Wesen mit zwei Rücken. Der entblößte Körper der Frau war tief in Matratze und Decken gedrückt, ihre Beine um die Hüften des Liebhabers geschlungen. Der junge Mann lag obenauf, angespannt wie ein Brett, beide Hände ins Kissen verkrallt. Gleichmäßig und schwach stieß der Junge mit geschlossenen Augen zu. Auch die Frau presste ihre Lider zu, biss sich auf die Unterlippe.

Schneider verschwand wieder hinter den Schutz des Türrahmens. Auch er zog sich den Handschuh von der rechten Hand, fasste sich dann mit dem Daumen an die Nase, ballte die Hand zur Faust und wies damit auf die Tür.

»Quick and easy«, flüsterte er.

*

Taylor öffnete die Augen, als die Tür, die in sein Krankenzimmer führte, mit lautem Wumms zugedonnert wurde. Der deutsche Unteroffizier, der mit einem Einzelzimmer samt vergittertem Fenster bedacht worden war, streckte langsam den Oberkörper in die Höhe. Ein höllischer Schmerz blitzte in seiner Schulter auf.

Taylors Wunden waren noch lange nicht verheilt. Sein Körper hatte stark abgebaut durch die schweren Verletzungen sowie die Monate, in denen er ans Bett gefesselt war. Immerhin versorgten ihn die Schweizer ausreichend. Vor allem wurde er im Internierungslager Moudon zum Teil von deutschen

Ärzten und Schwestern behandelt, was ihm ein schwaches Gefühl der Geborgenheit gab. Wenn jemand auf Hochdeutsch oder selbst mit bayrischem oder märkischem Dialekt mit Taylor sprach, verließ ihn zumindest für einen Moment das Gefühl, ein Gefangener in der Fremde zu sein.

Taylor war sich dabei seiner Lage durchaus bewusst. Die Schweizer bereiteten den Prozess gegen ihn vor, an dessen Ende nur ein möglicher Richterspruch stehen konnte: Taylors Todesurteil. Das entsprechende Militärtribunal war für Januar angesetzt. Auf Hilfe aus der Heimat durfte Taylor nicht hoffen. Gefasste Spione galten als verbrannt, die Abwehr leugnete Taylors Existenz. Für die deutsche Politik war er ein privater Einzelgänger, der in der Schweiz Amok gelaufen war. Er hatte das Risiko von Anfang an gekannt. Nun hatte er die Konsequenzen zu tragen.

Beinahe … ja, beinahe fieberte er seinem Tod sogar entgegen. Seine Enttarnung, seine vermasselte Flucht … Taylors Leben war verwirkt. Und Luise … Taylor bekam jedes Mal feuchte Augen und Herzrasen, wenn er an die Frau seines Lebens dachte – vor allem, wenn die Erinnerungen an jene Ereignisse hochkamen, mit denen ihre Beziehung ein Ende gefunden hatte … wenn er sich erinnerte, was er ihr angetan hatte. Es gab Momente, da konnte Taylor sein eigenes Ende kaum mehr erwarten. Doch die Zeit kroch förmlich dahin, seitdem er in Moudon festgehalten wurde.

Die Schweizer verstanden es, ihn von allen anderen Gefangenen abzuschirmen. Er hatte ein eigenes Bad mit Toilette, durfte sein Krankenzimmer niemals verlassen. Er stand zudem unter ständiger Bewachung.

Taylor sah den Schweizer Wachmann nur in Umrissen, der sich mit seinem Körper von innen gegen die Zimmertüre stemmte. Mit geradezu panischen Bewegungen betätigte er wiederholt den Lichtschalter, ohne dass sich etwas tat. Schließlich fummelte sich der Mann an den Taschen seiner grauen Feldbluse herum. In der Hektik entglitt ihm das Gewehr, das scheppernd zu Boden ging.

»Putain de Merde …«, fluchte der junge Soldat. Er zerrte an einem kleinen Gerät, das sich in seiner Tasche verheddert hatte.

Vom Flur her drangen laute Geräusche in die Stube. Ein spitzer Frauenschrei erklang, der abrupt abbrach. Etwas klirrte und schepperte. Gestöhne und Gebrüll. Ein Körper schien mit Gepolter zu Boden zu gehen. *Ein Kampf!*

Der verzweifelte Wachmann schaltete eine Taschenlampe ein. Das grelle Licht schnitt durch die Dunkelheit. Taylor erkannte die Panik in dem Gesicht des Mannes. Er richtete sich ein Stück weiter auf, sein Bett knackte dabei. Der Schweizer zuckte zusammen wie ein Rehkitz, grapschte das Gewehr, richtete es mit flinker Bewegung auf Taylor.

»DU RÜHRST DICH KEIN STÜCK, SCHWABE!«, brüllte er Taylor mit starkem französischem Akzent an. Der Wachmann zählte keine 20 Lenzen, ein blutjunger Hund, der sich sicherlich etwas Besseres als Aktivdienst vorstellen konnte. Taylor hob symbolisch die Hände. Ein heftiger Schmerz jagte durch seine Schulter.

Auf dem Flur ging die Keilerei weiter. Ein paar dumpfe Schläge, ein unterdrücktes Ächzen, daraufhin ein lauter Schlag, ein Knacken, ein Gurgeln. Plötzlich Stille. Unerträgliche Stille.

Taylor wischte sich die schlaftrunkenen Augen, sein Bewacher zuckte bei der Bewegung des Deutschen ein weiteres Mal zusammen, ließ vor Schreck die Taschenlampe fallen. Der kleine Kasten klatschte auf die Fliesen. Das Licht war augenblicklich weg. Taylor sah nichts als dunkle Flächen.

»Bon Dieu de Merde ...«, entfuhr es dem Schweizer. Der Mann hatte hörbar Angst. Er fluchte, um sich Mut zu machen. Er bückte sich, tastete mit den Fingern nach der Taschenlampe.

Taylor war noch gar nicht dazu gekommen, seine Gedanken zu sortieren, da wurde die Tür zum Krankenzimmer brutal aufgestoßen. Eine großgewachsene Gestalt sprang ins Zimmer, packte den über die Fliesen krabbelnden Schweizer und stieß ihm eine Klinge in die Schulter. Der Schmerzensschrei des Wachmanns war markerschütternd, doch er wehrte sich augenblicklich. Er ruderte mit beiden Armen, löste dadurch den Angreifer vom Messer, das in seiner Schulter stecken blieb. Der Schweizer verkrallte sich in den Beinen seines Gegners, riss ihn zu Boden. Beide rangen erbittert miteinander. Ein Stiefel stieß gegen die Taschenlampe, kickte sie durch das Zimmer. Plötzlich brannte sie wieder. Der Lichtkegel tanzte wild durch den Raum, verwob die beiden Kämpfenden in ein flackerndes Lichtspiel. Der Schweizer schien die Oberhand zu gewinnen, thronte auf dem Angreifer, würgte den Mann. Mit einer Hand schlug er seinem Gegner mehrmals ins Gesicht. Nun war es der Angreifer, der verzweifelt mit den Armen ruderte. Urplötzlich stand eine zweite Gestalt im Türrahmen. Eine Klinge blitzte im Lichtgewitter der flackernden Taschenlampe auf. Zielsicher rammte der Fremde sie dem Schweizer in die Kehle, schnitt dem Mann den ganzen Hals auf. Der junge Wachmann gurgelte einen blubbernden, erstickten Laut, ehe er, beide Hände an der Schnittwunde, auf dem ersten Angreifer zusammensank. Der schüttelte den zuckenden, sterbenden Schweizer ab.

Taylors Hand wanderte langsam, ganz langsam, unter den Bezug seines Kopfkissens. Er hatte so etwas ja erwartet. Er hatte es geahnt, dass es die verdammten Schluchtenscheißer nicht auf einen Prozess ankommen lassen würden, wo immerhin die theoretische Gefahr bestand, dass Taylor mit weniger als der Todesstrafe davonkam. Nun hatten seine lieben Freunde aus der Schweiz also tatsächlich ein Tötungskommando losgeschickt, hatten in Absprache mit der Wache noch eine nette Vorstellung gegeben und würden Taylor dabei helfen, »seinen Verletzungen zu erliegen«.

Sein Oberkörper blieb starr, die Augen auf die beiden Fremden gerichtet, die nur schemenhaft in der Dunkelheit zu erkennen waren. Taylors Hand tastete sich behutsam ins Innere seines Kissens vor. Sie fand die rasiermesserscharfe Klinge, die er in mühevoller Kleinstarbeit aus einem Metalllöffel gefeilt hatte. Er umschloss die improvisierte Waffe mit seinen Fingern, zog die Hand aus dem Bezug und legte sie neben seine Hüfte auf das Laken, verborgen unter der Decke.

Ja, es mochte Augenblicke in Taylors Leben geben, in denen er sich den Tod wünschte. Dieser Augenblick gehörte nicht dazu. In diesem Augenblick obsiegte sein Überlebenstrieb. Thomas Taylor würde sich nicht von einer Bande besserer Freizeitsoldaten hinrichten lassen.

Die beiden Gestalten hatten sich Taylor zugewandt, schritten rechts und links an sein Bett heran. Feine Schweißperlen standen auf Taylors Stirn. Er versuchte, die Angreifer in der Dunkelheit im Blick zu behalten. Sie hatten ihn eingekreist. Einer rechts, einer links.

Taylor schnellte vor, hieb nach rechts. Er spürte sofort, dass sich seine Klinge durch Fleisch wühlte. Der Getroffene sprang zurück an die Wand.

»Scheiße!«, brüllte er, hielt sich den Unterarm. Taylor fuhr zu dem Fremden auf der linken Seite herum.

»Halt, Thomas!«, sagte der in diesem Augenblick, die Hände hochgerissen.

Taylor stockte. Taylor hielt inne. Die Stimme ... diese Stimme. Taylor begann, am ganzen Körper zu zittern.

»Pan ... Pantelis?«, flüsterte er ungläubig.

»Ja, Junge!«

»Und Jack Calvert ...«, stöhnte die Gestalt rechts von Taylor. Schmerz lag in seiner Stimme. »Dein alter Kumpel Jack, du dummes Arschloch!«

Taylor entglitten die Gesichtszüge. Er war froh um die Dunkelheit, denn so konnten seine Kameraden – seine Freunde – nicht sehen, dass er feuchte Augen bekam. Er raffte sich auf, sprang aus dem Bett, unterdrückte den Schmerz, warf sich Schneider an den Hals. Noch nie im Leben war er so glücklich gewesen wie in diesem Augenblick ... ausgenommen seine Zeit mit Luise.

Taylor und Schneider klopften sich gegenseitig ab, erfassten einander an den Hinterköpfen, drückten ihre Gesichter gegeneinander. Sie mussten schließlich lachen. Schneider trat einen Schritt zurück und hinein in den Lichtkegel der nun ruhig daliegenden Taschenlampe. Seine schwarzen Klamotten glänzten vor Blut. Dass es wahrhaftig Schneider war, erkannte Taylor erst auf den zweiten Blick, denn das Gesicht seines alten Gruppenführers war mit Ruß geschwärzt.

»Alles in Ordnung?«, fragte Taylor.

»Klar. Ist nicht meins. Das Blut, mein ich. Es gab ein kleines Handgemenge. Jack, bei dir alles im Lot?«

Calvert stieß einen unterdrückten Schmerzlaut aus, ehe er meckerte: »Erst bekomme ich von diesem Gigolo eine verprellt und dann auch noch von Taylorchen. Ich brauche Urlaub!«

»Hast du doch gerade. Was willst du mehr? Schweizer Alpen, Waldspaziergänge ...«

»Fuck you.«

»Right. Back to English!«

*

Schneider hatte keine Zeit, seinen alten Kameraden umfänglich einzuweisen. Erst einmal mussten die Brandenburger zusehen, dass sie Land gewannen, denn in Bälde würde ihr kleiner Coup auffliegen. Und dann würde sich jeder gottverdammte Schweizer Polizist und Soldat an ihre Fährte heften.

Fluchtartig verließen die drei die Krankenstation. Calverts Verletzungen waren glücklicherweise nur oberflächlicher Natur. Er fluchte in einer Tour. Und Taylor ... Taylor war ziemlich wackelig auf den Beinen, doch er konnte laufen.

Im Eiltempo begaben sich die drei Brandenburger auf den Weg zurück zum Wachlokal. Taylor keuchte fürchterlich. Seine Atmung rasselte. Schneider stützte ihn.

Plötzlich knackte das Funkgerät.

»Sarge?«, ertönte Blessings Stimme aus dem Lautsprecher.

»I read you.«

»Where are you?« Blessings Frage wurde von einigem Gebrüll beinahe übertönt, das ebenfalls aus dem Lautsprecher drang. *Wo bist du?*

Schneider stutzte. Taylor war sichtlich dankbar für die Pause. Der Unteroffizier ging in die Hocke, rang nach Luft.

»What's wrong?«, verlangte Schneider zu erfahren. *Was ist los?*

»Ähem … we've got a … a situation over here.« *Wir haben hier eine … eine Situation.*

»*Okay …*«

»You better come. Please hurry.« *Besser, du kommst. Bitte beeile dich.*

Schneider beschlich ein ganz, ganz mieses Gefühl. Er funkte Katczinsky an, forderte einen Lagebericht. Beim MG-Trupp sei alles ruhig, meldete der. Noch hatte niemand den Überfall der Brandenburger bemerkt. Schneider befahl Cat, bis auf Höhe des Lagertors zurückzufallen. Der alte Unteroffizier bestätigte die Order mit einem Grunzen.

Schneider, Calvert und Taylor huschten durch die Finsternis, die das Lager vereinnahmte. Noch etwa drei Stunden lang würden die Brandenburger von der Dunkelheit profitieren. Zeitgleich mit Katczinskys Trupp erreichten sie das Wachlokal. Schneider ließ die MG neben der Straße in Position gehen, eines auf das Lagerinnere und eines auf die Zufahrtsstraße gerichtet.

Der Oberfeldwebel trat auf das Wachlokal zu, Calvert folgte ihm wie ein Schatten. In weiter Ferne heulte eine Sirene. Schneider biss sich auf die Unterlippe, spürte wieder seinen rasenden Puls. Sicherlich hatte jemand Schütz' Sprengstoffeinsatz mitbekommen und gemeldet. Die Zeit rannte ihnen davon …

Schneider wurde von leidenschaftlich und lautstark miteinander diskutierenden Stimmen aus seinen Gedanken gerissen. Die Geräusche kamen aus dem Wachlokal, dessen Tür geschlossen war. Zweifelsohne spielte sich im Inneren ein Streit ab. Der Gruppenführer ließ die Grease Gun am Trageriemen baumeln, ergriff die Türklinke, betrat das kleine Gebäude. Calvert folgte. Lautes Gebrüll schlug ihnen entgegen.

Unglaubliche Szenen spielten sich im Inneren ab. Schneider stieg die blanke Wut zu Kopfe, als er in den Türrahmen zum Aufenthaltsraum trat und den ganzen Wahnsinn mit eigenen Augen sah. Blessing und Schumann leuchteten Weißlicht mit ihren Taschenlampen, sodass die Geschehnisse für Schneider gut zu erkennen waren: Drei geknebelte Wachleute knieten rechts an der Wand. Der vierte Schweizer lag unterm Tisch in einer im Schein der Lampen glänzenden Lache. Schumann stand mit verzweifeltem Gesichtsausdruck vorm Fenster, eine Hand umklammerte den Griff seines Colts, die andere seine Lampe. Blessing stand links an der Wand. Er brüllte und flehte im Wechsel, sein Garand-Gewehr im Anschlag. Und Yusuf … Yusuf … er war derjenige, auf den Blessing seine Waffe richtete.

Yusuf Dschibril hatte den Schweizer Oberwachtmeister in seiner Gewalt. Drohend drückte er dem Mann seinen japanischen Dolch an den Hals, dass bereits die oberen Hautschichten aufgerissen waren. Eine feine Blutlinie rann dem Schweizer den Hals herab und in die Feldbluse. Das Gesicht des Mannes war von Angst zerfressen. Aus Yusufs Miene sprachen Entschlossenheit und Hass. Seine Gesichtszüge waren starr. Wütend stierten seine Augen Blessing an. Yusuf war endgültig übergeschnappt. Schneider war entsetzt zu sehen, dass Emotionen und das offenbar religiös bedingte Rachebedürfnis aus dem guten Soldaten Dschibril einen planlosen Mörder gemacht hatten.

Yusuf höhnte, dass Blessing ja doch nicht schießen werde. Blessing plärrte, flehte, raunzte den Libyer an, von dem Schweizer abzulassen.

Schneider zitterte vor Zorn. In seiner Brust brodelten die Gefühle, köchelte die Wut, die seine cholerische Ader zum Pulsieren brachte. In seinem Kopf überschlugen sich die Gewaltfantasien. Die Schweizer waren Schneider scheißegal. Er hatte in der Krankenstation selbst zwei von ihnen erledigt. Er wusste natürlich, dass sich das Deutsche Reich mit der Schweiz nicht im Krieg befand, weshalb die Ausschaltung der Wachleute und der möglicherweise deutschen Sanitäterin strenggenommen als Morde galten. All das war für Schneider zweitrangig. Für ihn zählte nur ein einziger Umstand, nämlich der, dass Dschibril seine Befehle missachtete und die ganze Gruppe in Gefahr brachte.

»No one will miss fucking Schweizers!«, proklamierte Yusuf in mäßigem Englisch. »You Kafir don't understand, but I have to revenge my brother!« *Niemand wird die verfluchten Schweizer vermissen. Ihr Ungläubigen versteht nicht, dass ich Rache für meinen Bruder üben muss!*

Blessings Miene explodierte förmlich vor Unverständnis.

»You don't even understand your own religion!«, polterte der Gefreite, der belesener und intelligenter war als alle anderen Brandenburger von

Schneiders Gruppe zusammen. »What is your plan? Kill every godforsaken Swiss?« *Du verstehst nicht einmal deine eigene Religion! Was ist dein Plan? Jeden verdammten Schweizer umbringen?*

»As many as possible«, antwortete Yusuf.

»YOU STOP RIGHT HERE, SOLDIER!«, plärrte Schneider mit einem wahren Donnerschlag in der Stimme. *Du lässt das sofort bleiben, Soldat!*

»No«, wisperte Dschibril. Er drückte dem Schweizer Oberwachtmeister den Dolch einige Millimeter tiefer in den Hals. Der Mann zuckte, brabbelte etwas Unverständliches in seiner Angst.

»You bloody moron ...«, zischelte Schneider mit bedrohlicher Stimme. »Leave that man alone! THIS IS AN ORDER!« *Lass den Mann in Ruhe. Das ist ein Befehl!*

Yusuf grinste mit einem Mal wie eine Katze, ein gefährliches Zucken umspielte die Augen des Libyers. Der Mann war dem Wahnsinn verfallen.

»Ich werde ...«, erwiderte Dschibril mit sachlicher Stimme auf Deutsch, »... ich werde diese Männer zum Schaitan jagen, für Rache an mein Bruder. Allah verlangt das! Du magst wollen oder nicht, Oberfeldwebel Schneider!«

Schneiders Augen weiteten sich. Die Wut in ihm vertausendfachte sich. Sein Zorn ergoss sich wie höllenheiße Lava über seinen Geist, ließ ihn innerlich köcheln wie einen Kochtopf über dem Feuer, in dem sich ein solcher Druck entwickelt hatte, dass er drohte, den Deckel abzusprengen.

»Nun kennen Schweizer dein Name. Nun muss ich töten! Richtig, Schneider?«

Schneider bebte. Schneider brodelte. Seine Hände vibrierten. Sein Geist beschäftigte sich in diesem Augenblick mit grauenhaften Szenarien. Alle Augen richteten sich auf ihn. Die Schweizer wimmerten. Calvert biss die Zähne aufeinander, starrte Dschibril flehend an.

Und Schneider reagierte. Er griff an sein Holster, zückte den M1911 Colt, legte an, schoss. Die Kugel bohrte sich unterhalb des linken Auges in Yusufs Schädel, schlug dem Libyer durchs Gehirn, platzte ihm aus dem Hinterkopf, jagte in die Wand des Wachlokals. Rote Gewebefetzen verteilten sich rings um den aufgesprengten Putz. Yusufs Leib klappte zusammen wie ein Kartenhaus im Wind.

Schneider blickte mit zu Schlitzen zusammengekniffenen Augen in die Runde. Blessing, Schumann, die Gefangenen, auch Calvert starrten mit Entsetzen auf den blutigen Schwall, der Dschibril aus der Kopfwunde sprudelte.

»Lasst euch das zur Warnung sein!«, brüllte Schneider. »Ihr alle! Das passiert, wenn ihr meine Befehle missachtet!« Er wies mit dem Lauf der Pistole auf den Leichnam Yusufs. »Und bevor einer von euch Pfeifen glaubt, ich könnte es nicht: Seht her, ich kann es! Und ich darf und muss es sogar tun in Ausnahmesituationen wie dieser, in denen kein Kriegsgericht greifbar ist!«

Sekunden verstrichen. Schneider meinte, dass Stimmen im Lager laut wurden. Katczinsky meldete sich über Funk, fragte mit erregter Stimme nach der Lage und berichtete, dass die ersten Männer aus den Blöcken stürzen würden. Ob es sich um Gefangene oder Wachen handelte, vermochte er nicht zu sagen. Sie mussten gehen … JETZT.

Calvert starrte ungläubig auf den toten Dschibril, auf den Blessing das Licht seiner Lampe gerichtet hielt. Schumann blickte Schneider an, deutete dann vielsagend auf die schweizerischen Gefangenen. Der Oberfeldwebel verstand die Geste … die verzweifelten Wachmänner, denen die Tränen über die Wangen liefen, verstanden ebenso.

»Nous n'avons rien vu«, bekräftigte einer von ihnen. Die anderen nickten emsig. »Nous n'avons rien vu … s'il vous plaît … n'avons rien vu!«, flehte er.

Schneider zitterte am ganzen Leib. Seine Gedanken jagten einander.

Blitzartig riss er den Arm hoch, zielte, drückte ab. Den gefesselten Schweizern explodierten Blutfontänen aus den Oberkörpern. Ihre Leiber klatschten auf den Fliesenboden. Sechs Schüsse, vier Tote. Der Verschluss von Schneiders Pistole arretierte in hinterer Stellung. Feiner Rauch stieg aus dem Lauf der Waffe auf.

»What's the situation? WE HAVE TO GO!«, schallte Cats Stimme durch den Äther.

Schneider befahl Calvert, Dschibrils Leichnam aufzunehmen. Der Südafrikaner beschwerte sich fürchterlich, was Schneider wütend unterband. Seine Befehle hatten nicht angezweifelt zu werden!

»Hell yeah, we go!«, brüllte der Oberfeldwebel und trieb seine Männer aus dem Wachlokal.

Schitomir, Sowjetunion, 01.11.1944

Der Tag neigte sich dem Ende zu, war von der Finsternis fast verschluckt worden. Der Stundenzeiger der hölzernen Wanduhr quälte sich der Zwölf entgegen. Ein Gemisch aus würzigem Tabak, Rauch und dem Duft von frisch aufgebrühtem Früchtetee vermengte sich in der Luft zu einer wohlriechenden Geruchskulisse. In dem kleinen Lehmofen neben der Tür knackten Holzscheite, die von den Flammen zerfressen wurden. Es war wohlig warm in der kleinen Stube, indes klopfte die russische Winterkälte mit eisigen Fingern gegen das Fenster.

Generalfeldmarschall Erich von Manstein, eingesetzt als Oberbefehlshaber aller kämpfenden Truppen an der Ostfront, war in ein Dokument vertieft, das Ausschlag gab über die Ist- und Soll-Stärken seiner schnellen Verbände. Überall fehlte es an Material, an ausgebildetem Personal, an Betriebsstoffen. Milchs große Jägeroffensive gegen den Westen forderte ihren Preis. Die Flieger verbrauchten Treibstoff im Rekordtempo und die Zuteilungen für das Heer wurden immer knapper. Schon jetzt verfügte die Masse der Verbände nur über eine Einsatzreserve für 14 Tage. Ein Grund mehr, Halders Wahnsinn die Stirn zu bieten.

Immer wieder setzte von Mansteins Herz einen Schlag aus. Die Gedanken des alten Offiziers schweiften dann vom Papier ab und beschäftigten sich mit den Ereignissen des Tages. Keine Frage, von Manstein war nervös, doch es war keine schlimme, nervenzerfetzende Nervosität, sondern jene subtile, die er stets verspürte, wenn er Risiken einging. Immerhin hatte er dieses Spiel schon einige Male mit Hitler gespielt, ohne den Kopf zu verlieren, und bei aller Liebe zum Reichskanzler: Halder war nicht Hitler, nicht einmal ansatzweise. Auch aus diesem Grunde ruhte die Ostfront an diesem Tage – die vom Kanzler befohlene Offensive fand nicht statt.

Unzählige Eingaben hatte von Manstein seit Ende August an das OKH, direkt an das OKW und sogar an den Kanzler persönlich verfasst. In dutzenden Telefonaten hatte er seinen Standpunkt dargelegt. Zweimal war er persönlich in Berlin gewesen, um seine Ansichten vorzutragen – vergeblich. Er war nur Zeuge geworden von Halders Wutausbrüchen, die den Kanzler seit Himmlers Putschversuch beherrschten.

Gebracht hatte all dies nichts. Halder wollte seine große Offensive zur Rettung Japans, koste es, was es wolle. Von Manstein jedoch war nicht bereit, diese Kosten zu tragen; er war nicht bereit, das Schicksal seines Volkes in die Waagschale zu werfen, nur um die Japaner am anderen Ende der Welt zu entlasten. Sein Stabschef und sein Ia sahen das genauso.

Retour offensif, bediente sich von Manstein im Geiste seiner Französischkenntnisse. Es war das, was er seit Langem von der Armeeführung einforderte, und auf das der Kanzler zwischenzeitlich eingegangen war: das Schlagen aus der Nachhand in einem intelligenten Bewegungskrieg statt dem starren Festhalten an taktisch ungünstigen Räumen und kräftezehrenden Offensiven, um politischen Fernzielen gerecht zu werden. Sowohl das Festhalten an sinnlosen Stellungen als auch das Führen von Offensiven mit weltfremden Zielen waren Hitlers Spezialität gewesen, und in beiden Punkten hatte Halder zu Beginn seiner Amtszeit Besserung gelobt. Nun jedoch war auch der Reichskanzler in das Befehlen von sinnlosen Offensiven verfallen, und keine Vernunftstimme der deutschen Wehrmacht schien ihn von seinem Vorhaben abbringen zu können.

Von Manstein schnaubte ärgerlich, fegte mit einem Handschlag das Dokument vom Tisch. Er konnte sich ja doch auf nichts anderes konzentrieren, solange er keine Nachricht aus Berlin hatte! Sicherlich tobte Halder zur Stunde, sicherlich würde er noch in der Nacht anrufen, um von Manstein einen Defätisten, einen inkompetenten Truppenführer und einen Verräter zu schimpfen. Das war sein gutes Recht als militärischer Vorgesetzter, dessen Autorität in Frage gestellt worden war. Von Manstein hätte mit seinen Untergebenen nicht anders verfahren. Am Ende aber hatte von Manstein den Kanzler vor vollendete Tatsachen gestellt, hatte sogar der Truppe erst im allerletzten Augenblick mitgeteilt, dass der Angriffsbefehl aufgehoben worden war. Daher konnte Halder nun toben und trommeln, wie er wollte, die Offensive würde nicht stattfinden. Und wenn der Kanzler sich schließlich beruhigt haben würde, wenn ein paar Tage ins Land gezogen waren, ja, dann würde von Manstein nach Berlin reisen und offiziell um Entschuldigung bitten. Und im Anschluss daran könnten er und Halder sich über sinnvolle Maßnahmen für den Ostkrieg unterhalten. Maßnahmen, für deren Vorbereitung ausreichend Zeit eingeräumt wurde. Maßnahmen, die die mühsam gebildeten Reserven nicht sinnlos verheizten.

Zwei Monate nur hatte von Manstein vom Kanzler bekommen, um die geforderte Operation *Götterdämmerung* vorzubereiten.

Lächerlich!

Zwei Monate reichten gerade aus, die benötigten Kräfte heranzuführen. Doch was war mit Einweisungen, mit Ausbildung, mit Planungen, die alle Eventualitäten mit einbezogen? Was war mit geheimdienstlicher Vorbereitung, der Täuschung des Gegners, dem Einbeziehen der Luftwaffe? Halders Vorstellungen von Raum und Zeit nahmen utopische Dimensionen an!

Natürlich war von Manstein auch deshalb ein wenig nervös, weil sein Verhalten negative Konsequenzen für ihn persönlich nach sich ziehen konnte, doch das Leben eines Heerführers war ohnehin mit Risiken behaftet. Auch wusste von Manstein von dem Umstand, dass der Kanzler von Brauchitsch und einige andere abserviert hatte, doch machte ihm das nicht weiter zu schaffen. Von Brauchitsch war schon immer ein anpasserischer, schwacher Charakter gewesen, meinte der OB Ost. Von Manstein jedenfalls würde sich nicht so leicht absetzen lassen ...

Der alte Feldmarschall stöhnte verächtlich ob der irren Weisungen, die der Kanzler seit einiger Zeit zu geben pflegte. Seit dem Anschlag auf sein Leben war er wie ausgewechselt. Leider nicht zum Guten. Früher hatte er seine Oberbefehlshaber machen lassen, hatte nur die Grobziele und politischen Hintergrundüberlegungen vorgegeben. Nun aber griff Halder selbst in kleinste Details des militärischen Vorgehens ein. Besonders ärgerte von Manstein dabei, dass es Halder als erfahrener Infanterieoffizier besser wissen müsste. Hitler hatte man vieles vorwerfen können, doch angesichts der Tatsache, dass er niemals eine Offiziersausbildung genossen und im Kriege nur als Meldegänger gedient hatte, waren sein strategisches Verständnis und seine Sicht auf die operativen Dinge bemerkenswert gewesen.

Es klopfte an die dünne Holztür. Feldwebel Keuerleber, von Mansteins Fahrer, trat ein und salutierte.

»Ach, Herr Keuerleber«, sagte von Manstein. »Haben Sie heute Abend Bereitschaft, ja? Hat Ihnen der alte Tunichtgut mal wieder seinen Dienst aufgedrückt?«

»Jawohl.« Keuerleber, dessen Gesicht mit ungezählten Sommersprossen übersät war, errötete. »Aber ich mache es ja gerne, Herr Generalfeldmarschall. So erfülle ich wenigstens einen Zweck.«

Von Manstein nickte anerkennend. »Wohl wahr«, murmelte der OB Ost, hob die Teetasse und nickte seinem Fahrer zu, ehe er sich das Gebräu in den Rachen schüttete. »Was gibt es denn, Feldwebel?«

»Wir haben Herrn Feldmarschall von Weichs in der Leitung, der eine Unterredung mit Ihnen wünscht. Darf ich durchstellen?«

»Ach, der gute Maximilian!«, freute sich von Manstein.

Keuerleber nickte, meldete sich ab und schloss die Tür hinter sich. Sekunden später klingelte das schwarze Telefon auf dem Tisch.

»Maximilian, mein Bester! Einen wunderschönen Abend wünsche ich dir. Wie ist das Wetter in Brest?«

»Bestens, bestens«, erklang die rauchige Stimme des Feldmarschalls von Weichs aus der Leitung. » Schon etwas aus Berlin gehört?«

»Bisher halten sich die Herren verdächtig bedeckt.«

»Ich bin immerhin beeindruckt, Erich, das muss ich wohl sagen.«

»Wieso?«

»Ach, das fragst du noch? Weil du deinen Plan tatsächlich in die Tat umgesetzt hast und die Off...«, von Weichs unterbrach sich zum Glück selbst, sonst hätte von Manstein einschreiten müssen. Das Telefon – selbst die Leitungen, die zwischen den Oberkommandos bestanden – war beileibe keine sichere Verbindung.

»Was ich sage, dass setze ich auch in die Tat um«, kommentierte von Manstein knapp.

»Und völlig furchtlos vor den Konsequenzen, der Mann!« Von Weichs klang erregt, hatte wahrscheinlich getrunken.

Von Manstein lachte auf, dass es in seinem kleinen Büro widerhallte. »Was soll schon geschehen?«, fragte er mit großer Stimme. »Der Alte kann nicht jeden vor die Tür setzen!«

Nordöstlich von Khislavichi, Sowjetunion, 02.11.1944

Die ersten Sonnenstrahlen blitzten über den Horizont. Spieß und Chef trommelten lautstark die Kompanie zusammen. Schlaftrunken krochen die Männer aus ihren Schlafsäcken, torkelten aus den Scheunen und Bauernhäusern, in denen sie untergebracht waren, blinzelten gegen das Licht. Zwischen den Gebäuden der verlassenen Kolchose, die zur neuen Heimat der Schweren I. Abteilung geworden war, traten die schwarzuniformierten Soldaten an. Stendal wischte sich mit der Hand durchs Gesicht, verschmierte dabei einen

Ölfleck auf seiner Wange. Er war schon seit einer halben Stunde auf den Beinen, werkelte zusammen mit seinem Fahrer, dem Obergefreiten Leo Planken, am Motor seines Tiger-Panzers herum, der noch immer mit einem merkwürdigen Schluckauf zu kämpfen hatte. Bisher hatten sie die Ursache dafür nicht gefunden. Die Werkstatt hatte den Motor bereits einmal komplett zerlegt und wieder zusammengesetzt – vergeblich. Planken vermutete nun, dass die Kupplungslamellen verschlissen waren, da der Panzer bei sanfter Anfahrt nicht stotterte. Die Werkstatt behauptete allerdings, mit den Lamellen wäre alles in Ordnung.

Leo Planken hatte ein rundes Vollmondgesicht. Er war ein ruppiger Kerl, der eine erstaunliche Wampe über den Krieg gerettet hatte. Essbares schien von seinem überproportional großen Mund magisch angezogen zu werden. Der Mann aß immer und überall. Es machte innerhalb der Kompanie der Spruch die Runde, Planken würde noch einen Tiger-Panzer verzehren, würde der Spieß nicht regelmäßig für Verpflegung sorgen.

»Was der schon wieder will?«, fragte Planken mit vollem Mund, als Engelmann vor die angetretene Kompanie trat. Planken war ein waschechter Berliner, Kodderschnauze inklusive.

»Pssst!«, zischelte Stendal. Er warf Planken einen wütenden Blick zu und musste überrascht feststellen, dass sein Fahrer auf einem dicken Wecken herumkaute und dabei schmatzte. Dem Obergefreiten waren gute Sitten ebenso fremd wie Disziplin, weshalb Stendal so seine Probleme mit ihm hatte. Und wo er das Brot schon wieder aufgetrieben hatte, war ihm ein Rätsel.

»Ja«, wisperte Planken mit vollem Mund, der stets das letzte Wort haben musste.

Oberleutnant Engelmann sparte sich eine Begrüßung der Männer. Ohne große Erklärungen befahl er: »Rechts um! – Laufschritt, Marsch, Marsch. Zum Abteilungsexerzierplatz!«

*

Stendal bekam ein mulmiges Gefühl im Magen, als er den sonst knallharten Major Boss mit dem Gesichtsausdruck eines Todgeweihten vor die Front treten sah. Boss schaute die u-förmig angetretene Abteilung lange an. Seltsam verloren wirkte der Major an diesem Morgen.

Trotz Sonnenschein war es bitterlich kalt. Der Atem der Soldaten stieg als weiße Wölkchen zum Himmel auf. Die Kälte reizte die Gesichtshaut der Männer, ließ sie rot werden. Die Nasen liefen. Leise säuselte eine schwache Brise. Jemand hustete. Ein anderer zog die Nase hoch. Die Atmosphäre war gespenstisch. Die Panzermänner spürten, dass etwas geschehen war.

Major Boss, sonst astrein in seinem Auftreten, stand vor der Abteilung wie ein krummer, seniler Greis, der nicht wusste, wohin mit sich. Beinahe eine Minute ließ er verstreichen, ohne ein Wort zu sagen.

Engelmann stand sich neben Stendal in der Formation der 2. Kompanie. Der Oberleutnant wirkte wie eine Tonfigur – versteinert, unberührt, mit unerschütterlicher Fassade. Was in dem Mann wirklich vorging, konnte Stendal nur erahnen. Es schien, als habe Oberleutnant Engelmanns Persönlichkeit während Stendals Abwesenheit eine 180-Grad-Wendung vollzogen, und der junge Reserveoffizier hatte keinen blassen Schimmer, wieso. Auch die Kameraden wollten nicht recht mit der Sprache herausrücken. Sowieso drucksten die Männer der Abteilung herum oder wichen dem Gespräch aus, wenn Stendal sie über die Ereignisse auf dem Balkan zu befragen versuchte.

Der Südtiroler seufzte innerlich. Natürlich wusste er, dass seine Einheit unrühmlich in Himmlers Putschversuch verwickelt gewesen war. Doch es waren am Ende nur einige wenige Verräter gewesen, die den Ruf der Division durch den Dreck gezogen hatten. Dennoch schienen viele seiner Kameraden peinlich berührt, wenn die Ereignisse jener Tage zur Sprache kamen.

Stendal hatte Engelmann vor gut einem Jahr kennengelernt, damals in Frankreich. Der jetzige Oberleutnant war sein Zugführer und Panzerkommandant gewesen. Stendal hatte Engelmann damals regelrecht angehimmelt. Er hatte in dem Bremer einen deutschen Vorzeigeoffizier mit Format gesehen, ein Vorbild in allen Lebenslagen. Engelmann war kühn, mutig und intelligent – wie die Offiziere in der Wochenschau! Gleichzeitig war er ein Mann tiefer Religiosität, der selbst im Kriege seine moralischen Prinzipien vertrat. Engelmann, das musste Stendal wohl zugeben, war schließlich mit ein Grund gewesen, dass er sich selbst für die Reserveoffizierslaufbahn beworben hatte. Stendal hatte seinem Vorbild nacheifern wollen, hatte ein ebenso guter Offizier werden wollen. Nun wusste er nicht mehr, was er von Engelmann halten sollte. Der Oberleutnant war zu einem Buch mit sieben Siegeln geworden. Was fühlte dieser Mann, was ging ihm durch den Kopf, wenn er sich im Kreise seiner Kameraden wie ein Stein verhielt, scheinbar unfähig, menschliche Regungen zu zeigen? »Verbittert« und »indifferent« waren die Adjektive, die Stendal nun zu seinem Kompanieführer einfielen.

Engelmann stand kurz vor der Vollendung des 30. Lebensjahres, sein Gesicht jedoch könnte glatt das eines 45-Jährigen sein. Tiefe Furchen, Zeichen der Ruhelosigkeit des Krieges, hatten sich in das Antlitz Engelmanns eingegraben.

Stendal schweifte in Gedanken immer weiter ab, indes zog Major Boss plötzlich ein säuberlich gefaltetes Schreiben aus seinem Mantel. Der Abteilungskommandeur öffnete den Mund, setzte zu einer Rede an, stockte und schloss den Mund wieder. Noch einmal ließ er den Blick über die Abteilung schweifen. Schließlich sah er auf das Papier in seinen Händen, dann verlas er ohne Erklärung, was dort geschrieben stand: »Als Oberbefehlshaber des deutschen Heeres hat Generalfeldmarschall Gerd von Rundstedt folgenden Befehl an die Truppe des OB Ost gerichtet.«

Boss schluckte, schluckte noch einmal, ließ sich Zeit. Stendal war bis zum Zerreißen gespannt, welche Neuigkeiten der Major zu verkünden hatte. Die Luft knisterte förmlich, so meinte er.

»Generalfeld…« Boss räusperte sich. »Herr Erich von Manstein ist als … Verräter am deutschen Volke enttarnt und aller militärischen Titel und Positionen enthoben worden. Dem Wunsche unseres Reichskanzlers folgend, habe ich Herrn Generalfeldmarschall Erich Hoepner zum neuen Oberbefehlshaber Ost bestimmt. Seine erste Amtshandlung ist es, den aufgehobenen Angriffsbefehl wieder zu aktivieren. Die Truppe stellt sich darauf ein, am 5. dieses Monats gegen die Stellungen der Bolschewisten anzutreten. Alle ursprünglichen Planungen bleiben bestehen. Lang lebe das Deutsche Reich! Lang lebe der Reichskanzler! Gezeichnet: Feldmarschall Gerd von Rundstedt.«

Stendal starrte fassungslos geradeaus. Aus dem Augenwinkel nahm er Engelmanns Miene wahr. Der Oberleutnant schien völlig unbeeindruckt. Stendal hingegen wollte nicht glauben, was er da gehört hatte. Von Manstein ein Verräter? Unmöglich.

Boss sagte kein Wort mehr, auch übergab er das Kommando nicht an seine Unterführer, wie es die Formalitäten forderten. Der Major drehte sich einfach um und schritt zurück zu seinem Kübel. Der Fahrer wartete bei laufendem Motor. Die ganze Abteilung blickte dem Major nach.

Von Manstein war bei der Truppe beliebt, galt als fähiger Führer. Einige behaupteten gar, ohne ihn stünde der Russe längst an der deutschen Grenze.

Weder konnte Stendal sich vorstellen, dass der Herr Feldmarschall Opfer einer Intrige geworden war, denn so etwas gab es seiner Meinung nach nicht im deutschen Offizierskorps, noch mochte er an einen Verrat von Mansteins glauben. Stendal wusste nicht, wie er über diese Sache denken sollte. Mit flauem Gefühl im Magen marschierte er zurück zur Kolchose.

Außerhalb von Vallorbe, Schweiz, 03.11.1944

Oberfeldwebel Pantelis Schneider zog seinen Mantel im Halsbereich enger zusammen. Die kalte Jahreszeit war im Anmarsch. Welke Blätter segelten von den Bäumen und schufen einen feucht-bunten Walduntergrund. Die trostloser werdende Landschaft, in der sich Flora und Fauna auf den kargen Winter vorbereiteten, passte hervorragend zu diesem Tag. Es war »des Führers« dritter Todestag, ein offizieller Trauertag im Reich, an dem die Fahnen auf Halbmast gesetzt wurden und die Menschen des Mannes gedachten, der »Deutschland von den Ketten des Versailler Diktats befreit hatte«.

Schneider wischte sich über den buschigen Bart, der wie Kraut und Rüben in seinem Gesicht wuchs. Der Oberfeldwebel hatte vor Wochen schon aufgehört, sich zu rasieren. Neben vielen anderen Dingen sehnte er sich nach einer Waschschüssel und richtigen Sanitäranlagen. Wenn alles glatt lief ... wenn nun, so kurz vor der Grenze, keine Komplikationen mehr auftraten, hatte er vielleicht schon seinen letzten Haufen in den Schweizerischen Erdboden gesetzt. Schneider wünschte es sich von Herzen.

Er blickte über die Schulter zu seinen Männern, die in einiger Entfernung beisammensaßen und Konserven leerlöffelten. Katczinsky furzte laut, die anderen beschwerten sich lachend. Schneider musterte seine Gruppe ... ein bunter, bewaffneter Trupp in Zivilklamotten. Ihre Vorräte waren auf den Inhalt eines grünen Seesacks zusammengeschrumpft. Ein paar Konserven, eine Notration Medikamente, etwas Munition, kaum mehr Zigaretten ... mehr war nach Wochen hinter den feindlichen Linien und nach ewigem Versteckspiel vor den Schweizer Behörden nicht übriggeblieben. Es wurde wahrlich Zeit, den Auftrag abzuschließen und das Land zu verlassen.

Schneiders Blick blieb schließlich auf Calvert haften. Der Südafrikaner war seit der Sache mit Yusuf Dschibril in Moudon seltsam nachdenklich.

Schneider meinte sogar, Calvert gehe ihm aus dem Weg, so gut das derzeit möglich war. Der Oberfeldwebel machte sich eine innerliche Notiz, bei Gelegenheit mit dem Südafrikaner zu sprechen.

Schneider musste dann daran denken, was für eine Reise er und seine Brandenburger seit dem Raid auf Moudon hinter sich gebracht hatten. Das Unternehmen *Steuerhinterziehung* war sogar für Brandenburger-Verhältnisse ein sehr gewagter Einsatz.

Im Vorfeld der Unternehmung hatte Schneider zusammen mit Gerber und Fritze tagelang Detailkarten der Schweiz studiert. Sie hatten in minutiöser Kleinarbeit eine exakte Route durch den französischsprachigen Teil des Landes herausgesucht, bei der sie jede Ansiedlung und jedes Gehöft zwischen Moudon und der Grenze umgehen würden. Und es hatte tatsächlich funktioniert!

Die wenig dichte Besiedelung der kleinen Schweiz war Schneiders Truppe auf ihrem Marsch in Richtung der französischen Grenze nämlich sehr zugutegekommen. Das Land bestand zu 40 Prozent aus unbewohntem Waldgebiet, ein Segen für jemanden, der sich bedeckt halten wollte und wusste, wie er das anzustellen hatte. Die Schweizer ihrerseits suchten akribisch jeden Meter nach den »Mördern von Moudon« ab. Die schweizerische Flugwaffe beteiligte sich an der Jagd mit Aufklärungsflügen, gleichzeitig durchkämmten Polizisten und Soldaten die Wälder der gesamten Region. Zweimal waren die Brandenburger ihnen nur haarscharf entwischt. Dann hatte sich noch ein Zwischenfall mit einem Jäger zugetragen. Die Brandenburger hatten ihn erschlagen und seine Leiche vergraben.

Zur falschen Zeit am falschen Ort, sinnierte Schneider über den alten Mann im grünen Kostüm. Neben seiner Leiche hatten die Brandenburger auch sonst alles vergraben, was sie nicht mit sich führen konnten. Kot, geöffnete Büchsen, Verbandsmaterial … und natürlich den Leichnam Dschibrils. Alles war sorgsam unter die Erde gebracht worden. Teilweise hatten sie nur einen oder zwei Kilometer pro Tag zurücklegen können, da sie aufgrund ihres sorgsamen Vorgehens, des schwierigen Terrains und Taylors suboptimalem Zustand nur langsam vorankamen. Die französische Grenze lag von Moudon aus nur etwas mehr als 30 Kilometer Luftlinie entfernt, die Brandenburger aber hatten viele Umwege in Kauf zu nehmen.

Nun trennten sie nur noch wenige Kilometer von der rettenden Grenze. Noch einmal galt es, mit Spähern vorzufühlen und die Lage zu peilen, Lücken in der schweizerischen Grenzsicherung aufzudecken und durch diese hindurch auf französischen Boden einzusickern. Für solche Aktionen waren die Brandenburger ausgebildet worden. Kein gelangweilter Grenzsoldat würde ihnen in die Quere kommen.

Natürlich wusste Schneider nicht, was sich dieser Tage in der Schweizer Öffentlichkeit und den Medien abspielte, doch zweifelsohne war der Angriff auf das Lager ein großes Thema. Vielleicht spekulierte die Presse der »Schluchtenscheißer« über die falschen Spuren, die Schneider und seine Jungs in der Nacht vor ihrem Raid ausgelegt hatten und die zu den Unterschlüpfen der Abwehr bei Lenk im Simmental und Ursy führten, die beide fallengelassen worden waren. Und dann gab es in der Gegend noch einen schweizerischen Kleinbauern, der weitere falsche Fährten legte, um die Behörden möglichst in Richtung der deutschen Grenze zu führen ...

Wie leicht das liebe Geld die Dinge machen kann, überlegte Schneider weiter. Sicherlich galt dies nicht nur für die Schweiz. In seinem Rücken knackte es.

Thomas Taylor trat mit verkniffener Miene an Schneider heran. Taylor konnte schon wieder recht gut laufen, auch wenn ihm lange Strecken zu schaffen machten. Er stützte sich auf einen stabilen Ast, den er als Gehstock benutzte.

»Du hältst gut Schritt«, stellte Schneider nüchtern fest. »Bist ein harter Knochen.«

»Ja.« Taylors Blick war nichtssagend.

»Wie fühlst du dich?«

»Ich brauche etwas Richtiges zu essen, dann bin ich wieder auf dem Dampfer.«

»Vielleicht schleichen wir schon morgen Nacht über die Grenze. Glaub mir, sobald wir in Frankreich sind, steht gutes Futter ganz oben auf meiner Prioritätenliste.«

Taylor nickte.

»Immerhin scheinen die Schweizer dich ordentlich zusammengeflickt zu haben.«

»Ich bin einfach ein zäher Bursche. Und danke nochmals. Ich werde dir und den Jungs für den Rest meines Lebens dankbar sein.« Ein schwaches Lächeln versuchte sich durch Taylors verbitterte Miene hindurch an die Oberfläche zu kämpfen. Es gelang nicht.

»Ach, dafür nicht. Wir waren eben gerade in der Gegend«, witzelte Schneider. Er neigte den Kopf auf die Seite, forschte im Gesicht seines alten Kameraden. »Ist etwas nicht in Ordnung?«, fragte er schließlich. »Doch noch nicht auf der Höhe?«

»Doch, doch. Mein Körper hält so weit zusammen.«

Schneider war mit guter Menschenkenntnis gesegnet. Er erkannte, dass bei Taylor etwas im Argen lag. »Und dein Geist?«

Taylor zuckte mit den Achseln, schaute weg. Schneiders Augen suchten Taylors Blick vergeblich.

»Es ist diese Jüdin, nicht wahr?«, legte Schneider mit forderndem Unterton nach.

»Es ist nichts«, wisperte Taylor seufzend, wandte sich ab und zog von dannen. Der Unteroffizier hinkte nicht zu den anderen zurück, sondern suchte sich eine einsame Stelle unter einer alten Linde, deren bunt geschmückte Äste einen Schirm über ihm aufspannten. Taylor verzog sein Gesicht zu einer Grimasse des Schmerzes, als er sich mit zitternden Gliedern setzte.

Schneider hingegen rümpfte die Nase. Ihm gefiel nicht, was er sah.

Nordöstlich von Khislavichi, Sowjetunion, 04.11.1944

Die Nacht ließ die Welt unter ihrem schwarzen Umhang verschwinden. Die Sterne funkelten am tintenblauen Himmel. Der Stabschef von Major Boss erteilte über den Sprechfunk den Marschbefehl.

Die neun Tiger-Panzer, die keilförmig in ihrer Ausgangsstellung angetreten waren, ruckten auf Engelmanns Weisung hin an, schoben sich langsam aus den mit Astwerk überdachten Feldgaragen, die die Panzermänner zum Sichtschutz für ihre Kästen angelegt hatten. Gemächlich rollten die deutschen Kampfwagen aus dem Wald, der durchsetzt war mit alten und jungen Granattrichtern. Monate des Stellungskrieges hatten die Landschaft entstellt.

Die Panzer fuhren auf die Straße, die von Khislavichi in Richtung Nordosten nach Pochinok führte.

Die Wagen der 2. Kompanie blieben, soweit es das Gelände zuließ, in Keilformation, befuhren in dieser Formation die mäßig ausgebaute Straße sowie die weiten Wiesen, die sich rechts und links von ihr erstreckten. Das Land war in diesem Frontabschnitt weitläufig, flach und kaum mit Deckungsmöglichkeiten gesegnet. Perfektes Panzergelände.

Engelmann fuhr über Luke. Ein frischer Wind blies ihm ins Gesicht. Dieser Tage zeigte sich das russische Klima von seiner milden Seite. Nachts fielen die Temperaturen nur knapp unter null Grad Celsius. Diese Nacht war vollkommen, kein Lichtschein durchbrach ihr tiefschwarzes Kleid. Würden Engelmanns Panzermänner nicht über die neueste Entwicklung deutscher Hochtechnik verfügen, sie wären völlig blind.

Engelmann blickte durch das Sperber-Zielgerät, ein großer Aufbau auf Irmas Turm, der wie ein überdimensioniertes Kameraobjektiv aussah, und mit dessen Hilfe es möglich war, trotz Dunkelheit zu sehen. Das Sperber-Gerät gab die Umgebung grünlich schimmernd wieder und erlaubte es, bis zu 100 Meter weit zu blicken. Alles, was jenseits davon lag, verschwand hinter einer schwarzen Wand. Sperber gab die Dinge allerdings wenig plastisch wieder, ein seltsamer Effekt, den Engelmann nicht beschreiben konnte. Dieser Effekt bewirkte, dass das Abschätzen von Entfernungen schwierig, ja, beinahe unmöglich wurde. Wenn es zum Gefecht kam, würden die Deutschen demnach einige Fehlschüsse in Kauf nehmen müssen, um anhand der Schussbeobachtung sich dem Ziel anzunähern. Das allerdings war immer noch besser, als über gar keine Nachtsichtfähigkeit zu verfügen, weshalb Engelmanns Kompanie in dieser Nacht einen evolutionären Vorteil gegenüber den Sowjets besaß. So war trotz absoluter Dunkelheit auf dem Marsch auch kein Einweiser nötig, der vor den Panzern herlief. Die deutschen Tanks konnten sich deshalb so rasch und präzise bewegen wie am Tage, und der Iwan würde bald dumm aus der Wäsche gucken.

Alle neun Kampfwagen von Engelmanns Einheit waren mit der Sperber-B-Variante ausgestattet worden. Das bedeutete, dass neben dem Kommandanten auch der Fahrer und der Richtschütze über die Nachtsichtfähigkeit verfügten. Engelmanns Wagen waren die einzigen Panzer der Division, die dahingehend ausgerüstet worden waren.

Der Vorteil der Nachtsichtfähigkeit war der Grund dafür, dass Engelmanns Einheit als Speerspitze der Offensive in diesem Abschnitt nicht erst beim ersten Büchsenlicht antrat, sondern bereits in der Nacht zuvor. Ziel war es, der Rollbahn Khislavichi-Pochinok für etwa 20 Kilometer zu folgen, dabei die feindlichen Linien zu durchbrechen, ohne sich groß mit Gefechten aufzuhalten, und schließlich das Dorf Dankovo südlich von Pochinok zu nehmen. In

Dankovo sollte gemäß der Aufklärung eine sowjetische Panzer-Brigade stationiert sein, die dem Frontabschnitt als Feuerwehr diente. Diese Brigade musste ausgeschaltet werden.

Die Operation *Götterdämmerung* begann offiziell erst am Folgetag, dem 5. November, um 5 Uhr in der Früh. Hunderttausende deutsche Landser würden dann gegen die feindlichen Linien anrennen, würden die tiefgestaffelten Stützpunkte der Russen stürmen und überwinden. Der deutsche Gefechtsplan sah vor, schon am ersten Tage tiefe Einbrüche mit 15 Kilometer Geländegewinnen zu erzielen. Würde es Engelmann im Vorfeld gelingen, die gegnerische Tankbrigade zu vernichten, würde dies die Chancen auf einen schnellen Durchbruch in diesem Abschnitt deutlich erhöhen.

Engelmann biss sich auf die Unterlippe. Er hoffte, dass die Vorbereitungen zur deutschen Offensive bis zum Schluss tatsächlich geheimgeblieben waren. Er hoffte weiter, dass der kurzfristige und in seinen Augen schädliche Personalwechsel im Oberkommando Ost keine negativen Folgen zeitigen würde. Seine Intuition ließ ihn jedenfalls glauben, die gesamte Operation stünde unter keinem guten Stern.

»Feindliche Kolonne im Vorfeld«, meldete Stendal über Funk. »400, halblinks, in Querfahrt.«

Engelmann presste die Augen gegen die Optik des Sperber-Zielgeräts und sondierte das Vorfeld. *Tatsache!* Eine lange Reihe russischer Lastwagen, angeführt von zwei alten T-34-Modellen, tuckerte wie im tiefsten Frieden in Querfahrt durchs Niemandsland. Die gedämpfte Beleuchtung der Laster blitzte grell im Nachtsichtgerät, weshalb sie trotz der Distanz zu sehen waren. Die gegnerischen Fahrzeuge folgten unverständlicherweise einer Querstraße, die vor den sowjetischen Stellungen herführte und jene Rollbahn kreuzte, über die sich die 2. Kompanie im Anmarsch befand.

»Anna 2!«, knurrte Engelmann ins Funkgerät. »Panzergranaten laden und auf die T-34 gehen. Rest Spreng gegen die Lkw. Auf mein Kommando.«

»Jawohl, Panzer vernichten«, wiederholte Perscher den Befehl. Darauf knackte noch einmal Stendals Stimme aus den Lautsprechern: »Habe einen Vorschlag zu machen, Herr Oberleutnant.«

Engelmann rollte mit den Augen. Dieser Tiroler Knabe ging ihm gehörig auf den Senkel, dabei machte Stendal im Grunde gar nichts falsch. Engelmann wusste selbst nicht, woher seine Abneigung gegen Stendal rührte.

»Es gibt ein japanisches Sprichwort, dass besagt ...«

In der Funkausbildung lernte jeder deutsche Soldat, dass man die Sprechtaste beim Reden von Zeit zu Zeit loslassen sollte, um den anderen Teilnehmern im Funkkreis Gelegenheit zu geben, mit eventuell dringenderen Sprüchen dazwischen zu hauen. In diesem Augenblick war Engelmann dankbar dafür, dass Stendal sich dieses Verhalten angeeignet hatte. Als der Oberleutnant ein Knacken in der Leitung vernahm, presste er sofort den Daumen auf seine Sprechtaste und plärrte: »Verschonen Sie uns mit Ihrem Asien-Mumpitz! Sagen Sie einfach, was Sie haben!«

»Jawohl«, gab Stendal hörbar enttäuscht zurück. Sekunden vergingen. Engelmann seufzte.

Perscher meldete dazwischen. Seine Kanonen waren geladen und entsichert.

»Und?«, donnerte Engelmann ungeduldig in die Leitung. Die Frage war an Stendal gerichtet.

Die Antwort kam zögerlich: »Nun ... ich meine, alles anzugreifen muss nicht immer die beste Lösung sein. Auch wenn wir potente Panzer unter dem Hintern haben, sind wir nicht unzerstörbar, und der Weg bis nach Dankovo ist noch ein weiter ...«

»Kommen Sie auf den Punkt, Anna 1.«

»Jawohl, Herr Oberleutnant.«

»Und hören Sie auf, meinen Dienstgrad über Funk zu nennen!«, platzte es aus Engelmann heraus. Grundsätzlich würde der Feind, so er denn mitschnitt, mit Dienstgraden wenig anfangen können. Engelmann nervte es dennoch, dass Stendal ihn beim Dienstgrad statt beim Decknamen nannte. Er war überrascht über sich selbst, wie überdeutlich er dies zum Ausdruck brachte.

»Ich ...« Die Ernüchterung war aus der Stimme Stendals trotz der Verzerrung über Funk herauszuhören. »... ich meine nur, die Russen sehen nichts im Gegensatz zu uns. Vielleicht hängen wir uns einfach hinten dran?«

»Wir sollen WAS?«

Der Führungspanzer der gegnerischen Kolonne erreichte in diesem Augenblick die Kreuzung, bog ab und rollte über die Hauptstraße in Richtung sowjetisches Hinterland. Engelmann starrte auf die Kolonne. Sein Daumen ruhte auf der Sprechtaste. Er musste den Angriffsbefehl jetzt geben.

»Der Offz hat Recht, Anna«, warf Perscher plötzlich ein. Ein Räuspern des Oberfeldwebels drang durch Engelmanns Lautsprecher, ehe der Mann fortfuhr: »Unsere Marta und Tanja sind begrenzt, und wir wissen nicht, wie lange wir im Nest aushalten müssen. Kann nicht schaden, ohne Kampf durch die Florentina zu schlüpfen.«

Engelmann hatte im Vorfeld der Unternehmung Tarnwörter für kritische Begriffe festgelegt, falls der Feind mithörte. Marta stand für Munition, Tanja für Treibstoff. Florentina war die Hauptkampflinie.

»Ihr wollt …?«

»Alles, was wir brauchen, sind eine ordentliche Portion Schneid und die Dreistigkeit, es einfach zu tun«, belehrte Stendal. Engelmann hasste den Reserveleutnant dafür, behielt das aber für sich.

»Dieser Carius hat das genauso gemacht. Kam doch letztens in der Wochenschau«, warf Perscher ein.

Engelmann blickte durch sein Nachtsichtgerät ins grünliche Vorfeld. Ein Drittel der Kolonne hatte bereits die Kreuzung passiert, zog in Richtung Nordosten von dannen. Wenn er Stendals Idee umsetzen wollte, dann jetzt. Aber wollte er? Engelmann wägte Pro und Kontra des Plans ab, unterdessen rollten seine Panzer dem Feind mit halber Geschwindigkeit entgegen. Noch war die Gelegenheit günstig, das Feuer zu eröffnen. Der Russe war in der Nacht blind, egal, ob er aus 200 oder aus 400 Meter beschossen wurde.

Durfte Engelmann das Risiko eingehen, in die feindlichen Linien einzusickern, statt sich seinen Weg bis nach Dankovo freizuschießen? Stendals und Perschers Argumentation war verlockend. Im schlimmsten Fall würde die 2. Kompanie 20 bis 30 Stunden auf sich gestellt in feindlichem Territorium ausharren müssen, da wäre es fatal, wenn ihr auf halber Strecke die Granaten ausgehen würden. Zu Beginn der Operation sparsam zu sein, mochte hilfreich sein. Zudem waren ähnliche Manöver schon einige Male durchgeführt worden. Dreistigkeit und Kühnheit konnten bisweilen den Erfolg ebnen, genauso gut konnte eine solche Aktion aber auch fürchterlich in die Hose gehen.

Engelmann rückte sich seine Kopfhörer zurecht. So oder so, ohne Risiken war die Sache sowieso nicht zu machen.

»Ich vorweg«, sagte er in sein Mikrofon. »Anna 1 folgt, Anna 2 schließt. Luken zu und Funkstille!« Engelmann tauchte ins Innere des Panzers ab, zog den Deckel zu und betätigte die Sicherung. Wölk schloss die Funkerluke.

Birne trat das Gaspedal, kitzelte alles aus dem verbesserten Maybach-Motor heraus, der 775 Pferdestärken auf die Straße brachte. Irma setzte sich an die Spitze der Kompanie, die anderen Wagen brachten sich dahinter in Aufstellung, bildeten eine Linie. Zielstrebig fuhren die Panzer der russischen

Kolonne nach. Engelmann drängte Bock wortlos zur Seite und zwängte sich selbst hinter die Optik der Zielerfassung. So konnte er weiterhin die Umgebung beäugen, getaucht in grün schimmerndes Licht.

Die Tiger näherten sich beständig der feindlichen Kolonne. Engelmann stand der Schweiß auf der Stirn. Er musste an die Auspufftöpfe denken, die unter stetiger Motorenleistung zu glühen anfingen. Er betete, dass die markanten Doppeltöpfe des Tigers den Russen nicht auffallen würden.

Er entdeckte schließlich einen kleinen Alarmposten des Gegners. Drei Mann hockten mit einem Maschinengewehr samt Tellermagazin in einer Mulde links der Straße, umgeben von in die Erde gerissenen Kratern, in denen gefrorenes Wasser glänzte. Der Posten lag wenige Meter hinter der Kreuzung. Ansonsten war weit und breit niemand auszumachen.

Gleichwohl hatten die deutschen Panzer die erste Verteidigungslinie des Gegners noch vor sich. Diese war, so weit bekannt, stark befestigt, zum Teil mit Unterständen aus Stahlbeton. Ein tiefes Grabensystem durchzog einen Kilometer nordöstlich von Engelmanns Position das Land, tief gestaffelt und gespickt mit MG-Nestern, Minenfeldern, Stacheldraht, Panzersperren, Pak-Stellungen und unterirdischen Gängen. Die deutsche Offensive, die im Morgengrauen anlaufen würde, würde mit geballter Schlagkraft auf die sowjetische Verteidigung einhämmern müssen, um Durchbrüche zu erzielen. Engelmann war aber zuversichtlich, dass dies gelingen konnte.

Also Schneid beweisen und dreist sein!, sprach er sich selbst Mut zu. *Perschers Vorschlag ist doch gar nicht so dumm!*

Durch das Nachtsichtgerät beobachtete Engelmann, wie die Kreuzung und somit die abbiegende Kolonne näher und näher rückte.

Irma erreichte endlich die Kreuzung, da bog soeben der letzte Lastwagen der feindlichen Kolonne ab. Mit der Unverschämtheit eines Marktschreiers reihten sich die deutschen Tanks einfach hinten an die Kolonne an und folgten ihr die Straße hinauf. Engelmann sah durch die frei schwenkbare Optik nur einen begrenzten Ausschnitt des Geländes. Er konnte nicht mehr anders, stemmte sich hoch, öffnete vorsichtig die Luke. Durch das Kommandanten-Sperber-Gerät warf er nervöse Blicke auf die russische MG-Stellung links. Die Rotarmisten starrten stur geradeaus in die Finsternis. Sie schienen mit offenen Augen zu schlafen. Plötzlich aber drehte einer der Männer den Kopf. Die winzigen, schlitzförmigen Augen, die unter der Pelzmütze hervorlugten, richteten sich direkt auf die lange Reihe von Tiger-Panzern, die sich an dem

Alarmposten vorbeischob. Müde glotzte er die deutschen Stahlgiganten an, ohne dass die Miene des Mannes irgendeine Regung zeigte.

Engelmann spürte, wie sich der Schweiß in seinen Handinnenflächen sammelte, wie seine Schläfen zu pochen begannen. Er sondierte noch einmal das flache, schier deckungslose Gelände rechts und links des sowjetischen Lastwagens, dem er nachfuhr. Erst jetzt erkannte Engelmann den Pak-Gürtel, den die Sowjets beidseitig neben der Straße in die Erde gegraben hatten. Einmal mehr bewies der Iwan, dass er ein Meister des Schanzens war. Mehr und mehr Kanonenrohre schälten sich aus der Dunkelheit. Wie Stummel ragten sie gerade so aus dicken Erdhaufen heraus. Sieben ... acht ... zehn Rohre zählte Engelmann.

Wölk fasste das MG fester, sein hervorstehender Adamsapfel bewegte sich. Jahnke formte mit den Lippen ein tonloses »Scheiße«, ehe er in seiner Anspannung begann, sich die Fingernägel abzuknabbern. Engelmann spürte, wie ihm der Herzschlag in die Kehle kletterte.

Die Wagen der 2. Kompanie, aufgereiht wie an einer Perlenkette, folgten der sowjetischen Kolonne. Sie passierten weitere Posten: Flakstellungen, Panzerabwehrgeschütze und eingebuddelte T-34. Schützengräben durchzogen das Land, Soldaten vegetierten darin vor sich hin. Unter dicken Mänteln, Planen und in Unterständen suchten sie Schutz vor der Kälte. Weitläufige Minenfelder schützten das freie Gelände zwischen den russischen Stellungen; Stacheldraht und Panzersperren waren zusätzlich ausgelegt worden, um die deutschen Truppen im Falle eines Angriffes in enge Kanäle zu lenken, die von drei Seiten aus unter Kreuzfeuer genommen werden konnten. Die Verteidigungsanlagen, die Engelmanns Panzer passierten, erstreckten sich über eine Tiefe von fünf Kilometer. Die Russen hatten wahre Abwehrbollwerke errichtet. Die gesamte Front schien eine einzige Festung zu sein. Engelmann blieb nur die Hoffnung, dass sich die deutschen Truppen einen Weg durch diesen höllischen Sperrgürtel würden bahnen können. Der Führung der Wehrmacht jedenfalls schien nicht bewusst zu sein, wie gut ausgebaut die Verteidigungslinien der Roten Armee tatsächlich waren. Von derartig befestigten, tief gestaffelten Stellungssystemen, wie Engelmann sie nun vorfand, war im Vorfeld jedenfalls nie die Rede gewesen.

Mit der Zeit legte sich Engelmanns Nervosität ob ihres kühnen Tricks. Zunehmend gelassener registrierte der Oberleutnant, wie russische Landser, die am Straßenrand entlang marschierten, teilnahmslos gegen die

Stahlhäute der vorbeirasselnden deutschen Panzer starrten. In der absoluten Dunkelheit, die in dieser wolkenverhangenen Nacht herrschte, schoben sich für die Russen eben nur große, finstere Objekte über die Straße. Kein Iwan rechnete damit, so weit hinter der Hauptkampflinie auf deutsche Tanks zu stoßen.

Engelmann wachte mit Argusaugen über den Abstand, den Birne zum letzten Fahrzeug der russischen Kolonne hielt. Auf jeden Fall wollte er vermeiden, zu irgendeinem Zeitpunkt in den schwachen Schein der Rückstrahler des russischen Lasters zu geraten. Engelmann musste seinen Fahrer hin und wieder ermahnen, nicht zu nah aufzufahren.

Ohne irgendeinen Zwischenfall drang die 2. Kompanie im Windschatten der Kolonne zehn Kilometer tief ins russische Hinterland ein, dann erreichte der der Kolonne voranrollende T-34 eine Weggabelung. Die Feindfahrzeuge hielten sich links, nach Dankovo aber führte die rechte Abzweigung. Engelmanns Tiger nabelten sich an dieser Stelle von ihren Begleitern ab.

Die weitere Straße lag verlassen da. Sie führte die stählernen Raubkatzen eine Kuppe hinauf, von dessen Scheitelpunkt aus bei guten Sichtverhältnissen Dankovo bereits zu erkennen gewesen wäre. Engelmann spähte mittels Sperber nach Osten, doch die gut einen Kilometer entfernte Ortschaft blieb hinter einem schwarzen Vorhang verborgen. Die Grenzen dieses hochmodernen Gerätes waren eben doch noch eng gesteckt. Auch ein Blick mit bloßem Auge in die Nacht hinein half Engelmann nicht. Die Russen hatten ihre Hausaufgaben gemacht und Dankovo entsprechend verdunkelt.

Engelmann und seine Zugführer trafen sich zwischen ihren Tigern zu einer Lagebesprechung. Die Panzermänner zogen sich die Uniform enger zu, denn es war fürchterlich kalt geworden, Temperaturen weit unter null.

Engelmann befahl erneut die Keilformation mit seinem Panzer an der Spitze. Seine Tiger rollten schließlich in Richtung Osten über ein weites Feld. Der gefrorene Boden ließ sie gut vorankommen. Kein Anzeichen vom Feind weit und breit. Engelmann behielt über das Nachtsichtgerät die Umgebung im Auge.

Nach einiger Zeit tauchten am Rande des Leistungsbereichs des Sperber-Gerätes eckige Objekte auf. Engelmann ließ per Rotlichtzeichen halten, ließ die anderen Wagen zur Feuerlinie auffahren.

Dankovo! Das kleine Straßendorf war deutlich zu erkennen. Ruhig lag es da inmitten dieser stillen Nacht. Vor dem Dorfausgang parkten massenweise kantige Fahrzeuge. Engelmann zählte 32 T-34/85-Panzer, die in Reih und Glied auf einer Wiese parkten. Die Tanks schienen unbewacht und unbesetzt zu sein. Konnte die 2. Kompanie in nur einer Nacht wirklich so ein unverschämtes Glück haben?

»Panzergranate laden«, knurrte Engelmann.

Jahnke lud. Er ließ den Fallkeil des Verschlusses langsam hinabgleiten, aus Angst, die Russen im Dorf würden es sonst hören. Die Nerven der Panzermänner waren zum Zerreißen gespannt.

»Bock?«, wisperte Engelmann.

»Ja, Oberleutnant?«

»Suchen Sie sich einen aus. Feuer!«

Zwei Sekunden vergingen, dann erzitterte der Tiger unter dem Abschuss der Acht-Acht-Kanone. Der Knall war ohrenbetäubend. Die weiße Leuchtspurgranate raste durch die Finsternis. Nur einen Wimpernschlag später rüttelte eine Explosion an einem der feindlichen Panzer. Die Wucht der Sprengkraft drückte das Monster aus Stahl über die Wiese und ließ es gegen den Nebenpanzer krachen. Die Panzergranate fraß ein Loch in den vorderen Teil der Wanne. Ein Flammenstoß stieg zum Himmel auf. Die anderen Panzer der Kompanie stimmten in das Konzert des Todes ein. Jede Explosion, jeder sich aufblähende Flammenball zwischen den Russenpanzern vor Dankovo ließ die Umgebung für eine Sekunde taghell erscheinen. In den Nachtsichtgeräten allerdings verursachten die Detonationen derart grelles Licht, dass Engelmann die Augen von der Optik nehmen musste. Erst als dichter, schwarzer Qualm die auflodernden Brände verdeckte, waren die empfindlichen Sperber-Geräte wieder zu gebrauchen.

Chaos brach aus in Dankovo. Panische Gestalten stürzten aus Gebäuden, flitzten plötzlich zwischen den parkenden Panzern umher. Vereinzeltes Gewehrfeuer blitzte in der Ortschaft auf. Motoren erwachten in einiger Entfernung zum Leben, heulten auf. Verzweifelte Rufe erfüllten die Nacht.

Die Sowjets begannen, blind um sich zu feuern. Sie schienen nicht zu wissen, wo sich die deutschen Tanks aufhielten, schienen nicht einmal die grobe Richtung zu erahnen. Engelmann blieb über Luke, observierte den Ortseingang. Leuchtspurgeschosse aus Handfeuerwaffen sausten Glühwürmchen gleich durch die Luft.

Salve um Salve zerfetzten die Tiger die Panzer-Brigade der Sowjets. Teile von Dankovo verschwanden hinter den Rauchschwaden. Das Dorf bestand aus weniger als 100 Gebäuden. Die Bewohner waren längst evakuiert worden. Ganz Dankovo war ein einziger Armeestützpunkt, und dieser wurde im Augenblick böse zusammengeschossen. Engelmann ordnete an, dass Stendals Zug das Dorf selbst mit Sprengmunition aufs Korn nehmen sollte. Die glühenden Geschosse verschwanden im dichten Qualm, krepierten lautstark in Dankovo. Flammende Tentakel schimmerten nach jedem Einschlag für den Bruchteil einer Sekunde durch den schwarzen Rauch.

Südlich Dankovos begrenzte ein mehrere hundert Meter langer, aber schmaler See die Ortschaft. Engelmann plante, nach dem Raid gegen die Feindpanzer am Ufer des Sees in Stellung zu gehen. Zu allen Seiten war das Gelände dort weitläufig, sprich auf viele Kilometer einzusehen, zudem führte die befestigte Rollbahn, die sich durch Dankovo schlängelte, unweit des Wassers entlang. Sie würde der 2. Kompanie im Notfall einen raschen Rückzug garantieren. Einzig die Ortschaft selbst beschränkte den Blick in Richtung Norden. Nun ja, eine perfekte Stellung gab es selten. Jedenfalls wollte Engelmann dort eine Igelstellung bilden, er hatte im Vorfeld des Unternehmens die Karten des Geländes lange studiert. Dort, südlich Dankovos, wollte er ausharren bis zum Eintreffen der deutschen Offensivkräfte.

Engelmann brach die Funkstille, informierte seine Unterführer darüber, dass er zügig nach der Vernichtung der feindlichen Panzer zum See aufbrechen wollte. Stendal und Perscher bestätigten den Spruch.

Das Heulen fremder Motoren wurde lauter, und plötzlich platzten zwei schlanke Russenpanzer aus dem dichten Rauchmantel, der sich um das Dorf gelegt hatte. Die kleinen, flinken Tanks mit ihren 45-Millimeter-Hauptkanonen rasten aufs freie Feld, hielten direkt auf die deutschen Panzer zu. Sie befanden sich auf Kollisionskurs. Engelmann brauchte einen Moment, ehe ihm bewusstwurde, dass die feindlichen Wagen flohen und nur nicht sehen konnten, wo sich die Deutschen aufhielten.

»BT-7!«, meldete Stendal vorschriftsmäßig über Funk. »Zwei, in Frontalfahrt, 100!« Bock drückte den Feuerknopf, und die Granate krachte dem BT-7 in die Stirnpanzerung. Die Explosion stülpte sich wie eine Schüssel über den Panzer, wirbelte ihn herum und schleuderte ihn auf die Seite. Einer von Perschers Leuten erwischte den zweiten Tank. Die Panzergranate fetzte durch den Panzer hindurch, als bestünde dieser aus Pappe, und krepierte weiter hinten in Dankovo. Der BT-7 erstarb. Das Wummern weiterer Verbrennungsmotoren, das Schlagen von Kolben, das Absaufen überhastet bedienter

Fahrzeuge legte sich wie eine Hintergrundmusik über die Szenerie. Panische Schreie schnitten durch die Nacht. Weitere Fahrzeuge preschten aus der Ortschaft, zerstoben in alle Richtungen. Lastwagen, Spähpanzer und Pkw amerikanischer Bauart. Stendals Sprenggaranten jagten ihnen nach, richteten ein Massaker unter den Sowjets an. Zwischen den brennenden T-34/85-Tanks torkelte ein Mann, der in Flammen stand.

Engelmann erachtete die Verfolgung der wenigen entkommenen Fahrzeuge als nicht lohnenswert. Stattdessen gab er den Marschbefehl in Richtung Süden. Die Tiger-Panzer setzten sich in Bewegung, rollten dem Punkt entgegen, den Engelmann für ihre Igelstellung auserkoren hatte. Dort gingen sie kreisförmig in Position, um nach allen Himmelsrichtungen wehrfähig zu sein. Dankovo brannte lichterloh. Einer gigantischen Fackel gleich erleuchtete es das Umland. Ein schwacher, orangefarbener Schimmer legte sich auch über Engelmanns Tiger, die am Ufer des Sees in Position gingen ... und warteten. Das Licht der lodernden Brände erhöhte die Reichweite der Sperber-Geräte deutlich.

Was folgte, war exakt das, was Engelmann und Boss mit dem Raid gegen Dankovo beabsichtigt hatten: Der Feind sammelte sich und setzte in den letzten Stunden der Nacht zu Angriffen auf die 2. Kompanie an. Der Iwan schien wütend ob der Dreistigkeit der Deutschen und warf daher jeden verfügbaren Panzer aus der Umgebung in die Schlacht. T-34, T-34/85, verschiedene Selbstfahrlafetten, kleine T-70-Panzer, mächtige SU-85-Sturmgeschütze und sogar einige Stahlkolosse aus der Stalinserie rollten aus allen Himmelsrichtungen auf Dankovo zu. Die Meldung von den deutschen Angreifern schlug auf der sowjetischen Seite hohe Wellen.

*

Einige Stunden später brannte Dankovo noch immer lichterloh. Das Feuer tauchte Engelmanns Igelstellung nach wie vor in einen minimalen Lichtschein, mit dem bloßen Auge kaum auszumachen. Angespannt beobachtete der Oberleutnant russische Kräfte, die von allen Seiten anrückten. Die Rotarmisten hatten keinen Schimmer, wo sich die Deutschen versteckt hielten. Sie suchten das Gelände mit Scheinwerfern ab. Offiziere brüllten Befehle, Motoren knatterten. Jeder Tank, jedes Fahrzeug und jede Ansammlung von Infanteristen, die der 2. Kompanie vor die Rohre gerieten, gingen im deutschen

Feuer unter, ohne überhaupt zu begreifen, von wo aus auf sie geschossen wurde.

Als der Morgen graute, als sich die Schwärze der Nacht langsam in Grautöne aller Abstufungen verwandelte, waren Dankovo und Umland zum Friedhof für über 60 Kampfwagen des Feindes geworden.

Erst jetzt hatten die Russen Leuchtmunition herangeschafft. Künstliche Sonnen stiegen über Dankovo auf.

Alle Luken des Panzers Engelmann waren verschlossen. Der Oberleutnant spürte, wie ihm die Müdigkeit gegen die Augen drückte. Gleichzeitig stieg sein Pulsschlag. Es wurde hell, und noch immer wuselten starke gegnerische Kräfte im Operationsraum herum. Der Munitionsbestand seiner Panzer war auf 40 Prozent abgesunken, der Treibstoff ging ebenso zur Neige, obwohl jeder der Tiger einige Zusatzkanister geladen hatte. 5,6 Liter fraß der neue Motor im Schnitt pro Kilometer, was die Reichweite bei einem 540-Liter-Tank sehr einschränkte. Der Kompanie Engelmann rannte die Zeit davon. Wo zum Teufel blieben die Angriffsspitzen *von Götterdämmerung*?

Die sechste Leuchtkugel blitzte am Himmel auf. Sie erhellte einen kleinen Kastenwald weit abseits der deutschen Tiger. Engelmann schüttelte kräftig den Kopf, um sich wach zu halten. Im selben Augenblick sprachen die Kanonen von Stendals Zug. Das Vibrieren der Abschüsse zog auch durch Engelmanns Panzer. Im Vorgelände flogen ISU-122-Sturmgeschütze auseinander, die in Querfahrt zum 1. Zug über die Ebene rollten. MG-34 knatterten. Die Salven fällten Soldaten eines russischen Spähtrupps, der am Waldrand entlang schlich.

Die nächste Leuchtkugel stieg auf. Volltreffer! Engelmanns Panzer waren mit einem Mal ausgeleuchtet wie Weihnachtsbäume. Sofort ging die wilde Schießerei los. Den Deutschen wurden Geschosse aller Kaliber vor den Latz geknallt. Sowjettanks fuhren auf. Haubitzen, die von den Russen in den letzten Stunden in Stellung gebracht worden waren, schossen sich auf die Tiger ein. Ihre schweren Koffer schlugen ins Revier der stählernen Raubkatzen, rissen Erde und Grasnarben haushoch aus dem Grund. Einige Granaten klatschten in den See, dessen Wasseroberfläche sie orkanartig aufwirbelten.

Für Engelmanns Einheit wurde die Luft dünn. Sie feuerten aus allen Rohren, zerlegten einen anrückenden Panzer nach dem nächsten. Rauchsäulen stiegen allerorts aus zerschossenen Wracks auf, als die Sonne aufging. In all dem Lärm konnte Engelmann nicht hören, ob die deutsche Offensive bereits im

Gange war. Selbst als er es einmal kurz wagte, seinen Kopf aus der Luke zu strecken, vernahm er kein Artilleriegrollen in der Ferne. Das Donnern der Abschüsse und Explosionen übertönte alles andere. Engelmann sah aber auch keine deutschen Flugzeuge am Himmel ...

Stunden vergingen, ohne dass der Gegner den Deutschen eine Pause gönnte. Engelmann blickte in den Bauch seines Tigers, erblickte erschöpfte Männer, die wie Maschinen ihre Aufgaben erledigten. Die Munition war auf 25 Prozent runter, MG-Munition fast vollständig aufgebraucht. Engelmann hatte die Losung ausgegeben, nicht mehr jedes Ziel zu bekämpfen, sondern nur noch solche, die tatsächlich auf ihre Igelstellung antraten. Zwei, drei Treffer reichten bei anrückenden T-34 mit aufgesessener Infanterie meistens aus, um die Überlebenden zum Rückzug zu motivieren. Mit dieser Methode versuchten die deutschen Panzermänner, sich Zeit zu erkaufen.

Das Umland war übersät mit qualmenden Wracks und Leichen. Sowjetflieger waren bisher Gott sei Dank nicht aufgetaucht. Durch die schiere Masse der Bodentruppen aber, durch die sich endlos wiederholenden Angriffe liefen die Tiger Gefahr, in die Knie gezwungen zu werden. Steter Tropfen höhlt den Stein. Perscher hatte gegen Mittag einen seiner Wagen durch einen Volltreffer in den Blendenkragen verloren. Ein Mann war dabei umgekommen, der Rest konnte von den anderen Tanks aufgenommen werden. In Engelmanns Tank war der Turmschwenkmotor ausgefallen, weshalb der Turm per Handkurbel geschwenkt werden musste. In einem von Stendals Panzern war die Feuerlöschanlage des Motors losgegangen, was beinahe zu einem Motorschaden geführt hatte.

Als der Abend hereinbrach, ließen Nervosität und Erschöpfung Engelmann am ganzen Körper zittern. Er wischte sich durch die blutrot unterlaufenen Augen, gähnte ununterbrochen. Noch immer war kein Funkspruch von der 203. Infanterie-Division eingegangen, die in diesem Frontabschnitt den Angriff führte. Deren Grenadiere hätten bei Dankovo Engelmanns Raubkatzen aufnehmen sollen. Der Oberleutnant hatte Wölk daher befohlen, dauerhaft auf der vereinbarten Frequenz zu horchen und selbst alle 15 Minuten einen Spruch abzusetzen. Er hoffte auf baldige Antwort ...

Als es dunkelte, war Engelmann kurz davor, ein Ausweichen zurück zu den eigenen Linien zu befehlen. Noch immer kein Lebenszeichen von der Division. Derweil knallte der Russe mit schwerer Artillerie in die Stellung der Tiger hinein. Die Panzer verschwanden unter einer Haube aus Dreck und Staub.

Erneut rollten feindliche Tanks der Igelstellung entgegen, dieses Mal ein Pulk Sherman-Panzer mit roten Sternen auf den Flanken. Perschers Leute schossen einen Feindpanzer nach dem anderen aus der Formation heraus.

Beim letzten Licht des Tages plötzlich Propellerdröhnen im Südwesten. Engelmanns Herz machte einen Satz. Erst als Stendal meldete, dass er zweimotorige Ju 88 ausgemacht hatte, entspannte sich der Oberleutnant, fiel auf seinen Kommandantensitz zurück. Deutsche Jabos jagten über das Gefechtsfeld hinweg, drehten bei, kamen wieder, kippten über die Tragflächen ab. Sie warfen mit Bomben und feuerten aus ihren Maschinenkanonen. Sie erledigten zwei Russenpanzer. Anschließend zogen die deutschen Flieger wieder ab.

Das muss es sein!, sprach sich Engelmann im Geiste Mut zu. *»Götterdämmerung«! Die Spitzen der Offensive!*

Und keine Sekunde zu spät. Der Munitionsbestand war auf unter 10 Prozent abgesunken. Sämtliche Tiger-Panzer hatten mittlerweile Treffer erhalten. Centkiewicz und seine Jungs hatten im laufenden Gefecht ein Rad und einige Kettenglieder wechseln müssen. Doch nun waren die Angriffskräfte der deutschen Offensive in Reichweite. Nun würden die Männer der 2. Kompanie endlich entsetzt werden! Engelmann konnte es noch gar nicht fassen, sie hatten es geschafft! Sie hatten diesen Wahnsinn tatsächlich überstanden … so gut wie. Neue Lebensenergie durchflutete seinen Körper, ließ ihn eine gerade Sitzposition einnehmen. Er nickte Bock zu, dann gab er über Funk die Parole aus, noch ein wenig länger durchzuhalten. Es könne nicht mehr lange dauern!

Wölk empfing in dieser Sekunde einen Funkspruch von der Division, der kurz, prägnant und eindeutig war. Wölk wiederholte den Spruch im Wortlaut, die Müdigkeit ließ seine Sprache stumpf werden: »An Anna, hier Adler. Spitzen Division stecken auf Höhe HKL in härtesten Kämpfen fest. Neue Befehle an Sie: Sofortige Umkehr und Eingreifen bei Cherepovo.«

Engelmann brauchte gar nicht erst auf die Karte schauen. Er wusste, wo dieser Ort lag. Sie hatten ihn auf ihrem Weg nach Dankovo durchquert. Um Cherepovo zu erreichen, mussten sie 17 Kilometer zurückfahren.

Außerhalb von Stalinsk, Sowjetunion, 05.11.1944

Unteroffizier Franz Berning hatte die Ruhr-Krankheit überlebt. Wahrlich, der Weg der Genesung war lang und beschwerlich gewesen. Berning wäre nicht durchgekommen, hätten Yuri und Rudolf nicht alle Hebel in Bewegung gesetzt. Yuri hatte sich in der Stadtbibliothek und im Krankenhaus von Stalinsk schlau gemacht über die Ruhr, und Rudolf hatte darauf unter Lebensgefahr einige Stücke Kohle aus dem Vorratslager stibitzt. Zudem hatte Yuri bei der Ärztin tatsächlich bewirkt, dass Berning ungewöhnlich lange auf dem Krankenrevier verweilen durfte, um sich zu erholen. Die alte Schachtel schaute den minderjährigen Russen seitdem manchmal auf eine ganz seltsame Art an. Berning dachte lieber nicht über die Hintergründe nach. Er war schlicht dankbar.

Yuri flitzte wie üblich zwischen den Lagerstätten der Kranken umher, tupfte hier eine schweißgetränkte Stirn, hielt dort nasskalte Hände, nahm Todgeweihten ihre letzten Wünsche ab oder versuchte der Ärztin ein paar Medikamente aus den Rippen zu leiern. Für sie war jeder einzelne Gefangene ein Nazi, ein Faschist, ein Kapitalverbrecher, Massenmörder und Unwürdiger, und genau so behandelte sie sie auch.

Yuri lächelte, wenn sein Blick auf Berning fiel. In diesem Umfeld des Todes, zwischen all den Sterbenden, die selbst einst Engel des Todes gewesen waren, war Yuri ein Junge, der Leben rettete.

Berning saß auf der Bettkante, die Hände waren zu Fäusten geballt, sein Körper hatte wieder ein wenig Muskelmasse angesetzt. Auch seinen guten körperlichen Zustand verdankte er Yuri. Der Junge stahl für die Gefangenen Lebensmittel in der Küche, auf den umliegenden Feldern und direkt in seinem Dorf. Auf Bernings Leib begannen sich wieder so etwas wie Muskeln abzuzeichnen. Seitdem es sein Körper zuließ, bewegte er sich wieder. Er lief umher, machte seit einiger Zeit täglich Liegestützen, Kniebeugen und andere Übungen.

Der alte Rudolf saß neben Berning auf dem harten Bettgestell und wippte langsam vor und zurück. Beide starrten vor sich hin.

Berning war anzusehen, dass die Krankheit, dass das Lagerleben überhaupt ihn verändert hatten. Finstere Dämonen waren in seinen Geist eingezogen. Seine Lider zuckten, sein Körper stand unter Spannung, seine Zehen verkrampften sich. Die langen Bartstoppeln ließen den Unteroffizier um Jahre gealtert erscheinen, die vielen Narben auf Körper und Gesicht, die von zahlreichen Gefechten und der harten Zeit als Kriegsgefangener zeugten, glänzten im schlechten Licht der Glühbirnen, die von der Decke hingen. Die Deckenleuchten wackelten hin und her im Wind, der durch das Krankenrevier blies, denn das hölzerne Gebäude war undicht und schlecht gebaut. Dunkle Schattenspiele waren auf Bernings Gesicht zu sehen, ließen seine flackernden Augen in der Finsternis verschwinden. In Berning brodelte es.

»Sie werden dich morgen oder übermorgen entlassen. Stimmt's, Junge?«, fragte Rudolf, der dabei einen verstohlenen Blick zum Fenster hinauswarf. Draußen war es dunkel, und Rudolf verschwendete mit jeder Minute, die er länger im Krankenrevier blieb, wertvolle Zeit der kurzen Nachtruhe.

»Ich weiß«, entgegnete Berning knapp.

»Und dann wird es wieder von vorne losgehen, Franz. Wir werden noch sehr lange hier sein, denke ich, und diese Kerle werden nicht aufhören, dich zu jagen. Ich kann dich nicht beschützen, Junge, und nicht einmal Salbig ...« Rudolf brach mitten im Satz ab, schaute zu Boden, ehe er mit dem Blick scheinbar hilfesuchend die hustenden und sich krümmenden Gestalten in den anderen Betten absuchte. »Es wird wieder von vorne losgehen, Franz«, wiederholte der alte Unterfeldwebel den Kern seiner Aussage.

Berning löste sich in diesem Moment aus seiner Starre. Er blickte auf, schaute Rudolf direkt an. Bernings Augen brannten.

»Oh nein!«, sagte er bestimmt.

Nordöstlich von Pochinok, Sowjetunion, 11.11.1944

»FEUER!«, ächzte Engelmann mit heiserer Stimme. Irma erzitterte unter dem Abschuss, die Hülse wurde aus dem Patronenlager geworfen, klimperte zu den anderen in den Fangbehälter.

Links neben dem russischen T-34/85 bohrte sich die Panzergranate in die Erde der Bodenwelle.

»Links, zu tief!«, brüllte Engelmann die Ergebnisse seiner Schussbeobachtung in das Kehlkopfmikrofon. Bock kurbelte wie ein Wahnsinniger für die Feinjustierung, richtete das Rohr neu auf den Feindpanzer aus. Der fuhr plötzlich an, schob sich in Querfahrt über die Bodenwelle, die in einigen hundert Metern Entfernung das Sichtfeld der deutschen Verteidiger beschränkte.

Mehr und mehr Panzer der Roten Armee rollten über diese Bodenwelle, warfen sich den deutschen Stellungen entgegen. *Der nächste russische Gegenangriff!* Nur einer von vielen in den vergangenen Tagen seit Beginn der Offensive.

Der Rückweg aus Dankovo war ein einziger Spießrutenlauf gewesen. Engelmanns Panzer hatten von allen Seiten unter direktem Beschuss gelegen. Panzer, Geschütze, Flugzeuge, Infanterie ... allein die Zähigkeit des Tiger C hatte die 2. Kompanie vor weiteren Ausfällen bewahrt. Dennoch war Engelmanns Panzern ihr Ritt durch die Hölle anzusehen: tiefe Schrammen im Stahl, zerschossene Schürzen, abgeplatzte Blenden und abgesprengte Ausrüstungsgegenstände. Einer von Perschers Tanks war auf den blanken Laufrädern der rechten Raupe zur HKL zurückgefahren. Centkiewicz' Wagen war von einer Panzergranate durchschlagen worden, die im Getriebe stecken blieb, ohne zu detonieren. Der Feldwebel fuhr noch immer mit dieser Granate im Getriebe durch die Gegend. Seit ihrer Rückkehr aus Dankovo war Engelmanns Kompanie pausenlos als Frontfeuerwehr im Einsatz. *Götterdämmerung* drohte zum Fiasko zu werden. Der Iwan hatte sich einmal mehr als zäher Verteidiger erwiesen, durch seine in monatelanger Arbeit ausgebauten, gestaffelten und stark befestigten Verteidigungslinien war kein nennenswerter Durchbruch erzielt worden. Tag um Tag rannten die deutschen Angriffskräfte aufs Neue gegen die sowjetischen Abwehrbollwerke an, fochten erbittert, zahlten einen gigantischen Blutzoll, nur um einen Hügel zu nehmen oder eine Waldkante oder eine zusammengeschossene Ruine.

Veteranen aus dem Großen Krieg kamen grausige Erinnerungen an die Westfront hoch, an den Abnutzungskrieg in Flandern, an das massenhafte Sterben für einige hundert Meter Gelände. Die Führung aber wollte diese Offensive, sie wollte den Erfolg um jeden Preis, zumal Models 2. Panzerarmee als einziger Angriffsflügel gut vorangekommen war. Die Panzerspitzen des alten Feldmarschalls hatten sich bis vor die Tore Kalinins herangearbeitet, mussten nun aber schwere Gegenstöße aus dem Westen abwehren – aus jenem Raum, der gemäß des Angriffsplans zur Falle für sowjetischen Armeen werden sollte.

Halder und Hoepner warfen verzweifelt alle verfügbaren Einheiten, selbst sämtliche Reserven, in die Schlacht, wo die Masse in einer Blut- und

Knochenmühle unterging. Es war deutscherseits zusätzlich entschieden worden, das Risiko einzugehen, die mobilen Startrampen der Höllenhund-II-Raketen doch in unmittelbarer Frontnähe zu positionieren.

Moskau sowie wichtige Aufmarschgebiete der Roten Armee östlich davon waren als Ziele für die ballistischen Boden-Boden-Raketen festgelegt worden, aber auch Ziele direkt hinter der Front. Die Deutschen wollten den Höllenhund II, wohl eines der fortschrittlichsten Kriegsgeräte des Weltkrieges, nicht länger zurückhalten, um ihn in einer späteren Phase der Offensive einzusetzen, denn diese spätere Phase musste erst einmal erreicht werden. Nein, nun galt es, alle verfügbaren Mittel, auch alle verfügbaren Männer und alle verfügbaren Waffen in die Schlacht zu werfen, den Druck auf die Linien des Gegners so lange zu erhöhen, bis der Knoten letztlich platzen würde.

Nur gestaltete sich der Aufbau des geforderten Drucks als schwierig, solange der Iwan nahezu jede deutsche Attacke mit Gegenstößen beantwortete. Es gab daher auf wenigen Kilometern Land ein ständiges Hin und Her, ein Vor und Zurück.

Artilleriegranaten krepierten zwischen Engelmanns Panzern. Sieben zerbeulte und beschädigte Tiger waren ihm noch geblieben. Engelmanns eigener Tank hatte aufgrund von verbogenen Laufrädern im rechten Laufwerk Probleme, in der Spur zu bleiben. Das Sperber-Zielgerät des Kommandanten war durch einen Treffer ausgefallen. In weiter Ferne raste eine einzelne Höllenhund-II-Rakete senkrecht der Erde entgegen, verschwand schließlich hinter Wäldern und Hügeln. Der Knall ihrer Detonation fegte wie ein Tornado über das Schlachtfeld.

Bock feuerte, traf den T-34/85 zwischen Turm und Wanne. Der Panzer blieb stehen. Ruckzuck bildete sich eine schwarze Säule, die aus dem Turm des Kampfwagens stieg.

»Für Rudel!«, schrie Bock seine ganze Verzweiflung in die Welt hinaus.

»Und für die Scharnhorst«, setzte Jahnke in einer Mischung aus Wut und Erschöpfung hinzu. Dieser Tage hatten die Deutschen neben den ausbleibenden Erfolgen von *Götterdämmerung* weitere harte Schläge hinnehmen müssen, vor allem für die Moral. Der gefeierte Schlachtflieger Major Hans-Ulrich Rudel war Mitte der Woche im Zuge der Offensive gefallen, und kurz darauf war die Meldung durchgesickert, dass sowjetische U-Boote das mächtige Kriegsschiff *Scharnhorst* zusammen mit einem Geleitzug von kleineren Schiffen versenkt hatten beim Versuch, die Barentssee zu durchqueren.

»Urrrrääääh!«, schnitt der bedrohliche Kampfschrei der Russen über das Schlachtfeld, aus tausend Kehlen gleichzeitig. Rotarmisten sprangen über die Bodenwelle, rannten todesmutig den deutschen Stellungen entgegen. Rotarmisten ohne Ende! Zu hunderten, zu tausenden tauchten sie auf wie die Ameisen, füllten das Gelände zwischen ihren Panzern. Brüllend stürmten sie voran.

Deutsche MG tackerten, Leuchtspurgeschosse fraßen sich durch die Linien der anstürmenden Infanteristen. Die ersten Reihen stürzten, blieben liegen. Die dahinter vorpreschenden Soldaten trampelten einfach über ihre gefällten Kameraden hinweg, preschten weiter vor. Der Ansturm riss nicht ab.

Engelmann erkannte, dass Maxim-Maschinengewehre, schwere russische MG mit einem Schutzschild, auf der Bodenwelle in Position gebracht wurden. Diese griffen in den Kampf jedoch nicht ein, und Engelmann wusste ganz genau, warum. Jene Waffen waren nicht dafür aufgestellt worden, deutsche Leiber zu zersägen. Nein, die Maxim-MG waren auf die angreifenden Rotarmisten ausgerichtet, und die Kommissare, die die MG-Schützen begleiteten, würden nicht zögern, das Feuer auf die eigenen Leute zu eröffnen, sollten diese sich anschicken, den Angriff abzubrechen.

Seitdem der Krieg gegen Deutschland, und nun auch gegen Japan, nicht so lief, wie Stalin sich das vorstellte, wurden wieder vermehrt drastische Maßnahmen beobachtet, um die Disziplin aufrechtzuerhalten. Mehr und mehr Politkommissare wurden in die Armee integriert und mit umfassenden Befugnissen ausgestattet. Strafen für Verstöße gegen die Soldatenpflicht wurden verschärft, grausige Exempel statuiert.

Die Rote Armee, die sich auf dem Weg der Modernisierung befunden hatte, verfiel zunehmend wieder in alte Muster. Muster, die bedeuteten, Menschenleben wie Brennmaterial einzusetzen, denn es herrschte der Glauben vor, die Union verfüge über ausreichend Menschen, um sie gegen den deutschen Aggressor zu schleudern, bis dieser erdrückt würde von dem schieren Gewicht der Körper.

Der russische Ansturm an diesem Vormittag war gigantisch. Wölk hing am Maschinengewehr. Das Wummern des MG 34 klingelte durch den Innenraum des Panzers. Einige hundert Meter weiter im Nordwesten hatte der Feind bereits die vordersten Linien der deutschen Infanteristen erreicht. Die Waffen der dort liegenden Bäckereikompanie verstummten. Markerschütternde Schmerzensschreie erfüllten die Luft, als die Soldaten beider Seiten zum schrecklichen Geschäft des Nahkampfs übergingen. Erbarmungslos hämmerte die russische Artillerie dazwischen. Menschliche Körper und abgerissene Gliedmaßen wurden hoch in die Luft gewirbelt. Die deutschen Landser wichen allmählich zurück, mussten weichen. Mehr und mehr und mehr Rotarmisten überschwemmten ihre Stellungen. Sie mussten über Hügel aus Körpern klettern. Die Deutschen kämpften verzweifelt um jeden Fußbreit Boden. Als wäre ein bis zum Bersten mit Luft gefüllter Ballon auf einen spitzen Gegenstand gestoßen, brach mit einem Mal der Widerstand der Bäckerei-Soldaten zusammen. Die Männer drehten sich um, rannten um ihr Leben. Alle gleichzeitig, als hätte jemand das Kommando dazu gegeben. Die Russen jagten ihnen nach, ergossen sich wie eine ewige Flut über die hastig von den Deutschen ausgehobenen Stellungssysteme.

»Scheiße«, ächzte Birne.

»Los, Bock!«, plärrte Engelmann. »Unseren Jungs Feuerschutz geben! Jahnke, Spreng laden!«

»Jawohl!«, keuchte der wie verrückt schwitzende Ladeschütze. Er hielt eine Sprenggranate in Händen, wartete auf den nächsten Abschuss Bocks, damit sich der Verschluss wieder öffnete. Bock jagte auch gleich die Panzergranate, die sich noch im Rohr befand, in die Menge der feindlichen Infanteristen hinein. Das Geschoss fetzte durch Leiber und Stoffuniformen wie durch Papier, riss einem Mann den Schädel von den Schultern, schleuderte andere hinfort, brach ihnen alle Knochen und zerquetschte ihnen die Organe. Eine Panzergranate bewirkte bei Weichzielen oftmals keine Flächenwirkung, da sie erst detonierte, wenn sie auf eine harte Panzerung traf, doch was dem eisenharten Stahlkern, der mit über 1000 Meter pro Sekunde über das Schlachtfeld wetzte, in die Quere kam, wurde alleine von der puren Wucht zerrissen. Die Granatenhülse flog aus dem Schloss. Jahnke schob die nächste nach.

»Perscher soll an den feindlichen Panzern dranbleiben!«, befahl Engelmann. »Stendal nimmt sich die Infanterie vor. Wir halten so lange wie möglich aus, decken den Landsern den Rückzug!«

Wölk klemmte sich hinters Funkgerät.

Engelmann donnerte mit der Faust gegen den Stahl seines Panzers. Ein irrer Schmerz zog durch sein Handgelenk. Es sollte doch endlich vorwärts gehen, und nun drückten die Sowjets sie schon wieder zurück bis an die Ränder von Pochinok! Dreimal schon hatten die Deutschen den winzigen Ort erobert, und jedes Mal hatte Engelmann gehofft, den feindlichen Widerstand endlich gebrochen zu haben … endlich voranzukommen.

Seine Panzer feuerten aus alles Rohren. Die Acht-Achter knallten, die MG belferten. Der russische Ansturm aber drohte, auch sie zu ergreifen und hinfort zu spülen. Die roten Fußsoldaten hatten sich schon bis auf 100 Meter an die Stellungen der 2. Kompanie herangearbeitet, und sie rannten weiter voran, ganz gleich, wie viel Feuer ihnen die Tiger entgegenschleuderten, wie viele Rotarmisten unter dem Beschuss getötet und zerstückelt wurden, wie viele sich in den Flammen der Sprenggranaten auflösten.

Engelmann biss sich auf die Unterlippe. Er wollte nicht weichen, wollte die Stellung endlich halten! Er sah dazu aber keine Möglichkeit mehr. Schließlich ließ er sich die Kompaniefrequenz auf die Ohren geben und erteilte den Befehl zum Ausweichen bis auf die andere Seite des Waldes. Von dort aus würden bereits wieder die Ruinen Pochinoks zu sehen sein.

Die Tiger gaben Gas, setzten sich unter gegenseitigem Deckungsfeuer ab. Bald schon rollten sie die engen Wege entlang, die die Pioniere im Vorfeld durch den Wald geschlagen hatten. Die Männer eines Luftwaffen-Feldbataillons gruben mit hektischen Bewegungen und panischen Gesichtern neue Deckungslöcher, um den Feind dort im Wald aufzuhalten. Engelmann aber konnte an dieser Stelle keine Unterstützung leisten. Er hatte von Boss mittlerweile neue Befehle erhalten, sollte sich in Pochinok melden, um von dort aus irgendwo anders eingesetzt zu werden, wo es derzeit brannte. Das konnte überall sein.

Es dauerte nicht mehr lange, und die Tiger-Panzer verließen den Wald. Das dumpfe Grollen und Dröhnen der tobenden Schlacht allerorts begleitete die Tanks, vermischte sich mit dem Quietschen ihrer Ketten zu einer Symphonie des Todes.

Vor Engelmann breitete sich das Dorf Pochinok aus: ein Haufen abgefackelter Holzhütten, angeordnet um eine zusammengeschossene Kirche und drei eingestürzte Steingebäude. Rauchschwaden standen wie Ausrufezeichen über dem Ort. Ein russischer Aufklärer, ein Doppeldecker, drehte hoch oben seine Kreise, begleitet von den schwarzen Wölkchen explodierender Flakgranaten.

»Hoffe, es gibt etwas Anständiges zu essen, bevor es weitergeht«, wisperte Jahnke im Bauch des Stahlkolosses. Engelmann konnte ihn verstehen. Sie alle standen schon wieder seit über 20 Stunden im Dauereinsatz, der Magen war

leer, die Lippen spröde und die Kehle vom stetigen Flüssigkeitsmangel angeschwollen.

Mit einem Mal erfasste ein weit entferntes Rauschen die Szenerie. Es legte
sich mit bestimmender Dominanz über alle anderen Geräusche. Engelmann
kniff die Augen zusammen, dann sah er sie: Weit hinten am Horizont stiegen
scheinbar brennende Pfeile in das Firmament auf, verschwanden schließlich
zwischen den Wolken. Höllenhunde Typ II! Die Wehrmacht ließ jede Rakete
starten, die ihr zur Verfügung stand. Der Anblick der aufsteigenden Höllenhunde ließ Engelmann neuen Mut schöpfen. Sie würden jede feindliche Stellung zerschmettern, würden den russischen Nachschub pulverisieren. Sie
würden vor allem die Moral der Rotarmisten brechen. Nun endlich musste
es vorwärts gehen!

Rechlin, Deutsches Reich, 19.11.1944

Sie waren wieder dort angelangt, von wo aus sie vor einigen Monaten auf die
Rettungsmission in die Schweiz aufgebrochen waren. Schneider saß in Unter-
wäsche in seiner kleinen Stube im Luftwaffenstützpunkt von Rechlin und zog
gierig an einer Zigarette, einer Eckstein. Sie schmeckte hervorragend. Ge-
nüsslich pustete der Oberfeldwebel grauen Rauch in die Luft. Er wollte all
seine Sinne auf diese eine, industriell gefertigte Zigarette konzentrieren, deren Tabakaroma seinen Gaumen umspielte und deren Qualm in seiner Lunge
kratzte. Er versuchte verzweifelt, diese Zigarette zu genießen. Es gelang ihm
nicht.

In seinem Hinterkopf nämlich hatte sich der Gedanke an die drohende Ostfront festgesetzt. Schneider und seine Männer waren kaum in der Heimat
angekommen, da hatte der Verbandskommandeur per Fernschreiben angeordnet, dass sie so rasch wie möglich in die Gegend von Smolensk an die in
Bewegung geratene Ostfront zu verlegen hatten. Dazu sollte Schneiders
Gruppe in Berlin den Rest der Kompanie treffen, um von dort aus gemeinsam
dem Sonderverband 804 nachzureisen, der sich bereits in Smolensk befand.
Einmal mehr also würden Schneider und seine Brandenburger als gewöhnli-
che Infanteristen eingesetzt werden ... verheizt werden.

Dieser Tage warf die Wehrmacht dem erstarkten Russen alles entgegen, was eine Waffe tragen konnte. Da war es egal, welch umfangreiche und kostspielige Ausbildung die Männer im Vorfeld genossen haben mochten und zu welchen Sondervorhaben sie in der Lage waren. Im Augenblick zählte nur, dass sie irgendwo zwischen Leningrad und Rostow standen, um die Löcher in der HKL zu stopfen.

Wunderprächtig, kommentierte Schneider sarkastisch seine Gedankengänge. Er sog die letzten Züge aus seiner Zigarette. An der Ostfront würde es wieder nur Selbstgedrehte geben, und der Tabak war meist gestreckt. Die »Zigarettenlage« war im Augenblick Schneiders persönliches Fiasko im Hinblick auf die baldige Verlegung seiner Einheit. In zwei Tagen schon würde ihr Zug von Berlin aus losrauschen, bis dahin hatten die Männer die Zeit zu ihrer freien Verfügung. Einige der Deutschstämmigen seiner Gruppe waren nach Hause gefahren, andere hielten sich bereits in Berlin auf, um sich in der deutschen Hauptstadt die Birne volllaufen zu lassen. Schneider aber war zusammen mit Taylor nach Rechlin gefahren, wo er aufgrund seiner im Sommer gemachten Bekanntschaften sofort Stuben, Bettzeug und Verpflegung hatte organisieren können. Beiden war derzeit nicht nach Feiern und Trinken zumute, und die Zeit reichte auch nicht, um einen Abstecher zu den Eltern zu machen. Schneider wollte daher lieber ausschlafen und seine Ruhe haben. Seufzend richtete er sich auf, drückte seine Zigarette auf dem weißen Porzellanteller aus, der neben dem Bett auf einem Schemel stand und vom Mittagessen des Oberfeldwebels zeugte. Fettige Hackreste von Buletten, eine angetrocknete Senflache und Überbleibsel von Kartoffeln klebten an der glatten Oberfläche, einige zerdrückte Kippen lagen dazwischen.

Es klopfte an der Stubentür, Taylor trat ein. Mit einer emotionslosen Begrüßung auf den Lippen schnappte er sich einen Stuhl. Wenn Schneider ganz genau darauf achtete, erkannte er, dass sein alter Freund noch immer ein kleines bisschen hinkte, doch Taylor besaß einen Diensttauglichkeitsschein vom Truppenarzt.

»Und, Taylorchen? Wie fühlt man sich als frisch gebackener Unterfeldwebel?«, sagte Schneider grinsend.

»Gut … gut. Was machst du?«, erwiderte Taylor hintergründig. Er zog eine Packung Kippen aus seiner Hosentasche, bot Schneider eine an. Der Oberfeldwebel griff dankend zu. Taylors Sturmfeuerzeug klackte und entzündete beide Zigaretten. Neuerlich erfüllte der Geruch von verbranntem Tabak den Raum.

»Rauchen ...«, stöhnte Schneider und streckte sich, »... und denken.« Einen Moment lang starrte er vor sich her, dann ergänzte er: »Nein, streich das Denken. Ich rauche eigentlich nur.«

»Dito.«

Auf Taylors Antwort folgte eine gefühlte Ewigkeit des Schweigens, in der beide stumm vor sich hin qualmten. Sie drückten ihre Kippenstummel schließlich auf dem Teller aus.

»Kommen dir manchmal«, begann Taylor wie aus dem Nichts, »also manchmal Zweifel, ob wir auf der richtigen Seite kämpfen? Also ... ob wir die Guten sind in diesem Krieg?«

Schneider richtete sich auf. »Ja«, antwortete er ohne jeden Unterton.

Taylor schien über die Antwort überrascht, starrte seinen Gruppenführer mit großen Augen an. »Ja?«

»Ja.«

»Und?«

»Und was?«

»Es macht dir nichts aus?«

»Nö.«

»Und es stört dich kein bisschen? Was ist mit unseren moralischen Werten? Wir lassen zu, dass in unserem Namen schreckliche Dinge geschehen.«

»Ich sag mal so ...« Schneider beugte sich vor. »Moralische Werte gehen nicht für dich einkaufen. Und sie zahlen auch keine Miete für dich. Ich mache eben, was von mir verlangt wird, und halte ansonsten die Fresse. Im Gegenzug kriege ich eine ordentliche Karriere bei der Armee. Ich glaube, die Vorzüge dieses Modells sind nicht abzustreiten.«

»Selbst wenn alles nur Lüge ist, was man uns immer erzählt hat? Schau, was jetzt öffentlich geworden ist ... und wir beide wissen, was alles im Osten geschehen ist. Das ist nur die Spitze des Eisberges.«

Schneider zuckte mit den Achseln. Taylor spielte auf den Umstand an, dass die Regierung Halder erst vor wenigen Wochen Dokumente veröffentlicht hatte, die belegten, dass SS und Waffen-SS systematisch Juden, Gewerkschafter, Sozialdemokraten und andere ermordet hatten.

Auch die sogenannte Nacht der langen Messer im Jahr 1934, in der Ernst Röhm zusammen mit etwa 100 Gefolgsleuten umgebracht worden war, hatte sich als eine Intrige der SS herausgestellt. Der war die immer mächtiger werdende Organisation Röhms ein Dorn im Auge gewesen. Heinrich Himmler hatte Hitler davon überzeugen können, dass Röhm einen Putsch planen würde. Der Reichsführer-SS hatte gefälschte Beweise vorgelegt, um von Hitler die Erlaubnis zu erhalten, die Delinquenten zu erledigen. Insgesamt sollen laut der Regierung Halder neben der Ermordung der SA-Führungsriege mehr als 4.000 Morde an Reichsbürgern auf das Konto von SS und Waffen-SS gehen.

Zudem zeichneten Himmlers Organisationen für zahlreiche Mordaktionen im Osten verantwortlich. Heinrich Himmler hatte, so die von der Regierung Halder veröffentlichte Darstellung weiter, Hitler über Jahre hinweg hintergangen und hinter dessen Rücken zudem die eigene Machtübernahme vorbereitet. Kanzler Halder hatte als Reaktion auf die neuen Erkenntnisse Ehrenwachen an den Gräbern aller identifizierten Ermordeten angeordnet, um die Solidarität der Regierung mit den Opfern der SS zu bekunden, und um zu demonstrieren, dass die neue deutsche Regierung einen anderen Kurs fuhr.

Auch der Umgang mit den Juden war angeblich vor allem auf Himmlers Mist gewachsen. Himmler allein sei dafür verantwortlich, dass die deportierten Juden unter unwürdigen Bedingungen in Viehwaggons gepfercht und ohne Verpflegung über tausende von Kilometer fortgeschafft worden waren.

Zudem habe sich die SS an den Habseligkeiten der Menschen bereichert, statt sie ihnen zu belassen. Eine sicher vierstellige Zahl an Menschen jüdischer Abstammung soll alleine bei den Transporten ums Leben gekommen sein – so die Verlautbarung der Regierung Halder.

Für Schneider war das alles keine große Nummer. Er fürchtete vielmehr, dass die gezielte Veröffentlichung solcher Informationen, nur Wochen nach dem Attentatsversuch auf den Kanzler, bewirken sollte, das Volk gegen die SS und deren ehemalige Angehörige aufzubringen, von denen sich nur ein Bruchteil an Himmlers Putschversuch beteiligt hatte.

Die ehemaligen SS-Männer jedenfalls, die Schneider bis dato hatte kennenlernen dürfen, waren seiner Ansicht nacht vortreffliche Leute. Fritze zum Beispiel kam von der Waffen-SS.

»Mach dir keinen Kopf wegen so etwas«, riet Schneider.

»Wir halten uns für die Hochzivilisation dieses Planeten«, spottete Taylor, »aber sieh uns an! Wir benehmen uns wie die Höhlenmenschen. Wir schließen Menschen aufgrund ihrer Abstammung aus, boykottieren ihre Geschäfte, deportieren sie … stopfen Frauen und Kinder in Viehwaggons … ich weiß nicht, wie ich darüber denken soll.«

»Das ist doch alles nicht mehr.«

»Wer sagt, dass es aufgehört hat?«

»Ich.«

»Ich hab' von so vielen Fällen gehört …«

»Einzelfälle.«

»Einzelfälle?«

»Ja. Egal, was geschehen ist … was juckt dich das?«, fragte Schneider emotionslos. »Sieh mal, wir sind doch auf der Gewinnerseite in dieser Sache. Uns geht es doch gut … Wir prügeln jetzt noch ein, zwei Jahre lang auf unsere Feinde ein, dann ist die Sache geritzt. Wir werden über Europa herrschen. Wir werden wie die Maden im Speck leben, sag' ich dir!«

»Aber zu welchem Preis?«

»MENSCH!«, raunte Schneider, sprang auf und erfasste seinen Freund an den Schultern. »Du stehst auf der Gewinnerseite, merk dir das! Aber wenn du deine Fresse nicht hältst, wird sich das schneller ändern, als dir lieb ist!«

Als Schneider von Taylor abließ, nickte der nur mit zusammengekniffener Miene. Daraufhin starrten beide eine ganze Zeitlang vor sich hin.

In Schneider arbeitete es. Er stand zu dem, was er gesagt hatte, doch er spürte das Verlangen in sich, bei Taylor weitere Überzeugungsarbeit zu leisten. Schließlich wollte er diesen guten Soldaten nicht irgendwann an die Feldpolizei verlieren, nur weil Taylors Mundwerk eine Spur zu locker saß.

»Es geht um diese Jüdin, nicht? Diese Roth?«, fragte Schneider schließlich mit berechnender Stimme.

Taylor blickte auf, starrte seinen Gruppenführer an. Er gab keine verbale Antwort, doch Schneider vermochte aus dem Gesicht seines Gegenübers zu lesen wie aus einem Buch. Er sagte: »Ich weiß nicht, welche Flöhe sie dir ins Ohr gesetzt hat. Ich kann dir nur raten, dir nicht den Schädel wegen Dingen zu zermartern, die dich nicht betreffen.«

»Und wenn sie mich doch betreffen?«

Schneider stieß einen Seufzer aus. »Sieh mal«, erklärte er, »die Juden sind Asoziale. Genau wie diese ganzen anderen Maden, die unser Volk lange beeinträchtigt haben. Die Zigeuner und die Bibelforscher und das ganze Kroppzeug. Ich verstehe gar nicht das Theater, das um diese Sache gemacht wird. Wir können froh sein um jeden, den die SS für uns abgemurkst hat.«

Taylors Gemütszustand veränderte sich schlagartig vom unsicheren Zweifler zum wütenden Stier. Seine bebenden Lippen öffneten sich. Er musste betont langsam sprechen, um sich überhaupt beherrschen zu können. Er sagte: »Luise … ist … keine … Asoziale!« Taylor wirkte wie ein Vulkan kurz vor der Eruption.

»Ja, mag sein. Sie mag eine Ausnahme sein. Aber insgesamt willst du doch nicht bestreiten, dass dieses ganze Volk der Bodensatz der Gesellschaft ist?«

»Woher willst du das wissen? Wie viele Juden kennst du?«

»Du bist mir einer!« Schneider lachte gekünstelt. »Glaub nicht, ich hätte mich nicht informiert! Dafür muss ich keinen von denen kennen, sondern nur Augen und Ohren offenhalten! Du hast wohl gepennt, als die Kinos ›Der ewige Jude‹ gespielt haben, was? Und ›Mein Kampf‹ kennst du wohl auch nicht. Also tu nicht so, als wüsstest du, wovon du redest, nur weil du einmal eine Jüdin gefickt hast! Das sind Diebe und arrogante Nutznießer des deutschen Wohlstands, mehr nicht! Und diese Roth hat dir anscheinend ganz erfolgreich ihre jüdischen Intrigen eingetrichtert.«

»Aber rechtfertigt das, sie umzubringen? Ich meine, massenhaft … wie Vieh? Sie in Lager zu stecken … sie verhungern zu lassen … Frauen … Kinder …?«

»Jetzt offenbarst du ja selbst, dass du von der grundsätzlichen Sache überhaupt keine Ahnung hast! Keine Krummnase sitzt mehr im KL und das war darüber hinaus niemals Teil der Politik unserer Regierung. Vor einigen Tagen erst hat die Wochenschau da einen sehr interessanten Filmausschnitt drüber gezeigt. Es war nämlich so, dass unser Führer in großem Maße von Himmler betrogen wurde. Das Betrügen scheint dem Bastard ja irgendwie im Blut zu liegen. Natürlich wollte Hitler die Juden loswerden, sie aus dem deutschen Volkskörper herausschneiden. Aber unser Führer war immer noch ein Edelmann und kein Mörder! Deshalb hat er ihre Verlegung in den Osten angeordnet, wo die für sich sein sollten und auch keinen Schaden mehr gegen Deutschland hätten anrichten können. Himmler aber und seine SS waren damit nicht einverstanden. Die wollten die Volksschädlinge allemachen, ein und für alle mal, was ja grundsätzlich vernünftig ist, finde ich. Der Führer hätte Himmler aufgeknüpft, hätte er davon erfahren. Na ja, und Halder fand das Ganze auch nicht lustig. Was meinst du, warum die die SS aufgelöst haben? Weil Himmler völlig plemplem war! Himmler wollte irgend so einen esoterischen Ritterorden aus unserer Heimat machen. Richtig gruselig, was der

Sprecher von der Wochenschau da erzählt hat! Und ich höre außerdem immer wieder von dem Gerücht, dass des Führers Unfall vielleicht gar kein Unfall gewesen ist. Immerhin soll er kurz vor seinem Tod von Himmlers Machenschaften erfahren haben. Hat wohl Gift und Galle gespuckt, als er die Brillenschlange zum Rapport vorgeladen und außerdem Himmlers Absetzung vorbereitet hatte. Doch unser Führer hatte leider zu viele Feinde, von denen er nichts wusste. Dieser Schellenberg-Knabe zum Beispiel steckte mit drin, und viele andere auch! Was meinst du denn, auf welcher Grundlage Halder diese ganzen Prachtkerle nach des Führers Tod verhaftet hat? Halder ist doch selbst einer der größten Verehrer unseres Führers, das ist doch gemeinhin bekannt. Der wollte ihn natürlich rächen und macht nun Politik nach Hitlers Vorstellungen. Klar, mit dem Beck hat sich unser Kanzler natürlich direkt das andere Extrem eingekauft. Der alte General würde am liebsten Küsschen und Kuchen an alle Russen verteilen. Der will nicht verstehen, dass die Welt kein Hort der Freundlichkeit ist. Dem Beck haben wir es zu verdanken, dass die Deportation der Juden überhaupt aufgehoben und umgekehrt wurde. Stattdessen haben wir diese Kerle jetzt wieder im Reich, und die werden für die ganzen Unannehmlichkeiten auch noch königlich entschädigt! Das muss man sich mal vorstellen, das ist immerhin unser Geld! Du weißt, Junge, ich habe gegen niemanden etwas. Ich habe schon Seite an Seite mit Negern gekämpft, mit Moslems, mit Indern, mit was weiß ich nicht alles. Aber diese Juden sind einfach nicht richtig. Und deshalb finde ich es falsch, dass sie weiterhin in Deutschland bleiben dürfen … und jetzt sogar eingezogen werden. Stell dir das mal vor! Stell dir mal vor, sie stecken so einen Volksschädling in unsere Einheit! Mann!« Schneider hatte sich in Rage geredet. »Manchmal wünsche ich mir, Himmler hätte im August zumindest den Beck erledigt, aber nicht mal dazu war der Arsch fähig.« Der Oberfeldwebel leckte sich über die Lippen, schüttelte verbittert den Kopf.

Taylor hingegen schaute drein wie ein geprügelter Junge. »Ich weiß nicht mehr, ob ich diesen ganzen Scheiß noch glauben kann. Egal wer, alle verarschen die uns nur«, flüsterte er.

»Nee, nicht der Halder! Du solltest öfters mal in die Wochenschau oder den Völkischen Beobachter hineinschauen. Nur, wenn du dich informierst, weißt du, was wirklich Sache ist, Taylorchen.«

Außerhalb von Stalinsk, Sowjetunion, 19.11.1944

Selbst an Sonntagen hatten die deutschen Gefangenen des Unterlagers Nummer 3 zu arbeiten. Dieser Sonntag allerdings war etwas Besonderes, denn das *Narodny kommissariat wnutrennich del* – das Volkskommissariat für innere Angelegenheiten (NKWD) – veranstaltete eine ganztägige Unterrichtung in deutscher Sprache, die der politischen Umerziehung der Gefangenen dienen sollte. Die Teilnahme daran war den Lagerinsassen freigestellt, alternativ durfte draußen im Forst geschuftet werden.

Berning war vor einigen Tagen aus dem Krankenrevier entlassen worden. Er hatte sich selbstredend für die Veranstaltung gemeldet, und das nicht nur, um der Arbeit fernzubleiben. Er hatte rasch feststellen müssen, dass außer ihm nicht einmal zehn der auf über 190 Gefangene angewachsenen Lagerinsassenschaft an der Umerziehungsmaßnahme teilnahmen. Salbig hatte im Vorfeld eine eindeutige Ansprache diesbezüglich gehalten, was einige zusätzlich eingeschüchtert haben mochte. Es schien tatsächlich, als ob kaum einer der Deutschen bereit war, nur einen Tag seines Lebens zu opfern, um einmal über den Tellerrand hinauszuschauen. Lieber arbeiteten sich die Piefkes ihren Rücken krumm ...

Solche Feststellungen machten Berning traurig. Er registrierte mit Missmut, dass nicht einmal Rudolf den NKWD-Rednern seine Aufmerksamkeit schenken wollte.

Für Berning hingegen war die Sonntagsunterrichtung Gold wert. Wissbegierig sog er jeden Informationsfetzen in sich auf. Die Idee des Sozialismus vermochte ihn von Tag zu Tag mehr zu begeistern. Doch auch aus einem anderen Grund freute er sich über das außerordentliche Sonntagsprogramm, denn es erlaubte ihm, den ganzen Tag lang in der warmen Stube zu sitzen und seine Kräfte zu schonen, während sich die Faschisten draußen im Wald müde buckelten. Dieser Umstand würde ihm bei seinem Vorhaben am Abend einen elementaren Vorteil verschaffen ...

*

Es war dunkel. Die Gefangenen hockten in ihren Baracken, dösten vor Erschöpfung vor sich hin oder saßen zusammen, um in gedämpfter Lautstärke nichtssagende Unterhaltungen zu führen. Die Lautsprecheranlage des Lagers schmetterte die Internationale. Von einem monumentalen Orchester begleitet, sang eine deutsche Stimme mit Leidenschaft das Kampflied der Arbeiterbewegung, so wie jeden Tag, einmal am Morgen und einmal nach Arbeitsschluss, wenn die Männer aus dem Wald zurückgekehrt waren.

Berning marschierte über den Platz des Nebenlagers. Er hatte sein Ziel klar vor Augen, hatte jede Faser seines Körpers auf das Bevorstehende eingestimmt. Seine Augen fokussierten die Baracke – diese eine bestimmte, auf deren Tür mit weißer Farbe die Zahl »4« gepinselt worden war. Die Umrisse der Baracke, die in einer langen Reihe von Baracken entlang des Zauns stand, zeichneten sich schemenhaft vor dem schwachen Licht entfernter Scheinwerfer ab. Die weiße Farbe schimmerte in der Finsternis.

Der durch Yuris und Rudolfs hervorragende Pflege wieder gut zu Kräften gekommene Österreicher ballte die Fäuste. Er sog die frostige Abendluft in seine Nase ein, spürte, wie sie seine Atemwege auskühlte. Das Gefühl war seltsam angenehm.

Bernings Atmung ging ruhig und gleichmäßig. Seine Augen waren zu schmalen Schlitzen verengt. Er leckte sich über die aufgesprungenen Lippen, spürte den rauen Schorf, der sich dort gebildet hatte. Berning würde sich nie wieder herumschubsen lassen!

Begleitet vom mit feuriger Leidenschaft singenden Interpreten der Internationale, begleitet vom »Völker, hört die Signale!«, trat Berning vor die Eingangstür der Baracke 4, einer mehr schlecht als recht zusammengezimmerten Holzhütte. Noch wollte er sie nicht betreten, denn er hatte Vorbereitungen zu treffen. Aus dem Inneren drangen dumpf die Stimmen ausgelaugter Männer.

Berning wandte sich nach rechts, drückte sich gegen die Wand der Baracke. Das Holz war grob und schlecht verarbeitet. Wer daran entlang schrammte, würde sich unweigerlich Splitter ins Fleisch jagen. Berning wusste, dass er fündig werden würde.

Er bückte sich, kroch um die Ecke und folgte weiter der Wand. Seine Hände suchten jene Naht ab, die das Holzgerüst von dem schief gegossenen Fundament trennte. Die Gefangenen des Unterlagers Nummer 3 konnten froh sein, dass sie überhaupt in Holzhütten hausen durften. In anderen Lagern mussten die Männer in amerikanischen Zelten oder Erdlöchern schlafen.

Berning ritzte sich die Hand an einer scharfkantigen Latte auf. Er fluchte unflätig. Die eisige Kälte intensivierte das Gefühl. Seine Hand pulsierte rötlich, die Finger waren taub. Dunkles Blut quoll aus dem Schnitt.

Berning suchte weiter, fand schließlich ein schmales Brett, das sich bewegen ließ. Er stemmte sich mit aller Macht gegen das Holz, zog daran, drückte sich mit seinem Gewicht gegen den Widerstand. Das Holz knackte – und brach. Berning zog die Latte aus der Fassade. Das Stück, das er herausgebrochen hatte, war einen guten Meter lang, schmal und an der Bruchstelle ausgefranst und gefährlich spitz. Es lag gut in der Hand.

Ein berechnendes Lächeln erschien auf Bernings Lippen. Zielstrebig machte er kehrt, folgte der Wand zurück zum Eingang der Baracke. Berning fuhr sich mit der linken Hand unbewusst in den rechten Ärmel, ließ seine Finger über die Brandnarben gleiten, die Zigaretten dort vor langer Zeit verursacht hatten. Es waren die ersten Tage seiner Gefangenschaft gewesen ... doch der Sozialismus hatte mehr als das zu bieten, Berning glaubte fest daran.

Mit der Holzlatte in der Hand stieß er die Tür der Baracke auf und betrat die überfüllte Stube. Feuchtwarme Luft empfing ihn, gepaart mit dem scharfen Odem von Schweiß, von ungewaschenen Körpern, von Socken und Eiter.

Berning bahnte sich einen Weg durch die herum lümmelnden Landser, die in dreckigen und durchlöcherten feldgrauen und bunten Uniformen auf ihren Drahtgitterbetten oder dem Boden hockten und vor lauter Niedergeschlagenheit keine Notiz von ihm nahmen. Seitdem das Lager weitere Gefangene aufgenommen hatte, platzten die Baracken aus allen Nähten. Die Neuankömmlinge überstiegen die Verlustzahlen um ein Vielfaches.

Berning presste das Holz gegen sein Bein, schob mit der freien Hand Landser beiseite. Zielstrebig arbeitete er sich in die hintere rechte Ecke der Baracke vor. Er pflügte durch eine Gruppe umherstehender Landser. Es war ein Leichtes, die abgemagerten Knochengeripppe mit den Fusselbärten beiseitezustoßen. Dann war er da ... hatte den Ort erreicht, an dem er sein Martyrium beenden würde: ein Einzelbett, eingeklemmt zwischen zwei Etagenbetten. Das adelige Schwein von Hagen saß mit trübem Blick auf der Matratze, vertieft in das winzige Porträtfoto einer Frau, das er irgendwie durch alle Kontrollen hindurch gerettet hatte. Einer der Schergen von Hagens saß auf dem oberen Stock des rechten Etagenbettes, ließ die Beine baumeln. Er war ein hässlicher Knabe mit schiefer Nase, tiefen, dunklen Augenringen und dünn gewordenen Armen, die jedoch ihre muskulöse Vergangenheit nicht verleugneten.

Noch ehe der Adelige oder sein Kumpel den Angreifer hätten registrieren können, schwang Berning die Holzlatte. Er machte dazu einen Satz nach vorne, donnerte von Hagens Schergen das Holz flach ins Gesicht. Der Mann kam gar nicht mehr dazu, sich zu erschrecken. Er segelte vom Bett, krachte auf die Dielen und blieb bewusstlos liegen. Blut sprudelte ihm aus einer Wunde an der Schläfe. Ein beinahe stummes Raunen ging durch Menge der Gefangenen. Müde Augen erhoben sich, stierten auf die Szene der Gewalt. Dumpf klang von draußen der Text der Internationale in die Baracke, wo er sich mit dem Aufschrei des Adeligen vermischte.

Von Hagen fuhr zusammen, geängstigt durch den Angriff. Er warf die Arme schützend vor den Körper, kreischte auf, denn Bernings hölzerne Waffe sauste bereits auf ihn hernieder. Dreimal hämmerte er auf die Abwehr des Adeligen ein. Mit jedem Treffer vibrierte das Holz in Bernings Händen, schwang die Wucht des Schlages nach, bebte sie durch seine Arme. Er prügelte weiter. Er verfiel in Rage, ließ sich von seiner Wut leiten. Er drosch auf von Hagen ein, dessen Verteidigung mit jedem Schlag schwächer wurde.

Die mit aufgeplatzten Stellen und Blutergüssen übersäten Arme senkten sich, ihre Muskelspannung ließ nach. Berning gönnte von Hagen keine Pause. Erneut rauschte die Holzlatte heran. Sie klatschte gegen von Hagens Kopf, dass es dumpf knallte und der Adelige für einen Moment zu schreien aufhörte. Er schüttelte sich wie ein nasser Hund, da flog schon wieder das Holzbrett auf ihn zu, schabte ihm mit der aufgebrochenen, spitzen Seite an der Schläfe entlang, sodass sich dort blutige Risse bildeten, und streifte schließlich die Ohrmuschel. Von Hagen brüllte auf wie ein verwundeter Löwe. Seine zitternde Hand schnellte hoch zum Ohr, bedeckte es. Von Hagen heulte, schrie, tobte, flehte.

Berning schlug maschinenhaft auf ihn ein. *Dum ... dum ... dum ... dum.* Jeder einzelne der dumpf klingenden Treffer war Musik in seinen Ohren. Berning ließ erst von dem Adeligen ab, als von seinem Schlagarm heftige Schmerzen ausstrahlten.

Von Hagen kauerte zusammengerollt wie ein Säugling auf seiner Matratze. Das Gesicht des Mannes legte Zeugnis ab von der heftigen Prügel, die er bezogen hatte. Über dem rechten Auge hatte sich ein dunkelblaues Hämatom gebildet, das von Hagen das Augenlid zudrückte. Beide Schläfen pulsierten rot, der Haarschopf war von dickem Blut verklebt und aus der Ohrmuschel rann eine dünne, hellrote Flüssigkeit. Tränen hatten die Augen von Hagens geflutet, hatten sie gerötet und zeugten von seinem ganzen Leid. Der Mann war halb weggetreten, lag wimmernd und zitternd da, zu keiner bewussten Regung mehr fähig.

Berning hatte dem Adeligen den Hochmut aus der Visage geprügelt. Er keuchte, das Prügeln hatte ihn angestrengt. Er betrachtete sein Werk: den zusammengeschlagenen und halb bewusstlosen von Hagen. Die Internationale legte sich wie eine Hintergrundmusik über das Geschehen. »Unser Blut sei nicht mehr der Raben, nicht der mächt'gen Geier Fraß!«, klang es aus den großen Lautsprechern. Das feurige Orchester, das den Liedtext begleitete, beflügelte Berning. Der Anblick des blutenden und winselnden von Hagen ließ ihn mit einem Mal in die Höhe wachsen. Seine Brust schwoll an, sein Herz wurde geflutet von Glücksgefühlen. Berning war stolz auf sich. Zum ersten Mal hatte er aus eigenem Antrieb heraus gehandelt, hatte er sein Schicksal selbst in die Hand genommen.

Schließlich wurde er des Fotos gewahr, das von Hagen bei dem Angriff aus den Händen geglitten war. Berning las es von der mit roten Sprenkeln besudelten Wolldecke auf und betrachtete es. Die Fotografie zeigte eine junge Frau von vielleicht zwanzig Jahren. Das Mädchen saß in einem Klappstuhl im Sand, hinter ihr das unendliche Meer. Sie trug ein luftiges Kleid, grinste keck in die Kamera. Ihre Gesichtszüge waren sehr weich, ihr Mund kirschförmig. Ihre Augen waren groß, weit, und sie schienen ebenso zu strahlen wie die Sonne, deren Strahlen sich auf der Wasseroberfläche brachen. Eine kleine Stupsnase vollendete ein schönes Mädchengesicht. Ihr Bauch war rundlich dick, als hätte sie eine Wassermelone verschluckt.

Berning steckte das Bild in die rechte Brusttasche seiner Bluse – die einzige Tasche, die noch intakt war. Das Foto wollte er als Versicherung vorerst behalten.

Er drehte sich schließlich um. Augenpaare glotzten ihn entgeistert an. Niemand rührte sich oder sprach ein Wort.

Berning gefiel, was er sah. Er sah Respekt in den Augen dieser Männer. Er sah Angst in ihnen. Er brauchte nicht einmal mehr eine Ansage zu machen. Sie würden ihn nicht behelligen. Und sie würden auch den Russen nichts über diese Sache erzählen.

Als wäre Berning der Sohn Gottes, machten ihm die Landser ehrfürchtig Platz, als er zur Tür schritt. Niemand stellte sich ihm in den Weg. Niemand wagte es, ihn anzusprechen. Für Berning hatte ein neues Leben begonnen … ein ganz neues Leben.

Außerhalb von Stalinsk, Sowjetunion, 26.11.1944

Ein halb gefülltes Glas chilenischer Merlot stand auf dem mit Papieren überhäuften Schreibtisch des Lagerkommandanten. Moldawischer Rotwein war wegen des Krieges schon lange nicht mehr zu bekommen, und selbst für den Import des südamerikanischen Tropfens musste der russische Generaloberst mittlerweile viel Geld in die Hand nehmen.

Der alte Offizier Mitte fünfzig, dessen Haar grau meliert und dessen Wangen unrasiert waren, schob sich die Schirmmütze zurecht, während er gelangweilt die Soldbücher deutscher Gefangener durchblätterte. Der Mann gähnte, dann leerte er sein Weinglas. Nun hielt er ein Büchlein eines ehemaligen SS-Verbrechers in der Hand. Die meisten der Soldbücher, die der alte Offizier oberflächlich durchstöberte, warf er nach Betrachtung zu Boden, ehe sein Adjutant sie auflesen und in den Aktenschrank zurücksortieren würde, sobald der Kommandant zu Bett gegangen war. Das Buch jenes SS-Mannes aber landete nun auf einem kleinen Stapel Soldbücher auf dem Schreibtisch. Der Generaloberst rümpfte missfallend die Nase. Da hatten seine Soldaten mal wieder gepennt und einen dieser Oberfaschisten am Leben gelassen! Der Kommandant des Lagers 525 war darüber allerdings nicht sonderlich böse, bedeutete dies doch, dass er die Langeweile der nächsten Tage mit dem Aufspüren, Verhören und Hinrichten der Männer verbringen konnte — eine von ihm mit Kusshand genommene Abwechslung zum Papierkrieg, mit dem er sich üblicherweise zu befassen hatte. Je nach Laune würde er die deutschen Kapitalverbrecher vor versammelter Mannschaft hängen lassen oder sie eigenhändig erschießen. Einmal sogar hatte er zwei ehemalige SS-Offiziere unter den Augen ihrer Kameraden gegeneinander antreten lassen. Er befahl ihnen, bis auf den Tod zu kämpfen. Diese Praktik hatte dem alten Generaloberst einen Rüffel aus Moskau eingebracht … doch was kümmerte ihn schon, was die Genossen in Moskau dachten und meinten? Schlimmer konnte es nicht mehr werden, das Kommando über 525 war die Endstation seiner Karriere … und der Dienst in Stalinsk war dermaßen langweilig, dass er schon deutsche Soldbücher durchschaute …

Mit roboterhafter Handbewegung nahm der Kommandant das nächste Soldbuch in die Hand, blätterte darin. Plötzlich stockte er. Er verstand recht gut Deutsch, und was er las, kam ihm höchst bekannt vor: 253. Infanterie-Division, 9. Armee …

Die Augen des Russen verengten sich. Verborgene Gefühle schaufelten sich einen Weg an die Oberfläche des wettergegerbten Gesichtes. Der Mann begann kurz zu zittern, doch er fing sich rasch wieder. Mit schrillem Ton pfiff er seinen Adjutanten heran, der sofort durch die Tür stürmte. Der alte Offizier warf ihm das Soldbuch vor die Füße und bellte ihn an, den dazugehörigen Mann gleich am nächsten Tag in aller Frühe herzuholen. Der Adjutant straffte seinen Körper, hob das Büchlein auf und las den eingetragenen Namen: Franz Berning.

»Da, Towaritsch Nikolay Sergejewitsch«, sagte der Adjutant zur Bestätigung.

Der alte Offizier, Generaloberst Nikolay Sergejewitsch Sidorenko, bedeutete seinem Adjutanten mit einer Handbewegung, dass er sich zu entfernen habe. Während der Mann stürmisch aus dem Büro eilte, lehnte sich Sidorenko in seinem Stuhl zurück. Ein einziges Wort bestimmte seine Gedanken: *Kursk*.

Südwestlich von Pochinok, Sowjetunion, 26.11.1944

Engelmanns Irma lag bis zum Turm in einer Bodenvertiefung verborgen. Die 2. Kompanie war in einem lichten Tannenwäldchen untergezogen, die vorderste Frontlinie befand sich von dieser Stelle aus gute drei Kilometer entfernt. Infanteristen lagen weiter vorne in der Sicherung. Die Nacht wandelte sich langsam zum Tage. Wenige Augenblicke nur noch, und das erste Büchsenlicht wäre da. Engelmann hatte seinen Oberkörper aus der Kuppel des Tigers gestreckt, blickte auf die große Freifläche, die sich vor ihm ausbreitete. In weiter Ferne wurde sie von einem dichten Wald abgelöst. Dahinter lagen die vordersten deutschen Stellungen … und dahin würden Engelmanns

Panzer fahren, sobald der Angriffsbefehl kam. Einmal noch wollte Feldmarschall Hoepner mit einem vereinten Stoß der bereits arg angeschlagenen und erschöpften Angriffskräfte des Zentrums der Offensive den Durchbruch durch die sowjetischen Linien wagen. Es war ein Akt der Verzweiflung, und auf deutscher Seite glaubte kaum noch jemand an einen Erfolg, doch Befehl war Befehl. Für die 2. Kompanie galt, einmal mehr Pochinok zurückzuholen, das wieder fest in russischer Hand lag.

Engelmann seufzte, fühlte sich unwohl. Er ließ sich auf seinen Kommandantensitz zurückfallen, kauerte sich förmlich zusammen. Es fröstelte ihn, sodass er den Kragen enger zuzog und sich mit den Händen die Oberarme rieb. In Engelmanns Kopf tanzten Gedanken umher, die dafür sorgten, dass er sich elend fühlte. Da hatte das Vaterland schon all seine militärische Kraft in eine einzige Offensive gesteckt, die darüber hinaus nur einen Teil der riesigen Ostfront zu bedienen vermochte, und diese ganze Kraft reichte gerade aus, um Geländegewinne von 30 bis 50 Kilometer zu erzielen. Endgültig vorbei schienen die Zeiten, in denen die Wehrmacht binnen Wochen von der deutschen Grenze bis nach Paris marschierte, in denen sie binnen Monaten von Ostpreußen aus bis nach Moskau vorstieß.

Das Scheitern des Unternehmens *Götterdämmerung* hatte sich dabei schon in den ersten Tagen abgezeichnet, als die angesetzten Tagesziele im zähen Widerstand des Gegners hatten revidiert werden müssen. Die Sowjets ihrerseits setzten auf zahlreiche kleine Gegenstöße, eroberten so oftmals verlorenes Terrain wieder zurück. Es war, als rannten die deutschen Truppen gegen einen Ölfilm an, dessen Oberflächenspannung nicht zu brechen war.

Der Höllenhund II vermochte dort, wo er aufschlug, zwar großen Schaden anzurichten. Doch zu wenige Raketen fanden ihr Ziel, als dass sie wirklich etwas am Ausgang der Schlacht hätten ändern können.

Ja, am Ende blieb den Soldaten der Wehrmacht nur der Trost, dass auch der Russe derzeit zum großen Schlag offenbar außerstande war, anders als 1943, wo er das Unternehmen *Zitadelle* mit einem Sturm seinerseits beantwortet hatte, der gleich gegen die halbe Ostfront gerichtet gewesen war.

Immerhin hatte sich die Lage auf dem Balkan unerwartet entspannt. Der deutsche Reichskanzler hatte dem rumänischen Staatsoberhaupt und Marschall Ion Antonescu das Kommando des OB Balkan übertragen, von Kluge war nach Berlin abberufen worden. Antonescus 3. und 4. rumänische Armeen waren in der Folge aus den Fronten im Osten herausgelöst und in

Gewaltmärschen nach Kroatien geführt worden, wo sie seit Oktober die Engländer im Zaume zu halten vermochten. Damit war erstmals einer der Oberbefehlshaberposten nicht mit einem deutschen Offizier besetzt, was allerdings gar nicht so ungewöhnlich war, wie es schien. Schon 1941, noch unter Hitler, war debattiert worden, Antonescu das Kommando über eine neu zu gründende Heeresgruppe Don zu übertragen, wozu es nach dem Tod Hitlers aber nicht mehr kam. Der Rumäne jedenfalls leistete bisher hervorragende Arbeit. Es war sein Verdienst, dass eine Ausbruchsstelle des Gegners versiegelt und die Verteidigung an der Landungsfront neu organisiert werden konnte, auch wenn es Probleme mit deutschen Einheiten gab, die sich nicht von einem Rumänen führen lassen wollten.

Engelmann zitterte. In der Ferne grollten die Artilleriekanonen. Es waren die Waffen des Feindes, die schon die ganze Nacht hindurch auf die armen Teufel in den vordersten Stellungen einhämmerten. Engelmann blickte auf seine Schweizer Uhr. Es wurde verdammt nochmal Zeit, dass Boss endlich den Befehl zum Losschlagen gab ...

Während Engelmann auf den Angriffsbefehl wartete, während auch seine Männer auf ihren Plätzen dösten und die Ruhe vor dem Sturm ertrugen, quälten den Oberleutnant unangenehme Gedanken. Er wusste, dass es Zeit war, endlich diesen verdammten Brief zu lesen. Er wusste nicht einmal, was ihn davon abhielt, Ellys Schreiben zu öffnen. Vor Tagen schon war es ihm überreicht worden.

Fürchtete Engelmann sich davor, erneut etwas über die Ängste und Nöte seiner Frau zu erfahren, ohne irgendetwas dagegen unternehmen zu können, ohne ihr beistehen zu können? War es die Furcht davor, sich abermals eingestehen zu müssen, als Familienvater und Ehemann versagt zu haben, denn während Elly und Gudrun in Bremen lebten und die starke Schulter eines Beschützers gebrauchen konnten, war Josef fort, um in fremden Ländern gegen Männer zu kämpfen, die ihm persönlich nie ein Leid zugefügt hatten. Stand Engelmann hier in Russland überhaupt noch für das Wohlergehen seiner Familie ein ... oder hatte er sich gar zum Werkzeug machthungriger Männer machen lassen, und all die Reden um die Verteidigung des Vaterlandes waren nichts als hohle Phrasen?

Hunderte Gedanken geisterten durch seinen Schädel. Er vermochte nicht, sie zu ordnen. Er wusste nur eines: Er musste Ellys Brief endlich öffnen, musste sich ihren Worten stellen. Das war er ihr schuldig. Doch nicht jetzt, nicht zu diesem Zeitpunkt. Jeden Augenblick musste Boss' Funkspruch einge-hen. Jeden Augenblick würden sie losschlagen.

Engelmann blickte im Schein der Kommandantenleselampe auf die Karte.

Seine Kompanie – ihm waren nach all den Kämpfen noch vier Panzer ge-blieben – hatte den Auftrag, den Wald voraus zu durchqueren, die Haupt-kampflinie zu passieren und einen Hügel nördlich von Pochinok im Sturm zu nehmen, der den Russen als Artilleriebeobachtungspunkt für die ganze Re-gion diente. Aus Fesselballons heraus blickten die Beobachter des Feindes auf die deutschen Stellungen hernieder und lenkten erschreckend präzise ihr Artilleriefeuer.

Sobald Engelmanns 2. Kompanie den Hügel genommen haben würde, würde ein einstündiges, brachiales Trommelfeuer aus allen zur Verfügung stehenden Rohren und Nebelwerfern auf das dem Hügel nachfolgende Dorf einsetzen, welches letztlich noch vor Einbruch der Dunkelheit durch ein Ba-taillon Panzer-Grenadiere zu nehmen war. Engelmann sollte bei dem Sturm auf die Ortschaft Feuerschutz geben.

Besagtes Dorf war eingebettet in die nächste sowjetische Verteidigungsli-nie – es war die vorletzte von insgesamt sieben gestaffelten, tief in den Er-dengrund geschlagenen und mit Stahlbeton befestigten Linien des Feindes. Fünf hatte die Wehrmacht mit ihrer Offensive durchbrochen, doch an den verschachtelten Bunker-, Stellungs- und Tunnelsystemen der Russen hatten sich die deutschen Angreifer Stück für Stück abgenutzt.

Der Iwan hatte wahrlich seine Hausaufgaben gemacht, hatte eine Struktur aus Stützpunkten geschaffen, die selbst den Abwehrgürtel um Kursk 1943 in den Schatten stellte. Engelmann glaubte wie gesagt nicht mehr an einen Er-folg. Er fuhr mit dem Finger die beiden Waldpfade auf der Karte entlang, die seine Tiger, aufgeteilt zu zwei Stoßtrupps, zu nehmen hatten.

Engelmann streckte den Oberkörper aus der Luke, blickte gegen die lang-sam über den Horizont kletternde Sonne.

Verdammt, Boss!, fluchte er innerlich. *Wo bleibt der Angriffsbefehl?*

Er drehte sich um, warf einen Blick in den rückwärtigen Raum. Durch die Tannen hindurch erkannte er in einiger Entfernung die mattgrauen und mit 3,7-Zentimeter-Flugabwehrkanonen bestückten Sd.Kfz 3a »Maultier«. Die Halbkettenfahrzeuge stellten in diesem Frontabschnitt die einzige Versiche-rung gegen feindliche Flugzeuge, denn mit der Luftwaffe war nach den kras-sen Verlusten der letzten Tage nicht mehr zu rechnen. Milch hatte der am

Angriff beteiligten Luftflotte keine Düsenjäger und auch keine Ta 152 zur Verfügung gestellt, da diese zur Reichsverteidigung benötigt wurden.

Im Osten mussten die Restbestände der Me 109 und einige Fw-190-Geschwader als Jagdschutz ausreichen. Sie reichten mitnichten. Die deutschen Jagdpiloten kämpften heldenhaft, doch die Sowjets warfen ihnen die zehnfache Übermacht entgegen.

Engelmann sah die Männer von der Flak neben einer der Halbketten stehen. Zigaretten machten die Runde, jemand lachte verhalten. Ob die Jungs von der Flak wussten, warum der Angriffsbefehl nicht kam?

Engelmann runzelte die Stirn. Sein Blick fiel auf die eigenen Kampfwagen, die links und rechts neben Irma in Stellung lagen. Oberfeldwebel Perscher, der einen blutigen Verband um den Schädel trug, schaute aus seinem Turmluk, sah Engelmann mit fragendem Blick an und zuckte schließlich mit den Achseln.

Auch Stendal warf seinem Kompaniechef erwartungsvolle Blicke zu. Wie immer lächelte der nervige Knabe wie ein Honigkuchenpferd, auch wenn der Krieg seinem Lächeln schon ein wenig die Überschwänglichkeit genommen hatte.

Engelmann ließ den Blick schließlich über die Panzer schweifen. Diese sahen aus, als wären sie mit einem gigantischem Locher bearbeitet worden. Allein Perscher hatte am Vortag 26 Treffer gezählt, entsprechend verbeult, versengt und aufgerissen war die Panzerung seines Kampfwagens. Stendals Tiger hatte zudem mit Motorproblemen zu kämpfen, bei Engelmanns Panzer fehlte die linke Schürze, die unter dem steten Beschuss abgesprungen war. Centkiewicz' Tank hatte nach einem Frontaltreffer durch einen Stalin-2 ein großes Loch in der Stirnseite der Unterwanne. Ein MG war ausgefallen, sein Sprechfunker getötet worden. Centkiewicz' Bein war mit Brandblasen übersät, doch der Feldwebel weigerte sich, sich ins Lazarett abzumelden. Die ganze Kompanie gab ein einziges Bild des Jammers ab.

Plötzlich knackte es in Engelmanns Kopfhörern. Er zuckte zusammen, dann presste er sich mit beiden Händen die Lautsprecher gegen die Ohrmuscheln. Ihm war, als wäre das Artilleriegrollen in der Ferne angeschwollen.

»Brummbär an alle, kommen!«, raunte Boss' Stimme durch die Leitung. Der Abteilungskommandeur wartete gar nicht erst auf eine Antwort seiner Unterführer, sondern sagte sofort: »ZUHÖREN! Feindliche Truppen aus …«

Mit einem Mal verstand Engelmann kein Wort mehr. Das Artilleriefeuer des Feindes war zu einer Kakophonie des Grauens angeschwollen. Engelmanns Augen weiteten sich. Der Wald am anderen Ende der Freifläche verschwand unter einer Haube aus Feuer. Erde, Pflanzen, Bäume wurden aus dem Boden gerissen und haushoch in die Höhe geschleudert. Es war, als prallten unterirdisch die Kontinentalplatten aufeinander. Die Granateinschläge rollten gnadenlos über den Wald hinweg, zerlegten ihn in seine Einzelteile. Hunderte, tausende, unzählbar viele Koffer hagelten auf die Erde hernieder. Der Bombenteppich walzte Engelmanns Panzern entgegen. Es knallte, donnerte, rauschte und zwitscherte immer ohrenbetäubender. Inmitten des infernalischen Treibens machte Engelmann plötzlich Männer aus, die die neue Leibertarnuniform der Wehrmacht trugen. Sie flüchteten kopflos, drohten unterzugehen im Höllenfeuer der Artillerie. Sie rasten in blinder Panik aus dem Wald heraus auf die Freifläche. Flammen, Druckwellen und Splitter fällten Dutzende von Ihnen.

Boss' Stimme waberte noch immer durch den Äther, doch Engelmann verstand in dem Höllenlärm keine Silbe. Der Oberleutnant meinte, das Wort »Gegenoffensive« herausgehört zu haben.

Noch ehe er um Wiederholung des Funkspruchs bitten konnte, hielt er inne, denn der Artilleriebeschuss endete so abrupt, wie er begonnen hatte. Die letzten Detonationen verhallten, Staub und Gras und Holzfragmente rieselten zu Boden. Panische deutsche Landser rasten über die zerfetzte Wiese, dachten gar nicht mehr daran, eine Verteidigungslinie aufzubauen. Der Steilfeuerbeschuss hatte den Wald in ihrem Rücken hinter einer Wand aufgeworfener Erdpartikel verschwinden lassen.

Mit einem Mal brachen sowjetische Tanks durch eben jenen braunen Vorhang. Panzer, Panzer, Panzer ohne Ende! 20, 30, 40 T-34/85, dazu Dutzende IS-1-Tanks fluteten die Freifläche. Ihre Bordmaschinengewehre sprachen, mähten die flüchtenden Deutschen um wie Schießscheiben.

»FEINDPANZER, 600 VORAUS!«, brüllte Engelmann mit heiserer Stimme. Er brauchte gar nicht erst den Feuerbefehl zu geben, seine Männer nahmen automatisch den Kampf auf. Ein panzerbrechendes Geschoss nach dem anderen marschierte den olivfarbenen Tanks des Iwans entgegen, traf die grob verschweißte Stahlhaut eines Russenpanzers, durchschlug sie wie Papier und zerlegte den Kampfwagen. Einer der angreifenden Panzer explodierte innerlich. Die Bereitschaftsmunition wurde von den Flammen erfasst, zündete selbst, löste eine weit größere Detonation aus, die den Turm aus dem Drehkranz hob und in die Luft schleuderte. Ein IS-1, der wie eine klobigere Version des T-34 aussah, kassierte einen Treffer in die vorderen, rechten Laufräder. Metallfetzen wurden unter dem Explosionsdruck aus der Raupe gerissen, die Kette riffelte auf. Der sich in halber Fahrt befindliche Tank zog nach rechts, beschrieb einen Halbkreis, ehe der Fahrer ihn zum Stehen brachte. Perscher setzte nach, jagte dem Panzer einen zweiten Schuss unter den Turm. Das Projektil penetrierte die Stahlhaut und tötete alles Leben im Kampfraum.

Der Feind aber hatte die vier deutschen Panzer, die im lichten Tannenwald lagen, bereits ausgemacht. Er erwiderte das Feuer aus allen Rohren. Noch ehe die ersten Erdfontänen zwischen den Tigern in die Höhe stiegen und einer der Nadelbäume unter dem Eindruck des Beschusses gefällt wurde, ruckte ein fürchterlicher Schlag durch Engelmanns Panzer. Der Oberleutnant wurde auf seinen Sitz geschleudert, das Projektil prallte kreischend von der abgeschrägten Panzerung ab und jagte dem Himmel entgegen. Riesige Funken sprühten über den Tiger. Wölk schrie auf, er hatte sich die Finger am urplötzlich höllenheißen Stahl verbrannt. Birne ließ den Motor an. Engelmann schnellte nach oben, klappte die Luke zu.

Die Tiger schossen, unterdessen schluckten sie Treffer um Treffer. Im Vorgelände flogen die roten Panzer auseinander. Doch egal, wie viele Engelmanns Leute auch abschossen, mehr und mehr und immer mehr drangen aus dem sich lichtenden Staubnebel. Ein wahrer Stahlorkan ergoss sich über die deutsche Front – schier unaufhaltsam. Die Ketten von T-34/85, von IS-1, IS-2 und von schmalen, flinken BT-7 quietschten. Ungezählte sowjetische Raupen drückten Steine, abgebrochene Baumstämme, deutsche Stahlhelme und Knochen in das weiche Erdreich auf ihrem Vormarsch gegen die deutschen Stellungen.

»Gib mir die Kp-Frequenz!«, brüllte Engelmann seinen Funker an. Wölk war mit seiner von Brandblasen übersäten Hand beschäftigt, hörte ihn nicht. Der Oberleutnant brüllte noch einmal, dann klemmte sich Wölk endlich hinter das Funkgerät. Engelmann hörte ein Knacken in den Lautsprechern. Die gegnerischen Geschosse schlugen seinen Tiger-Panzern entgegen, zerrissen den Wald um sie herum. Stendal schrie in diesem Augenblick in den Äther, sein Motor wolle nicht anspringen.

»Vorrücken bis Waldkante!«, keuchte Engelmann ins Mikrofon. »Stendals Trupp übernimmt linke Seite des Schlachtfeldes, wir rechte! Absicht ist, der zurückweichenden Infanterie Feuerschutz zu geben!«

Birne ließ die Kupplung kommen, Irma ruckte an. Geschosse klatschten gegen die Stahlhäute der anfahrenden Tiger, explodierten, hüllten die Stahlungetüme für Sekundenbruchteile in Flammenbälle. Engelmanns Leute hatten Glück: Panzerung, Mechanik und Elektronik hielten – noch.

Birne lenkte Irma aus dem Wald, Perscher folgte zu seiner Linken. Weitere Projektile des Feindes bohrten sich neben den Tigern in die Erde, rissen Dreck aus dem Boden, entwurzelten Bäume oder säbelten die Stämme der mächtigen Tannen ab, als bestünden sie aus morschem Holz. Ein großer Baum knickte ein, fiel auf Perschers Panzer. Mühsam wühlte sich der Tiger unter dem Astwerk hervor.

Bock betätigte die Hauptwaffe, der ganze Panzer erzitterte unter dem Abschuss der Acht-Acht. Links neben einem T-34 bäumte sich eine braune Fontäne aus dem Erdengrund. Die leere Kartusche des Geschosses flog gleichzeitig aus dem Schloss, landete im Hülsenauffangbehälter. Jahnke, der im tropenwarmen Innenraum des Panzers schwitzte, drückte die nächste Panzergranate in die Ladevorrichtung. Der Verschluss knallte beim Schließen.

»Rechts, hoch!«, brüllte Engelmann seinem Richtschützen die Schusskorrekturen zu. Bock kurbelte entsprechend, das Rohr richtete sich auf den fahrenden T-34 aus, folgte ihm mit einigem Vorhalt. Bock schoss, traf. Die Granate verarbeitete den Feindpanzer zu Metallschrott. Männer booteten aus dem lodernden Wrack aus. Sie waren wandelnde Fackeln.

Alles Feuern aber half nichts. Die fliehende Infanterie auf der Freifläche wurde böse zusammengeschlagen. Auch einige Lastwagen und Halbketten rasten vor den Sowjets davon. Feindliche Projektile aller Kaliber jagten ihnen nach, zerrissen Metall und Fleisch.

»Mein Motor ist hin!«, brüllte Stendal verzweifelt im Funkkreis. Engelmann blickte über die Winkelspiegel hinter seinen Panzer, sah Stendals Tiger im lichten Tannenwald stehen. Weißer Rauch drang aus dem Motorraum. Die Ketten ruckten immer wieder an, drehten sich aber nicht beständig.

Wölk presste sich die Kopfhörer gegen den Schädel. Mit verkniffener Miene lauschte er den Meldungen, die hereinkamen.

»Ich kann Boss kaum verstehen! Die Verbindung ist beschissen!«, sagte er, an den Reglern des Funkgeräts drehend.

»Was will der Kommandeur?«, drängte Engelmann mit belegter Stimme. Er fokussierte gleichzeitig die Russenpanzer im Vorfeld, sah sie immer näher herankommen, sah immer mehr von ihnen. Es war, als wäre das gesamte Gelände mit einer Schicht aus olivfarbenem Stahl überzogen. Perschers Panzer fuhr zum Schutz vor dem Feindfeuer in eine Mulde. Deren Ränder explodierten augenblicklich unter dem Beschuss, dass der Tiger unter einer Glocke aus Staub und Feuer verschwand.

Stendals Tank, als stehendes Ziel eine willkommene Mahlzeit für die feindlichen Richtschützen, geriet unter arges Feuer. Dutzende Granaten prasselten auf den Tiger ein. Etliche wurden durch die schräge Panzerung abgeleitet, sprangen in die Luft und zerfetzten in den Kronen der Tannen oder wurden in die Erde gedrückt.

»WÖLK!?«, schrie Engelmann seinen Funker an.

»Irgendetwas von Ausweichen ... Ausweichen ... ich verstehe kaum ein Wort!«

Engelmann biss sich auf die Unterlippe. *Ja, ausweichen!* Es war die einzige Möglichkeit, sonst würde seine Kompanie im feindlichen Feuer vergehen wie eine Wasserpflanze in der Wüste. Sie mussten sich geordnet zurückfallen lassen, um den roten Ansturm etwas weiter hinten auffangen und abwehren zu können.

Ein tiefes Grollen erfüllte mit einem Mal die Luft.

Abschüsse! Tausende! Feindliche Artillerie!

Dann trommelten die Granaten der russischen Geschütze erneut auf die Freifläche ein. Das Feuer war präzise, lag so weit vor den vorpreschenden Russenpanzern, dass diese nicht gefährdet waren. Vor allem aber rollte das Artilleriefeuer gemeinsam mit den Panzern vor, hielt genau auf Engelmanns Kompanie zu.

»STENDAL!?«, brüllte Engelmann in sein Mikrofon. »LAGEBERICHT! Der Rest sofort zurück in den Wald! Wir setzen uns ab!«

Perscher und Centkiewicz bestätigten, setzten zurück. Stendal stammelte dazwischen: »Ich ... ich ... dieser verfluchte Kasten!«

»Keine Zeit für Sperenzchen, Junge!«, donnerte Engelmann. »Raus aus der Mühle und ab in Deckung! Wir lesen euch auf!«

»Jawohl.«

Das Artilleriefeuer hatte den Tannenwald beinahe erreicht, grub mit schier unglaublicher Kraft jeden Zentimeter des Geländes um. Einige wenige deutsche Landser schafften es bis zum Forst, der ein Baumfriedhof geworden war.

Engelmanns Panzer rollten unter anhaltendem Beschuss rückwärts. Centkiewicz hatte mehrere Treffer in die Ketten kassiert. Sein Fahrer musste gegenlenken ohne Ende. Noch aber fuhr der Wagen. Einschläge begleiteten den Rückzug der deutschen Tanks, deren Schützen unnachgiebig feuerten. Im unendlichen Ansturm russischer Panzer flog der eine oder andere Sowjettank auseinander, doch was machte das schon?

Engelmann packte die Wut. Es konnte doch nicht sein, dass es wieder zurück ging, dass der Russe wieder am Drücker war! Wie lange sollte das noch so gehen?

In einem Anflug von Tatendrang drückte Engelmann den Deckel seiner Luke auf, streckte sich ins ungeschützte Freie. Beißender Qualm lag in der Luft, die nach Kordit und Feuer stank. Engelmanns Blick erfasste Stendals Panzer, hinter dem dessen Besatzung in Deckung gegangen war. Er dirigierte seinen Wagen an den liegengebliebenen Tiger heran, winkte Stendal zu. Der ließ sich nicht zweimal bitten.

Engelmann wandte sich wieder dem Vorgelände zu ... und erstarrte zur Salzsäule. Während sich die Pläne im Feuer der feindlichen Artillerie quasi auflöste, während Feindpanzer um Feindpanzer im Schutze des Steilfeuers voranstürmte, während in der Ferne nun auch russische Infanterie in Massen aus dem Wald drang, hatte sich der Himmel verdunkelt. Eine Schicht aus Stahl verdeckte die Wolken, verdeckte die Sonne, verdeckte alles. Hunderte, nein, tausende Flugzeuge – rote Sowjetsterne auf Rumpf und Tragflächen – brausten den Deutschen entgegen. Bomber, Tiefflieger, Jäger ... eine gewaltige Armada.

Engelmann ließ sich auf seinen Sitz sinken. Stendal und seine Männer kraxelten an Irmas Panzerung hoch, krallten sich irgendwo fest.

Bock betätigte den Auslöser, sprengte durch einen gezielten Schuss Stendals Panzer. Birne gab Gas, zerrte am Lenkrad, holte alles aus der Kiste heraus.

Irmas Motor rasselte, der Kampfpanzer quälte sich durch den aufgewühlten Untergrund. Ein geordnetes Zurückfallen war nicht mehr möglich ... die Deutschen waren auf der Flucht.

Oberleutnant, 19.10.1944

Josef Engelmann
F.P. 31975

Josef …

… mein Josef! Mein Sepp! Deine letzten Briefe … was ist mit Dir, mein Liebster? Deine Zeilen sind so kühl und hart, daß es mich beim Lesen schüttelt. Sie entbehren jener Wärme, für die ich Dich so liebe! Josef, mein Liebster, bitte schreibe mir, wenn Dich etwas quält. Bitte laß mich teilhaben an Deinem Leben! Wir haben uns mit unserem Ehegelübde geschworen, füreinander da zu sein, in guten wie in schweren Zeiten. Aber wie soll ich für Dich da sein, wenn Du fort bist?

Bitte um Urlaub, ich flehe Dich an! Bitte darum, nach Haus zu kommen für ein paa… (Schrift an dieser Stelle verschwommen und unleserlich) …ochen. Ich … (verschwommen) … oder sprich mit dem Pfarrer Deiner Einheit, er wird Dich doch unterstützen! Bitte, mein Liebs… (verschwommen) …, tue Dir selbst und mir und Gudrun die … (verschwommen).

Bitte um Urlaub, Josef. Bitte. Ich flehe Dich an. Ich … (verschwommen).

(verschwommen)

Elly

Berlin, Deutsches Reich, 26.11.1944

»Aber … mein Reichskanzler«, verteidigte sich Generalfeldmarschall Erich Hoepner, dessen Stimme durch den Telefonhörer blechern klang, »die Rote Armee tritt mit einem Vielfachen dessen an, was wir aufbieten können. Allein mindestens 10 Panzerkorps stürmen gegen unsere Linien mit überschweren Tanks! Und deren Fliegerkräfte! Eine solche Konzentration russischer Jäger und Bomber haben wir noch nie zuvor erlebt! Der Russe hat die absolute Lufthoheit über beinahe das gesamte Kampfgebiet errungen! Vor diesem Hintergrund ist es der kämpfenden Truppe unter keinen Umständen möglich, die …«

Reichskanzler Halder hatte sich Hoepners Geschwafel lange genug angehört, weshalb er nun jäh dazwischenschlug: »Papperlapapp, Hoepner! Ich höre von meinen Marschällen immer nur, was alles nicht zu machen ist wegen unzureichender Mittel. Das gesamte deutsche Offizierskorps hat einfach keinen Mumm! Ich habe noch keinen General erlebt, der einmal eigene Fehler eingestanden hätte.«

»Ich weiß nicht, was ich darauf antworten soll«, entgegnete Hoepner hörbar angefressen.

Halder merkte dem Feldmarschall seinen Unmut an, doch Hoepner war zu gut erzogen, um damit auf Kollisionskurs zu gehen … ganz anders als von Manstein … »JA, GEBEN SIE DOCH ZU, DASS SIE ES VERBOCKT HABEN!«, schnauzte Halder in den Hörer, dass seine Worte durch das kleine, betongraue Büro hallten, welches der Kanzler im Bunker des Schlosses Bellevue bezogen hatte. Neben Schreibtisch, einem Aktenschrank und einem kleinen Holztischlein, auf dem Kaffee und Kuchen auf den Verzehr warteten, hatte jenes Büro nicht viel zu bieten. Hinter Halder an der Wand hing eine große Flagge Deutschlands, die ein wenig Farbe in den Raum trug, gegenüber neben der Tür zierte eine Landkarte Japans den eintönigen Putz. Auf dem Schreibtisch des Kanzlers lagen allerlei Dokumente, Entwürfe und Tagesbefehle verstreut. Das Spielbrett eines hölzernen Shōgi-Spiels, die japanische Variante von Schach, befand sich auf der Tischplatte. Als Spielfiguren dienten schmale Plättchen mit aufgemalten Schriftzeichen, die auf den quadratischen Feldern des Spielbretts angeordnet waren. Bei dem Spiel handelte es sich um ein Geschenk des japanischen Botschafters Ōshima. Während ihrer unzähligen, oft stundenlangen Besprechungen hatte der Japaner dem Kanzler nebenbei beigebracht, Shōgi zu spielen. Mittlerweile konnte Halder sogar schon die Schriftzeichen entziffern, konnte beispielsweise den Bauern vom König unterscheiden. Und er empfand Shōgi als ein vortreffliches Strategiespiel, sehr viel komplexer als die europäische Variante. Halder fiel auch keine Person ein, mit der er lieber seine Zeit verbrachte als mit Ōshima – nicht einmal seine Frau und seine Kinder, die er höchstens noch ein Mal in der Woche sah.

Fruchtbar waren die zahlreichen Unterredungen mit dem Japaner, wertvoll jedes einzelne Wort, das er mit ihm wechselte.

Halder verlor sich in seinen Gedanken über Schachstrategien. Er hatte Ōshima, den alten Hund, bisher im Shōgi noch nicht besiegen können. Hoepner schwieg am anderen Ende der Leitung, schien nichts mehr zu sagen zu haben.

Ein bösartiges Grinsen zog sich mit einem Mal über die Lippen Halders. Er hatte erkannt, dass er der Feigheit seiner Offiziere endlich Einhalt gebieten musste.

»Herr Hoepner«, sagte er hintergründig. »Ich informiere Sie darüber, dass ich alle Anträge auf Rückverlegungen von Frontabschnitten bis auf Weiteres ablehne. Wir können es uns nicht erlauben, auch nur einen weiteren Meter Boden an die Russen zu verlieren. Sie haben verstanden?« Die angehängte Frage kam mit scharfer Stimme, doch sie entlockte Hoepner keine Antwort. Der Mann schwieg eine gefühlte Ewigkeit lang.

»Herr Hoepner? Sie haben verstanden?«

Sein Gesprächspartner am anderen Ende der Leitung atmete tief ein und aus. »... jawohl ...«, sagte er schließlich, kaum hörbar.

»Gut so! Sehen Sie zu, dass die Front hält!« Halder knallte in einem Anfall aufkeimender Wut den Hörer auf die Gabel.

»Menschenskinder!«, moserte er vor sich hin, lehnte sich in seinem Stuhl zurück und grapschte mit der rechten Hand nach einer der Shōgi-Figuren. Er fegte dabei derart über das Spielfeld, dass andere Figuren zu Boden fielen. Halder fluchte leise. Er betrachtete das kleine Holzplättchen in seiner Hand. Die filigrane Beschriftung mit schwarzem Pinselstrich bildete zwei Zeichen: einen Querstrich mit drei denselben schneidenden, waagerechten Linien, sowie einem kleinen Punkt in der unteren, rechten Ecke, und ein aus mehreren Strichen und kleinen Punkten bestehendes Gebilde, das mit viel Fantasie wie eine Feuerstelle aussah, wie sie die Buben in den Zeltlagern der Hitlerjugend anlegten.

Der Juwelengeneral, rekapitulierte Halder den Namen der Spielfigur, die er zwischen seinen Fingern drehte. Die fremdartigen Schriftzeichen kamen ihm auf eine Art seltsam vertraut vor. Heftig vibrierten die feinen Linien, was Halder irritierte. Er konzentrierte seinen Blick umso mehr auf den bebenden Spielstein in seiner Hand. Dann begriff er, dass es seine Hand war, die so heftig zitterte, als wäre sie an eine Starkstrombuchse angeschlossen. Des Kanzlers Blick wanderte zu der Standuhr hinüber, ein antikes Werkstück aus Teakholz. Das Ziffernblatt offenbarte ihm, dass es 20 Minuten nach zwölf war. Halder wurde nervös. Erst um 13 Uhr würde er zu Tisch gehen, und erst danach, so Morells Anweisung, durfte er seine mittägliche Tablettenzusammenstellung schlucken. Doch der Kanzler brauchte die Pillen, er brauchte sie jetzt! Er hatte schlagartig das Gefühl, dass sich die Intensität seines

Gliederzitterns verzehnfachte. Halder bekam es mit der Angst zu tun, fürchtete, die Kontrolle über seinen Körper zu verlieren. Nur die Tabletten konnten ihm jetzt helfen, nur sie vermochten dem Kontrollverlust Einhalt zu gebieten!

Ungeduldig sah der Kanzler die Zeiger der Uhr an. Sie rührten sich nicht. War die Uhr stehengeblieben, musste sie neu aufgedreht werden? Feine Schweißperlen bildeten sich auf Halders Stirn. Die Spielfigur in seiner Hand zitterte immer heftiger, sodass die japanischen Schriftzeichen zu einem dunklen Wirrwarr verwischten. Wieder blickte der Kanzler auf die Uhr, tippte mit der linken Hand ungeduldig auf der Tischplatte herum. Japanische Schriftzeichen tanzten auf dem Ziffernblatt der Uhr, so glaubte er.

Diese vermaledeite Uhr ist doch stehengeblieben, brüllte er innerlich auf. Er griff mit einer fahrigen Handbewegung den Telefonhörer, dass dieser ihm aus der Hand glitt und scheppernd über den Schreibtisch fegte. Dokumente flatterten zu Boden. Halder fluchte unflätig. Er las den Hörer auf, presste ihn ans Ohr und wählte auf der Wählscheibe die 1. Er musste in diesem Augenblick daran denken, was ihm seine Frau vor einigen Tagen vorgeworfen hatte. Verändert habe er sich, nicht mehr derselbe sei er. Zur Ruhe kommen müsse er … *lächerlich!*

Des Kanzlers Adjutant meldete sich am anderen Ende der Leitung.

»WIE SPÄT IST ES?«, donnerte Halder in den Hörer.

Der Adjutant blieb ruhig, kannte die Eskapaden des Reichskanzlers bereits. Er antwortete: »12 Uhr 20, mein Reichskanzler.«

Halder schmetterte den Hörer auf die Gabel.

»Das ist doch nicht die Möglichkeit!«, schnaubte er, sich über die nasse Stirn fahrend. Sein Blick fiel abermals auf die Wanduhr. 12 Uhr 20, nach wie vor! Seine Hände bebten, seine Lippen waren blass. Ihm wurde schließlich schummrig. Halder vergrub sein Gesicht in den Händen, murmelte wirres Zeug. Er wusste, dass Morells Mittelchen Nebenwirkungen mit sich brachten, dass er sie nicht bedenkenlos schlucken sollte. Er wusste, dass es vor allem nicht ewig so weitergehen konnte. Doch er brauchte diese Tabletten! Sie brachten ihm seine alte Stärke zurück, ließen ihn 20-Stunden-Tage, 140-Stunden-Wochen durchstehen – über Monate hinweg. Die kleinen Wunderpillen sorgten dafür, dass Halder auch nach zwei schlaflosen Nächten noch genügend Kraft in den Knochen verspürte, um es mit der gesamten Generalität der Wehrmacht aufzunehmen. Ohne Morell wäre er längst zusammengebrochen.

Der Kanzler nahm wahr, wie seine Atmung in schnellen Schüben gegen seine Handinnenflächen schlug. Kochende Hitze kroch ihm ins Hemd, ließ ihn in seinem eigenen Saft baden.

Halder fühlte sich schwach, machtlos – ja, sogar zu ermattet, um sich noch aus seinem Stuhl zu erheben. Mit Schrecken fluteten die Erinnerungen an den Tag des Attentats seinen Geist. Angeschossen, verletzt, dem Tode nahe, hatte er auf dem Teppich seines eigenen Büros gelegen, hatte gespürt, wie der Tod mit seinen knöchernen Pranken nach ihm griff. Hilflos war er damals gewesen, und wäre statt von Stauffenberg ein Kerl der anderen Fraktion aufgetaucht, Halder hätte sich seiner Haut nicht mehr erwehren können. Niemals wieder wollte er so schwach sein, niemals wieder wollte er wehrlos sein! In diesem Augenblick überfiel ihn die Erschöpfung. Halder meinte, seinen Kopf nicht mehr aufrechthalten zu können. Jeden Moment würde seine Stirn auf der Tischplatte aufschlagen.

Er langte grob zwischen die Dokumente auf seinem Tisch. Weitere Blätter segelten zu Boden, eine Tasse mit abgestandenem Tee kippte um, ertränkte Befehle und Weisungen in ihrer grünlichen Brühe. Der Kanzler griff nach der blechernen Dosierbox. In der nächsten Sekunde lagen zwölf Pillen in seiner Handinnenfläche, vielfältig in Farbe und Form. Halder zitterte elendig. Er verschüttete viele Milliliter Wasser, als er den Teebecher mittels einer Karaffe füllte. Halder warf die Pillen ein, kippte das Wasser hinterher und sackte dann in seinem Stuhl zusammen wie ein nasser Sack.

Minuten vergingen, in denen er regungslos dasaß. Langsam kehrten seine Lebensgeister zurück. Er spürte, wie neue Energie durch seine Adern jagte, wie sie ihn belebte, wie sie ihm die Augen öffnete.

Halder hob den Oberkörper an, straffte sich, dann begann er, die Unordnung auf seinem Schreibtisch zu beseitigen. Er fühlte sich gut ... nein: stark. Die Angst war aus seinem Leib gewichen. Nach einigen Minuten klingelte das Telefon.

»Ja?«

»Mein Reichskanzler«, meldete sich der Adjutant, »Herr Canaris wartet in der Leitung für Sie.«

»Durchstellen.«

Es klackte im Hörer, Sekunden später vernahm der Kanzler die raue Stimme von Generaladmiral Wilhelm Canaris, Chef der Abwehr, die unter dem Dach des Ministeriums für innere und äußere Abwehr quasi selbstständig agierte.

»Guten Abend, Herr Feldmarschall.« Canaris sprach den Kanzler stets mit seinem militärischen Dienstgrad an. Er hatte seinen Ruhrpott-Dialekt nie ganz ablegen können, was Halder insgeheim amüsierte.

»Was wollen Sie?«

»Ich habe Kunde von unserem Mann in den USA erhalten und erstatte hiermit Meldung. Mein schriftlicher Bericht folgt.«

»Sprechen Sie.«

»Wir haben vier bestätigte Treffer in San Francisco durch die japanischen Höllenhunde, einmal im McLaren Park, zwei direkt nebeneinander im Stadtteil Sunset sowie einer im Hafengebiet von Potreo Hill im Osten der Stadt. Unser Mann war selbst vor Ort, darüber hinaus beobachtet er täglich den Pressespiegel. Die Amerikaner haben ein Todesopfer und siebzehn Verletzte bestätigt, einen weiteren Verletzten gab es durch einen Treffer östlich von Oakland. Alle anderen Höllenhunde sind vor der Stadt ins Meer gestürzt oder ins Umland gekracht, ohne Schäden anzurichten.«

Vier bestätigte Treffer?, wiederholte Halder die Meldung in Gedanken. Das war beinahe nichts. Aus seinem letzten Gespräch mit Ōshima wusste der Kanzler, dass nur zwölf Raketen hatten zum Abschuss gebracht werden können, ehe sich ein Unfall auf dem Träger ereignet hatte, der die restlichen Höllenhunde vernichtet und das ganze Schiff schließlich versenkt hatte. Der zweite von den Japanern eingesetzte Flugzeugträger war auf dem Rückweg von einer amerikanischen Trägergruppe eingeholt und mit Torpedobombern zerstört worden. Es war eine Schande und eine große Verschwendung, was die Japaner mit ihrem Angriff gegen die amerikanische Küste angerichtet hatten, doch nicht einmal Halder hatte seinen alten Freund Ōshima von der Sinnlosigkeit des Unterfangens überzeugen können. Die Japaner waren viel zu ergriffen gewesen von der Idee, den Krieg nach Amerika zu tragen.

»Und? Wie bewertet er die Situation?«, fragte der Kanzler mit trauriger Stimme.

»Der von uns und der japanischen Führung erwünschte Effekt der Demoralisierung der amerikanischen Bevölkerung sowie der Heraufbeschwörung einer angloamerikanischen Kriegsmüdigkeit scheint nicht eingetreten zu sein. Vielmehr ist das Gegenteil der Fall. Presse und US-Regierung rufen dazu auf, den Krieg gegen uns jetzt erst recht zu forcieren.«

Nachspiel

Oberitalien. Ein malerisches Bergdorf. Altertümliche Sandsteingebäude. Ein Kastell, ein Kloster im Zentrum der Siedlung. Der Novemberwind schnitt durch die Gassen. Das uralte Gemäuer des Klosters war kalt und feucht.

Auf einer hölzernen Gebetsbank hockte ein Mann, der stramm auf die 50 zuging. Eingefallene Wangen, ein wettergegerbtes Soldatengesicht. Doch der Mann trug Zivil, hatte kaum mehr als Lumpen am Körper, so ausgefranst war sein Sakko, so durchlöchert die dünne Stoffhose.

Ein Mönch in traditioneller Tracht gesellte sich zu ihm. Schweigend saßen sie nebeneinander.

Eine ganze Zeit lang fiel kein Wort, dann brach der Mann in Zivil das Schweigen: »Und?« Mehr brachte er nicht hervor, und mehr war auch nicht nötig. Dieses Metier war ein Umfeld knapper Sätze. Die Augen des Mönchs funkelten, das faltiges Gesicht nahm einen freundlichen Ausdruck an. Italienische Worte, gedämpft gesprochen, drangen aus einem Nebenraum.

Der Mönch nickte. »Ja doch«, sagte er in gutem Deutsch. »Ja doch.«

»Bitte sagen Sie dem Abt meinen Dank.«

»Das ist nicht nötig.«

Der Mann in Zivil nagte an seinen Fingernägeln. »Wann?«, fragte er geradewegs heraus. »Wann legt das Schiff ab?«

»Morgen.«

»Gut. Und es ist alles arrangiert?«

»Selbstverständlich. Sie brauchen sich keine weiteren Gedanken über Ihre Ausreise aus Europa zu machen. Männern wie Ihnen sind wir gerne behilflich, Herr Stollwerk.«

Achtung, aufgepasst: Die rundum überarbeitete Neuausgabe von **Stahlzeit Band 7** erscheint im Januar 2025.

Personenverzeichnis

Dienstgrad, Einheit und Dienststellung entsprechen der Situation **während der ersten Erwähnung** der Figur im Roman.

Antonescu, Ion*, Mareşal (Marschall), Diktator Rumäniens

Beck, Ludwig*, Generaloberst a. D., Reichspräsident des Deutschen Reichs

Berger, Richard, Obergefreiter, Soldat der Grp Schneider

Berlin, Wilhelm*, Generaloberst, Waffengeneral im OKH für die Artillerie-truppe

Berning, Franz, Unteroffizier, Kriegsgefangener im russischen Unterlager Nummer 3/Lager 525

Birne, Holger, Unterfeldwebel, Fahrer im Panzer Engelmann

Blanko, Yuri, Küchenhilfe im russischen Gefangenenlager 525

Blessing, Konrad, Gefreiter, Soldat der Grp Schneider

Bock, Fido, Stabsgefreiter, Richtschütze im Panzer Engelmann

Bongartz, Rudi†, Gefreiter, ehemaliger MG-2-Schütze der Grp Berning, im Sommer 1943 bei Olchowatka gefallen

Boss, Egon, Major, Kommandeur Schwere I. Abt/PzRgt 412/PzDiv »Franz Halder«/XXXXVI. AK/OB Balkan

Calvert, Jack, Gefreiter, Soldat der Grp Schneider

Canaris, Wilhelm*, Generaladmiral, Chef der Abwehr/Reichsministerium für innere und äußere Abwehr

Carius, Otto*, Oberleutnant d.R., erfolgreicher deutscher Panzerkommandant, eingesetzt in Italien

Centkiewicz, Baruch, Feldwebel, Panzerkommandant im 2. Zg/2. Kp/26. Infanterie-Div (temporär der Division direkt unterstellt)/XXXXVI. AK/OB Balkan,

Churchill, Winston*, Premierminister Großbritanniens

De Boer, Johann*, Generalleutnant, Kommandeur der 26. Infanterie-Div/XXXXVI. AK/OB Balkan

Dschibril, Mohammed†, Obergrenadier, ehemaliger Soldat der Grp Schneider, gefallen beim Anflug in die Schweiz

Dschibril, Yusuf, Obergrenadier, Soldat der Grp Schneider

Eisenhower, Dwight*, General, OB der alliierten Truppen in Nordwesteuropa

Engelmann, Else, Frau von Josef Engelmann

Engelmann, Gudrun, Tochter von Josef und Else Engelmann

Engelmann, Josef, Oberleutnant, Kp-Chef 2. Kp/26. Infanterie-Div (temporär der Division direkt unterstellt)/XXXXVI. AK/OB Balkan

Fritze, Adam, Oberleutnant, Zugführer 1. Zg/2. Kp/Sonderverband 804/Sonderverband Brandenburg/Abwehr II/Reichsministerium für die innere und äußere Abwehr

Galland, Adolf*, Generalleutnant, Generalstabschef der Luftwaffe

Gerber, Eike, Major, Kompaniechef der 2. Kp/Sonderverband 804/Sonderverband Brandenburg Amt Ausland/Abwehr II/Reichsministerium für innere und äußere Abwehr

Göring, Hermann*†, Generalfeldmarschall, unter Hitler u. a. OB der Luftwaffe, wegen angeblicher Beteiligung am Himmler-Putsch exekutiert

Havelmann, Rudolf, Unterfeldwebel, Kriegsgefangener im russischen Unterlager Nummer 3/Lager 525

Heinrici, Gotthard*, Generaloberst, OB der 1. Pz-A/Heeresgruppe Mitte/OB Ost

Himmler, Heinrich*†, beging in Haft Selbstmord

Hitler, Adolf*†, ehemaliger Führer des Deutschen Reichs, verstorben im November 1942

Hoepner, Erich*, Generalfeldmarschall, OB Ost (seit dem 02.11.1944)

Jahnke, Siegfried, Gefreiter, Ladeschütze im Panzer Engelmann

Junghans, Gretel, Franz Bernings Freundin

Katczinsky, Stanislaw, Unteroffizier, Soldat der Grp Schneider

Keuerleber, Markus, Feldwebel, pers. Fahrer des OB Ost

Komura, Keizō*, Kaigun Shōshō (Konteradmiral), Kommandant der Sonderflottille »Komura Keizō«/Generalstab der Marine/OB der Vereinigten Marine/Daihon'ei

Ludwig, Theo, Obergefreiter, ehemaliger Richtschütze im Panzer Engelmann, Verbleib unbekannt

Mauss, Karl*, Generalmajor und Doktor, Kommandeur der PzDiv »Franz Halder«/XXXXVI. AK/OB Balkan

Meier, Hans, Oberstleutnant, Kommandeur PzRgt 412/PzDiv »Franz Halder«/XXXIX. PzK/10. A/Heeresgruppe Mitte/OB Ost

Merlo, Vincent, Panzeroberschütze, Natschalnik (Aufpasser) und Kriegsgefangener im russischen Unterlager 3/Lager 525

Milch, Erhard*, Generalfeldmarschall, OB der Luftwaffe

Model, Walter*, Generalfeldmarschall, OB der 2. Pz-A/Heeresgruppe Nord/OB Ost

Morell, Theodor*, Doktor med., beratender Mediziner des Reichskanzlers

Mueller, Dimitri, Grenadier, Kriegsgefangener im russischen Unterlager 3/Lager 525

Nakamura, Shishi, Nitōsuihei (höherer Matrose), Soldat unter Oguni

Nishimura, Shōji*, Kaigun Shōshō (Konteradmiral), Kommandant der Träger-flottille »Shōji Nishimura«/Generalstab der Marine/OB der Vereinigten Marine/Daihon'ei

Nitz, Eberhardt†, Oberfeldwebel, ehemaliger Sprechfunker Engelmanns, gefallen in Kroatien

Oguni, Takashi, Kaigun Shōsa (Leutnant in herausgehobener Stellung), Radaroffizier auf der HIJMS Yasoshima (Flaggschiff der Sonderflottille »Komura Keizō«)/Sonderflottille »Komura Keizō«/Generalstab der Marine/OB der Vereinigten Marine/Daihon'ei

Ōshima, Hiroshi*, japanischer Botschafter für das Deutsche Reich

Pappendorf, Adolf, Feldwebel, Zugführer 2. Zg/1. Aufklärungs-Schwadron/Aufklärungs-Abteilung 253/253. Infanterie-Div/XXXV. AK/9. A/Heeresgruppe Süd/OB Ost

Perscher, Jan, Oberfeldwebel, Zugführer 2. Zg/2. Kp/26. Infanterie-Div (temporär der Division direkt unterstellt)/XXXXVI. AK/OB Balkan

Planken, Leo, Obergefreiter, Fahrer im Panzer Stendal

Richter, Hannes, Obergrenadier, Soldat der Grp Schneider

Röhm, Ernst*†, bis zu seiner Ermordung 1934 Führer der SA

Roth, Luise, Mitarbeiterin im britischen Konsulat in Bern und ehemalige Geliebte Taylors

Rudel, Hans-Ulrich*†, Major, Kampfpilot, gefallen am 8.11.1944 in der Nähe von Kalinin

Salbig, Jürgen, Major, Gefangener und deutscher Lagerkommandant des Unterlagers 3/Lagers 525

Savary, Jean-Pierre, Landwirt aus Freiburg (Schweiz), der unter dem Decknamen »Strässli« Informationen an die Abwehr verkauft

Schellenberg, Walter*†, ehemaliger SS-Standartenführer und Leiter des Auslandsnachrichtendienstes, hingerichtet

Schneider, Pantelis, Oberfeldwebel, Gruppenführer der 1. Grp/1. Zg/2. Kp/Sonderverband 804/Sonderverband Brandenburg/Abwehr II/Reichsministerium für die innere und äußere Abwehr

Schumann, Anton, Gefreiter, Soldat der Grp Schneider

Schütz, Kaspar, Gefreiter, Soldat der Grp Schneider

Sidorenko, Nikolay, General-Polkownik (Generaloberst), Lagerkommandant des Lagers 525

Speer, Albert*, Reichsminister für Produktion und Rüstung

Stalin, Josef*, Führer der Sowjetunion

Stendal, Gottlieb, Leutnant d.R., Offizier der 2. Kp/Schwere I. Abt/PzRgt 412/PzDiv »Franz Halder«/XXXIX. PzK/10. A/Heeresgruppe Mitte/OB Ost

Stollwerk, Arno, ehemaliger Offizier der Wehrmacht, an Himmlers Putschversuch beteiligt, seitdem auf der Flucht

Taniguchi, Kōji, Santōsuihei (Matrose), Soldat unter Oguni

Taylor, Thomas, Unteroffizier, wegen Mordes und Spionagetätigkeit in Gewahrsam der schweizerischen Militärjustiz

Tito, Josip, Maršal Jugoslavije (Marschall Jugoslawiens), Anführer der kommunistischen Partisanen im ehemaligen Jugoslawien

Tittel, Hermann, General der Artillerie, Stabschef des OB Balkan

Vereker, John*, Field Marshall (Feldmarschall), OB der britischen Expeditionsstreitmacht auf dem Balkan

von Brauchitsch, Walther*, Generalfeldmarschall, Chef des OKW

von Hagen, Ferdinand-Theodor, Unteroffizier, Kriegsgefangener im russischen Unterlager 3/Lager 525

von Kluge, Günther*, Generalfeldmarschall, OB Balkan

von Manstein, Erich*, Generalfeldmarschall, OB Ost

von Rundstedt, Gerd*, Generalfeldmarschall, OB des OKH

von Stauffenberg, Claus Schenk Graf, Oberst, Sicherheitchef des Reichskanzlers und Kommandeur des Kanzlerbataillons

von Weichs, Maximilian Freiherr von*, Generalfeldmarschall, OB Mitte-Ost

Halder, Erwin*, Generalfeldmarschall, Reichskanzler des Deutschen Reichs, OB der Wehrmacht

Wölk, Hannes, Panzeroberschütze, Sprechfunker im Panzer Engelmann

Yamamoto, Isoroku*, Kaigun Taishoō (Admiral), OB der Vereinigten Flotte/OB der Vereinigten Marine/Daihon'ei

Zeitzler, Kurt*, Generaloberst, Chef des Generalstabs des Heeres

Zola, Tim, Gefreiter, Soldat der Kp Engelmann

Zorn, Hans*, Generaloberst, OB der 10. A/Heeresgruppe Mitte/OB Ost

*historische Persönlichkeit

Abkürzungen militärischer Einheiten (Größen in Klammern, Angaben beziehen sich auf das Heer)

Trp, Trupp, kleinste militärische Einheit; (der Spähtrupp ist eine Besonderheit: obwohl Trupp genannt, operiert er meistens in Gruppenstärke)

Grp, Gruppe (im Schnitt zwölf Mann)

Zg, Zug (drei bis fünf Gruppen)

Kp, Kompanie (sehr unterschiedlich, meistens drei Züge plus Versorgungselement)

Abt, Abteilung (mehrere Kompanien, meist drei bis sechs plus Versorgungs-
element)
Btl, Bataillon (Stab plus zwei bis sechs Kompanien plus Versorgungsele-
ment)
Rgt, Regiment (zwei bis vier Bataillone)
Brig, Brigade (sehr unterschiedlich, insgesamt bis etwa 5.000 Mann)
Div, Division (sehr unterschiedlich, etwa 5.000 bis 30.000 Mann)
K, Korps (zwei bis fünf Divisionen)
A, Armee (drei bis sechs Korps)
HGr, Heeresgruppe (keine Abkürzung), besteht aus mehr als zwei Armeen

Eine Veröffentlichung der EK-2 Publishing GmbH

Friedensstraße 12
47228 Duisburg
Registergericht: Duisburg
Handelsregisternummer: HRB 30321
Geschäftsführerin: Monika Münstermann

E-Mail: info@ek2-publishing.com
Website: www.ek2-publishing.com

Alle Rechte vorbehalten

Cover/Umschlag: Kayla Pelgrim
Autor: Tom Zola
Lektorat: Lanz Martell
Lektorat & Buchsatz der Neuausgabe: Jill Marc Münstermann

1. Neuausgabe, November 2024

Druckhinweis:
Libri Plureos GmbH
Friedensallee 273
22763 Hamburg

Verpassen Sie auf keinen Fall den nächsten Band!

Tragen Sie sich jetzt in den Newsletter ein und versüßen Sie sich die Wartezeit auf den nächsten Band mit mehr Lesestoff von Tom Zola!

Als besonderes Dankeschön erhalten Sie **kostenlos** das E-Book »Die Weltenkrieg Saga« von Tom Zola.

Deutsche Panzertechnik trifft außerirdischen Zorn in diesem fesselnden Action-Spektakel!

Ihre Zufriedenheit ist unser Ziel!

Liebe Leser, liebe Leserinnen,

hat Ihnen unser Buch gefallen? Haben Sie Anmerkungen für uns? Kritik? Bitte zögern Sie nicht, uns zu schreiben. Wir werden jede Nachricht persönlich lesen und beantworten.

Schreiben Sie uns: info@ek2-publishing.com

Wussten Sie schon, dass Sie uns dabei unterstützen können, deutsche Militärliteratur sichtbarer zu machen? Bitte nehmen Sie sich einen Moment Zeit und bewerten Sie dieses Buch auf Amazon. Viele positive Rezensionen führen dazu, dass das Buch mehr Menschen angezeigt wird.

Sie können somit mit wenigen Minuten Zeitaufwand unserem kleinen Familienunternehmen einen großen Gefallen tun. Vielen Dank für Ihre Unterstützung!

PS: In seltenen Fällen kommt ein Buch beschädigt beim Kunden an. Bitte zögern Sie in diesem Fall nicht, uns zu kontaktieren. Selbstverständlich ersetzen wir Ihnen das Buch kostenlos.

Entdecken Sie packende U-Boot-Action!

Tauchen Sie mit »*Auf Feindfahrt mit U 139*« in eine packende Geschichte über eine deutsche U-Bootbesatzung auf gefährlicher Mission ab! Geschrieben vom Militärexperten Stefan Köhler.

Brandneu!

Nervenzerfetzend spannender Spionage-Thriller über ein deutsches U-Boot auf geheimer Mission im Zweiten Weltkrieg.

MIX
Papier aus verantwortungsvollen Quellen
Paper from responsible sources
FSC® C105338
FSC
www.fsc.org